起初

纪年

· 下

王朔 著

北京出版集团
北京十月文艺出版社

新经典文化股份有限公司
www.readinglife.com
出　品

48

元狩四年，冬十月。有司奏言：关东贫民徙五郡，县官衣食振业，用度太空，而富商大贾趁机囤积财物奴役贫者，赶着成百上千辆车到处倒买倒卖，列侯封君都要低头向他们借钱，冶铸、煮盐，财产累积到万金，不佐国家之急却加重百姓贫困。请变更钱币以满足使用，打击那些取之天下用之自己浮淫奢骄的家伙。

是时，禁苑有白鹿而少府多银锡，就剥下白鹿皮，裁为一尺见方，饰五彩花边，名皮币；每块等值四十万钱。王侯宗室朝觐、嫁聘、祭享，必以皮币托衬玉璧，才算成礼。又将银锡合铸曰白金，分三品：一等重八两，圆形，文采饰龙，值钱三千；二等五两，方形，文采马，值五百；三等二两，椭圆，文采龟，值三百。取天地人，天莫贵于龙，地莫贵于马，人莫寿于龟之意。（马迁按：也是强词夺义。）

令各地收缴销毁半两钱，重铸三铢钱。提高盗铸刑罚：触律皆死。而吏民盗铸白金者不可胜数。

十一月，以东郭咸阳、孔仅为大农丞，主管盐铁事。桑弘羊为总会计。东郭家族是齐国最大盐场主，孔仅是南阳最大冶铁商，家产都积累到千金。桑弘羊，洛阳商人之子，算数天才，凡计数皆心算，十三岁擢侍中，少府进出账目全由他审核，作报表。这仨人凑一块，谈钱、谈利，秋毫虽小亦可分而为二也。

同月，诏禁人民敢私铸铁器、煮盐者钛左脚大脚趾，没收非法所得。（张汤按：钛，踏脚钳也。状如鞋托，置于脚下，咔擦合之，重六斤。）

十二月，公卿请征商业税，手工业资产税，曰缗。

马迁按：缗，丝也，以贯钱，一贯千文。

命工商业者各估算自家财产所值，凡易物流通，低买高卖，囤奇取利，不管是否在市场注册为商，一律按税率百分之六走，二千文纳缗一算，计百二十钱。

各种出卖劳动力手艺人可减免百分之三，四千纳百二十。除高爵比官吏、掌管教化县乡三老（马迁按：此职虽为吏，秩二百石，多为老胥吏、老学究、有乡望宗族长出任，故名之）、在北边骑兵部队服役战士外，百姓凡有小车一辆，纳缗一算，百二十钱；商人每台车加倍，二百四十钱。有船长五丈以上，也要算缗。

隐匿财产少估算、不估算、不报税者，戍边一年，由有司估算计缗，没入官。有举报偷漏税者，经查属实，没收缗钱之半奖予告者。又：凡已在市场注册为商者，及其家属，皆不许在乡购置田地，以保护农民，不使其因贫或贪小利失去土地，沦为雇工或流民。违反此规者，田舍奴仆没收入官。（马迁按：商人买地多为建巨宅、造园林，改变土地用途，农民失地为流民亦是国乱之始，往小说，致朝廷税基流失。）

这些法令大多出自张汤，汤每朝奏事，谈论国家财税收支，都到太阳落山，过了饭点儿，上也经常忘了吃饭。丞相李蔡，武人出身，一听钱、数字就晕菜，坐在一边哈欠连天。上其实也不是很懂，尤其再叫孔仅桑弘羊算半天，也晕，这些事一般就由张汤决定了。

百姓受到骚扰，日子不安生，心里都怨恨张汤。

起初（这个起初是三年前，元狩元年，公孙弘还活着），河南人卜式，多次捐献家财给县里资助边防修亭筑堡、改善边防军人伙食，曾经包过其所在县黄河北河段一个屯边防军仨月伙食，每餐有鸡有蛋，当时部队刚进驻河南地，粮秣补给未完全到位，多亏了他才没饿肚子。其县境内一个边亭亦由他投资兴建，被命名为卜亭。还一个堡也出了一半砖钱，被命名为卜堡。卫青出北河击匈奴，他也在路边设立汤水站，免费为过路军人提供热饮。这些事迹传到长安，进了上耳朵，上甚感稀罕，问孙弘你听说天下还有哪个地方有过这样的事么？孙弘说没有，军队过境不跑，能从自家井里提桶凉水给马、战士喝，就算好老百姓了。

上说我也觉得纳闷，这人怎么想的呢？孙弘说猜不透，应该有想法吧。于是派使者去河南地访老卜家，跟使者交代你去打听打听，这人什么情况，做的事好奇怪哟。使者到了当地县，县令讲了他所了解卜家基本情况，卜家原为河南郡殷实户，因病致贫，我军收复河南地，劝募士民屯田以充实边防，卜式随父母徙往本地，是第一批移民，在此垦荒牧羊，渐竟置起一份家业。后父母去世，式下面还有一幼弟，式抚养其长大，即与弟分家，家宅田产全付予其弟，自己独身出户，止带走一百只羊。式风餐露宿，游牧于边十数年，羊群增加到千十头，又添置了田产，娶了太太。而其弟不善农事，尽破其业，式又一连几次切分田产牲畜，助其弟恢复生活，至今。情况就是这么一情况。

使者说那也没多少钱阿。县令说说得是阿，每助捐一次近乎倾家，我都劝他您少捐几个，别回回从头干，人有几个从头阿。不听，拦不住，就这么实诚。

使者说不明白。遂迳奔老卜家，进了卜家门也很愣，没说几句就直给：你是想做官么？老卜说我从小种田放羊，不懂做官的事，没内想法。使者说那你一定有什么冤情，可以跟我说说。老卜说我是有钱人，一辈子没急着也不跟人着急，我们这儿乡亲谁赶上事急用钱都找我借，我添俩借给他，话说头里，有就还，没有拉倒。从没跟人红过脸，不就这点事么，钱，兹我有，不能让您干瞧着，穷人都跟我关系好。碰上品行不好的，小混混二流子，靠讹人过日子，我就教导他：你这样弄不了一辈子，日后有的哭，听叔的，上叔圈里挑二十只羊，不愿意放羊，叔给你二十亩地，跟地较劲去，赶明后儿的叔再给你起两间房，再有逃荒来傻丫头叔给你寻摸一个，生俩娃，村里出出进进腰杆多硬阿，死了也有人给你摔盆打幡。不瞒您说，乡里人都叫俺卜大善人，说我冤，如果您问的是这个，有。

使者更不明白了，说那您老到底为嘛许阿，捐这捐那，好容易挣点家业都攘出去。老卜说大道理我就不跟你讲了，就说眼下这事，天子打算剿灭匈奴，按我内糊涂想法，靠他一人办不成这事，逮大家一起上，有钱的出钱，有本事的上边境拼命，都使劲，都不偷巧，才能办成这事。我做的多么？我做的其实不多。

使者说行，我也不打算弄明白了，我就按您说的回去禀报。

上听后叹：这就是舜内样不教而有天德的人阿！

使者说您是指天壶么？

上说是，我是这意思。必须承认，德不自圣人出，教自在人心。不好意思我生攒一词：良知。

因问公孙弘：你以为如何，我有意任他为官，我渴心求贤，想得到的正是这样天性纯良无任沾染之人。

孙弘说此非人情，小人物，以圣人自邀，可谓不轨。你又不打算派他去天上做官，都按此标准要求百姓，是置百姓于凌空，竞步于蹈虚，其必也是德未见涨反失常法，使天下本分人、藏讷守拙者无以自安。老子"不尚贤使民不争"斯谓若此也。不要任命他。

上说谁的风、谁的草、谁必偃怎么说？

孙弘说说的就是您的风，您刮内边，内边就倒，咱们就别让一般老百姓背这忒大道德包袱了。

上说你说服我了。遂不复聊卜式。（马迁按：这个使者即时任大农令颜异子颜愚，时为中宫谒者。我与愚少子颜遬熟，这些话都是听颜遬说的。）

说话又过了小二年，军队屡次出动，浑邪王部来降，国家挑费巨大，仓府再空。到了去年，山东发大水，大批灾民迁徙，都仰仗国家供给，国家实在兜不住。上再次减膳，四个菜减为两个菜，一荤一素，不要汤。卫皇后说哎呀你这样不行的，营养不够的。

上说别再拿吃说事了好么，咱们都属营养过剩，四个菜也不能都吃光，经常吃一半剩一半，两个菜很好了，有几户人家平常能吃到两个菜。

皇后乃亲手治膳，两种食材拼一碗，一条小鱼半只鸡；

半瓜半绿蔬；皆为羹，汤也有了。

卜式及伙计背二十万钱送到县里，请协助安置移民用。所在县上报富人助贫名单，上看到卜式名字，一下想起他，说这就是之前捐家支边内个老汉。于是下令赐卜老四百力夫劳役费为赏。卜老又全捐赠出来。

时，富豪皆争隐瞒财产，少纳缗，独卜老每向国家捐钱。上以为卜老长者，确是个实在人，跟新丞相李蔡说我不认为标榜这个人会败坏风气。说会让天下本分人难受，我看内些人也并不本分。遂任命卜老为中郎，爵擢左庶长，赐田地十顷。并布告天下，抬举他，也不要天下人个个都像他把家捐得过不成日子，只是为这种行为正名，是义举，是美德，高尚行为。

颜邈按：初我和迁儿哥闲谈此事，说到卜老籍贯或指河南郡，可能迁儿哥解错，以为日后所迁亦在郡而不在地，作《太史公书》有河南守云云。河南郡处中国之腹，既不临边，也不在元狩二年大迁徙移民五郡之内，卜式所为隔空助跑，盖无因起。今从本文改。

班固按：不然！鹡鸰觅于棘，尤巢高枝；孤臣虽处远，心系庙堂。河南固腹地，式敢眺朔边，国之穷窘，念兹恨兹，有此义举，亦在情中。排除包伙建亭舍汤劳军澷漫无根蛊语，事亦大成立。吾从太史公。

司马光复按：吾从太史公。

595

初，卜老不愿为中郎，还是内番话：我就是一老农民，只会耙地放羊，不会做官，让我做官难为死人。

上始劝：做官不难，别人怎么干你就怎么干。继而说那好，我上林苑据说也有羊，我从来没见过，你去，把羊的事搞起来。卜老这才说好吧，我就当个放羊的郎吧。李益寿在旁一乐。上说怎么拉这话有毛病？益寿说没有。

自此，卜老还穿着他内身行头布衣草帽在上林苑放羊。过了一年，也就是今年，上去上林苑胡逼转，忽出一群羊，又肥又白，沿马路快跑。上既惊且喜，喊咩。群羊回答：咩。上又追着喊：咩。群羊又一齐作答：咩。上大笑，说小羊真有礼貌。跟着卜老钻出来，扛着羊鞭，破衣拉撒，晒成炭样。上说说你行你还真行。卜老说木啥，放羊跟放人一样，按时起居，按点吃饭，有调皮捣蛋的，把他搞掉，不叫带坏一群。

上说是阿是阿，其实道理很简单叫人说复杂了。

遂拜卜老为缑氏县令。说这回您老就别再推辞了，就当放羊。

卜老到了缑氏，政绩也没听说有啥新奇出鬼的，朴素的作风，满口大白话，深得缑氏人民欢喜。

乃迁成皋县令，当年成皋征购漕粮跃全国之最。

上语群臣：这就是榜样的力量，此人忠厚，不教而化，不是我一人说了吧。乃迁齐王太傅，后迁齐相。

春三月，有彗星出现在东北。

夏四月，流星雨出于西北。

起初（这个起初是元狩二年，山东水灾未发之前），陈掌家担儿挑局，卫青去病孙贺孙敖皆在，上酒间与诸将说：翕侯赵信给单于当参谋，总以为我军缺乏度大漠保障能力，每次入匈国不敢久留，我们就利用他这个自信，出动大部队搞他个突然袭击，必擒单于。

卫青说还是马，当初定下十万骑三十万马基本配置到今天不能实现。每次出动最痛心是独马难支，一匹马累倒，这个战士就可能掉队，而在草原、敌国领土掉队，就意味着死亡，此生再难见到中国。我军每战必胜却不能避免重大伤亡，最大部分在非战斗减员。

上说若条件具备，我看再等十年也不一定具备。十年过去，这一批战士、你们、我，也已经老了。我们这一代事还是在我们这一代解决。独马难支，还是在体力，光吃草不行，我来想办法，给马加料。你们认为我们现在能出动最大部队我指马，规模在多少？

去病说现在么，此刻，明天就出动？

上说现在，明天就出动。

去病说现在役战马，各军加起来不到十万。各边亭马足岁今年可补入部队料应还有三万不过要等秋后。

卫青说一军马多一点还保持在一人双马水平。其他各军马多不足额，五军一半人没马，六军亦不足半。

上说集中全军战马，多余的调出来，保证十万骑。你讲的内个掉队减员我以为要重视，这次出动就不要再搞一阵风，打了就走，要把供应链延伸到匈国境内，没马的部队也出动，配合你们，作步兵使用，你们走多远，保障到多远。不能再搞杀敌一千自损一千三的惨胜，要像老农民，丰产丰收，颗粒归仓。这次必须下这个决心，这个匈奴阿，也是属虎的，东咬一嘴毛，西咬一嘴毛，不解决问题，必须拔了他的虎牙。

乃命夏侯赐制订战役计划，会同五署计算用兵数量，动员集结时间，战役方向定为面对单于庭的定襄。

夏侯作完计划，报告说十万骑兵，将供给线延伸到漠北，步兵协同作战，转运粮草，守卫供给线，最少还要五十个军、五十万人也就是我们现在能拿出的全部现役部队。最短时间动员，完成集结也要三个月。

上说五十万就五十万。

专门找六署令萧婴谈：六十万部队，十万马，都要吃粟，你去准备。

遂下达动员令，调拨国库战储粟米千万石。将驻马岭、狄道的一军二军北调。这时，山东发大水了。

到了今年，部队集结早已完成，各军战马号称十万，叫他们往外拿，都喊困难。虽三令五申军马不得参加地方赈灾济难活动，军粮一颗不许往外拿，有的部队身处灾区或移民郡县，老百姓饿昏死在你面前，孩子妇女抱着你腿不放，哭得惊天动地，还是要拿出点粮食，派出几匹马，套上车，把人送过山送过河送到安置点，再、起码这一路的饭要管，还要再撂下点。

这样下来，扣除因参加救灾致伤致残致不复再堪骑乘病马，保障军吏用马，各军实际拿出的壮马不足七万，加上亭马补充勉强凑够十万。上乃尽发太仆下皇家六厩之马，乘舆减至双马。又命王侯、宗室、贵戚献马。百姓献马一匹可抵更役一年，三匹赐爵一级。家有刑徒，马一匹抵鬼薪白粲一岁，三匹城旦舂减一年。贾人献马十匹，许置地。这样又凑了三万马，都拨给步兵部队乘挽使用。

粮食，上一拍手，对萧婴说：你也别告我亏多少，只能是可着这碗剩多少吃多少，我是一粒粟也拿不出来了，上上个月就开始戒碳水，叫宫里女的一律生酮饮食，只吃肉猪油。萧婴说哟，您可别瞎吃，内也就适合消渴症，您要本身血脂高、胆固醇高，这么吃等于雪上加冰雹，我认识一姑娘就这么胖死的，她们家还想保存尸体，一切开血管，都是油，还有肥肉丁呢。

总提开会，卫青问打不打？上说单于也知道我遭灾，粮食不够吃；赵信也认为我不能打，至少不能现在打。我决定：打！

乃命大将军卫青、票骑将军去病各率五万骑，各将私人驮负衣帐食物家马、志愿从军征胡恶少自备马四万，计十四万骑；并掩护运送辎重车辆步兵五十万，齐出定襄，击匈奴。（马迁按：此中未计入步兵乘挽所用役马，实际出塞马匹不止此数，当在二十万上下。）

作战命令刚下，二署报来最新敌情，据各条线情报反映汇总并连日越境敌前捕俘多人口供，伊稚斜单于不在茏城，而在饶乐水，也即其起家之左部。

乃更改命令，命票骑所部东移，自代郡出，突击单于。票骑所部一、二军为我全军精华，凡敢力战、敢深入、赴敌如仇不死不休之强兵悍将皆在其中。其军前锐，每战必先发之票骁营，在训练署郦坚蹲点指导下，听取战士实战经验，操演出一套新战法，首先是改革了武器，从我军原有短戟、短梃，实战中主要用于骑兵冲挑敌骑坠马基础上发展出长枪或称长梃。梃长一寸接敌快一步，长一尺则敌少开一把弓。锋不必锐，木必需长且重。在每一骑兵方阵前布一排、或两三排长枪兵，端视敌群多寡，跃进时举木为林，当敌时木横若排槌，撞着倒，抢着坠，端的是以一敌百。

试操战士普遍反映，不如把枪尖改为圆槌，打击面更宽，受力更深重，槌法亦可由撞、抢加一个：拍。

上去秋应票骑请，去票骁营观操，亲命名此法为：突骑。票骑遂将此法在一军推广，自命突骑军。

郎中令李广多次请战，强烈表达这次出征必须有我。上说这次部队走得远，年岁不饶人，各军五十以上干吏都不要他们参加，下回。广说就因为我岁数到这儿了，再下回，就没我了。我从弱冠即与匈奴作战，就想撞见一回单于，当面冲老汉放一箭，必须有我！

上不许。广再请，以郎中令之便，每于上銮驾出入，低首抱拳默立道侧。上承压不过，乃许。命为前将军，属大将军。私下跟卫青讲：老爷子老了，点儿背，你关照他，不要让他孤军冒进，几次效果都不好。

乃命太仆公孙贺为左将军，主爵都尉赵食其为右将军，平阳侯曹襄为后将军，皆属大将军。公孙敖新失侯赎为庶人，亦自请随军征，跟在大将军左右。

匈奴内头也得到情报，汉军大部队出塞，有度漠与我决战意图。赵信与单于商定谋略：放汉军进来，汉军既度漠，人马必疲敝，我们就等着抓俘虏。乃尽迁饶乐水以南毡帐，将所有牛羊赶到更远北方弓卢、余吾两河之北，纠集精锐部队，陈兵漠北等候汉军。

马迁按：一直不明白匈我何以为大漠难度，他们说的不就是浑善达克沙地么。据小栾讲那里并非寸草不生之地，而是半草原半荒漠，有大片灌丛、沙榆疏林和上万亩常绿乔木沙地云杉和真正原始森林——杜松、油松混交林；众多小湖、水泡子和沙泉，泉自沙地出，汇聚成小河，小河汇流，形成季节性河流、内流河和宽阔大河——高格思台河；还有大泽，扎格斯台诺尔、浩可吐司诺尔。这些诺尔、小湖、水泡子长满芦苇蒲草，是无数候鸟产卵栖息地，每年仲春孟夏，成千上百万候鸟从南方归来，日为之晦，振翮拍翅，声势如天塌，也真往下掉东西，飘羽如雪，坠粪如淋，正赶上在下羊群有被粪活埋的；万鸟降于湖泽，争鸣鼓噪若暴雨，正在湖岸饮马牧人有被耳朵吵聋的。

小栾讲，我们不熟悉，毕竟两地隔绝，风土殊异，一想到漠就满地黄沙，渴死人，先吓个半死。匈人不了解么，他们管浑善达克叫什么你知道么，塞外汉中，花园沙漠。这么一好地方，慢说骑兵可以快速通过，无断水绝道之忧，瘸子、瞎子，住呢儿都没问题。老夏侯也是糊涂，五十万步兵，拍脑袋算出来的吧，五十个都是累赘。老头最近身体一直也很不好你听说了吧？几次在院里碰见侯颇，说是来替他爸取工资，拿署里分的东西，我看是惦记接他爸的班。妈的赵信还给单于出主意，让他躲在漠北等我军度漠而来，乘我受累一鼓而擒。真特么馊主意！我军既度漠，吃得饱喝得足，又逛风景，比在家过的还美还恣儿，都特么吃得上火，遇见单于，正好拿他败火，这大傻缺！

我说你跟上反映呀。栾说反映了，几回递上去说漠可度，漠有水，漠是花园。没下文，都叫金日磾给我挡了。李敢不在了，韩嫣没了，咱在上呢儿没人了。

我说我找东方朔，他还能说上话。栾说他？别了，什么事到他呢儿都成玩乐了，我就因为认识他署里人都以为我不正经。时，阿老已过世，灌疆袭侯，接二署令。疆是个散漫人，好饮行猎，对策划于密箱，下套于千里之外，夹缠忍耐非长情不得起效，忠叛敌我反侧皆在一念间情报作业没兴趣，以为非君子之为，家在蓝田不搬，有事才到长安来。栾有苦衷，理解。

大将军既出塞，分左中右三路沿锡拉木伦河、大黑河、南池推进，公孙贺居左也即西路，前将军广及大将军居中也即中路，右将军赵食其居右也即东路，各自后随十万步兵，旌旗千里，向北迤逦而行，沿途设置兵站，供应热饮热餐，军行一日不过数十里。

前军捕俘侦知敌情有变，单于不在饶乐水，主力已移至浑善达克西端乌日格塔拉，正在我军前方千里处。大将军乃决心甩掉步兵辎重，自带骑兵分进合击。

乃命前将军广部五千骑转向东，与右将军赵食其八千骑合军，自土牧尔台、朱日和度漠，直插查干诺尔，从东面攻击乌日格塔拉；命左将军孙贺部万骑沿锡拉木伦北流段疾进，至吉尔嘎朗图转向偏东，至郭尔本井度漠，从西面攻击乌日格塔拉；任命公孙敖为轻车校尉，率三千属国骑兵为前军，大将军率中军主力万骑，平阳侯曹襄后军四千骑及义勇兵三千骑、义从兵三千骑，向供济堂跃进，穿千里无人草原,越赛罕塔拉度漠,向乌日格塔拉发起攻击。并与各将约:谁先到谁先发起攻击,抓住单于首功。(马迁按:属国骑兵即浑邪部归降我汉分与北边五郡居住之匈奴人,因分五部故称五属国。我汉出兵多征召其族人充役。义勇即自愿从军社会青年。义从则为北边依附我居塞上羌、乌桓及各杂胡小部,其民贪利每乐从我汉征。)

众将接令而去。独广不走,对大将军说我的任命是前将军,今发现单于却命我转向东路,东路远且水草少,部队到达定迟于各军,我与匈奴作战四十余年,大小七十战,青丝打到白发,今有幸当面与单于对决,却把我调开,我不服气!大将军好言说:并没有哪条路更好走,都要穿过无人地带,度大漠,东路还有几个居民点,更便于补给,相信你们可与各军同时到达。

广只是说愿为前军,先死在单于手里!大将军再三相劝:你根据什么认为会比别人晚到呢?广顽固一句话:先死单于!大将军留饭,说先吃饭,慢慢说。

广腾站起来,不打招呼拂袖而去。帐外啸聚打闹青年校尉见广怒目贲张出,皆立正,面面相觑。

49

翌日平旦，步兵吹角起床，吵吵嚷嚷排队打粥，却发现前方骑兵宿营地一片阒然寂然，人马皆不见，只遗遍地营火余烬、人矢马粪。开拔号角彼伏此起，步兵背上沉重的盾扛起长矛，趁着日出前清凉开始一天的跋涉。上边忽下命令：跑步前进。

供济堂只是一口湮废水井，半截倾圮泥墙和几棵高大、因长年受风皆往南倾的老榆。据说秦末汉初曾有户胡汉混合人家，男是汉女是胡带几个孩子在此凿井筑屋居住，牧羊种菜，兼为过往牧人提供饮水、热炊、避雷电风雪处。内几棵榆亦是内对夫妇当年种下，不止这几棵，是一圈，有二年也曾见嫣嫣幼林，活下来就这几棵，当年还是年轻的榆，蹿起来又高又直，在一望无物平荡大草原是显著坐标，数十里外即可遥见，往来牧人叫七棵树，后又叫五棵树。前些年二署派人出去绘图，只剩三棵。内户人家也早不知去向。井还能淘出水，人不能喝马能喝，墙根还有荫凉，二署的人觉得叫树以后可能就没树了，于是自作主张起了个很汉民的名字：供济堂。也只有我军军用地图上叫供济堂，问当地胡汉人民，皆不知，还叫五棵树。

大将军来到此处，三棵树还在，叶片在阳光下闪闪发亮，不见绿只见白，像三棵银树。井已然全是沙子，都堆出尖儿了。有渴极战士还试图淘沙，大将军说别费内劲了。随军望气每日面对落日彤云平伸双臂校正方向，左是南，右是北，分三队各距一箭之地，跟着右走，乃队靠向一侧，友军箭落脚面，就是偏了。

草原月低，星灿如河，夜间能见度如阴天戴茶镜，只是脚下暗沟鼠洞看不清，或常有马失蹄崴了蹄子战士摔断腿，那也顾不了那许多了，大将军命部队利用夜间清凉加快赶路，白天日中酷晒可就地支帐小憩。

二日行千里（汉里），日昳忽见金光灼灼，眼前千亩野黄花菜田，大将军说我这是不是累花眼了？左右说不是，确是可炒木樨肉做打卤面之黄花菜，我们都瞧见了，到漠了。大将军难以置信说这是漠？指着远处平沙落鸭，处处湖沼，沙蒿茅草，依依红柳，说我再确认一下，你们也全看见了？我先不说我看见了什么。左右说我们也不说我们看见没看见，就跟您讲一个道理，海市蜃楼什么都有，就是不能有公孙敖，他不能在海市里趴呢儿喝水。大将军说我必须说，赵信是我们的人，单于——缺心眼！

乃命全军就地休整，饮马，饮人，夜月出，开始度漠。次日隅中，忽飘一阵太阳雨，雨后大漠草深一寸，水亮一度，空气如酒，饮之欲醉，大将军说想吃羊腰了。左右说不是想，是真闻见羊腰味儿了。此刻风向由一上午小东风转为西北风，全军都闻到了膻。

大将军面部汗毛一凛，再看前排骑手，后脖颈子毛儿皆炸。乃命击铎，传令全军，成战斗队形开进，弓挂弦！自己催马，越过前排复前排，跑到第一个。

前面天高云低，地平如弧，近乎二百七十度，才看出草原大漠色差，酽齐如切，内边大绿，这边浅褐。

匈军如白堰从西围到东阵脚没入天边。前军三千骑在这道堰前就像一窝马蜂滴溜乱转，数欲进又止。

再往前，听到胡角鸣咽，继见白旄林立，万马踏步，一杆白纛为众簇拥，纛下皆白马甲骑，当中一小人头上有金，身上有绣，左手持杖，右手持剑，杖剑齐举，尖帽铠衣匈军骑士弯弓勒马齐声呐喊：窝喝！

汉军风烟滚滚开进，每至一方队即将连发弩车解马推至前排，开弦于牙，装排矢于槽，望山定于百二十步，材士单膝跪于弩后，指扪于悬刀，瞄往正前。

车依次排开，并不似匈军一字长蛇，而是渐远渐变向，渐出弧度，面东面西，后军方队赶到，向后转，两弧合龙，呈环形阵。这是我军经典战阵，曰象齿阵；取弩射长似象斗狮皆长牙向外意。

匈军鼓噪，尤窝喝不止。我军一片静默，只闻操弩装矢切切喊喊，材士私语：嚼鸡巴哟兮嘎……

时，已至日夕，远处有沙尘起，似巨猩猩，弓腰抬爪攫人。大将军须髯飘飘，亲率两千骑从，皆提刀在手，出本阵，与公孙敖合，遂鼓大作，冲向小金人。

胡鼓亦大作，出万骑，边驰边射。就在两军接敌刹那战场全黑，人声、鼓声全被风声闷住。人失明，就听呜儿——，喵儿——，就像猫在驴嗓子眼里。接着披沥啪啦，就像脸是筛子，有人扬锨往你脸上过砂子；像你在听窗根，一排窗玻璃碎了，全溅你脸上。

据乌日格塔拉战役幸存老兵回忆：就像天黑无月，蒙着被货你跟你媳妇打架，你想干那事她非不让，一扑一个空，哪儿也不知又被掐一下，迎着上全是乱拳，好容易捉住一条胳膊，满炕找脚找不着，摁住人了吧，当胸挨一脚。打着打着就觉得这屋里不光你俩，还有好多人呼噜呼噜往里进，呼哧带喘还有马，一把摸马脸上。你就成你媳妇了，进来的人都想干你。我操菜刀，我抡，砍着的都是铁器，杠杠响；我跑，撞着的都是墙；我爬墙，七八只手把你拽下来；我咬，吃进嘴都是皳皮子，牙差点锛了腮帮子还特酸。怎么也没怎么你就光着了，马也没了，刀也丢了，两手攥空拳，左挨一大劈斗，右挨一大劈斗，人也踩你，马也踢你，躺地上都不安生，还得爬起来扒拉腿往外钻，噩梦阿！

刘彻按：大辟斗，大嘴巴子。代地方语。小时候带我保姆即是代地人，小孩子淘气，经常说：给你个大辟斗！这位老兄应该是代郡的兵。

马迁按：大将军赴敌时，上正在入浴，点支蜡烛，闭着帘子，洗头，满脸胰子沫，李夫人给他扌氐水浇洗，蜡烛无故倒地，上抹去胰子水，睁眼，眼前全黑，抱头喊：我眼瞎了！后与青对漏刻，正是沙尘起刻。李少君圆曰：此正所谓君臣同心；双胞胎人在两地，也常有同天被绊着、被噎着蹊跷事出。这是李夫人归省到我家跟我说的，聊以备记。

战场全黑时，单于也在被货里，被人过砂子。大阿克为甚喊：因赛姆地，因赛姆地，主人，你在吗？听到单于小声——实际是大声——咕哝：这仗没法打了；遂伸手冲咕哝方向一把抄住一人，抱上骡车。这时候就显出骡子比马行了，骡子老蒙着眼拉磨，习惯不看道奔走，匈人有经验，不是头一回被沙尘暴卷，每回出动白马队中总跟着挂备用六骡套车，奏是为了大家伙都迷瞪有六头骡子不迷瞪，还那样，和夜遁。

风就一口气，吹过戛然而止。天像加了黄滤镜，人全灰了一层，都站地上，披头散发，盔、帽、甲、衣都不知哪

609

儿去了，胳膊脸、肘子后背挠得全是血道子，刀剑弓梃扔地上，脸皆露出我是谁，我在哪里谜之表情；马东一群、俩一伙远近站着，垂头吃草。

大将军也光着膀子，赤手空拳满脸土，混一帮同样满脸土徒手人堆儿里。人们开始走动，开始说话，大将军听出身边皆匈人，低头不嗳嗳穿人群挤出，顺手从地上散乱刀剑捞起一把，是匈军短剑径路刀，紧握手中，向……也不知该往哪儿走，四面都是大光膀子，记忆反方向瞍见黄土埋辐辏弩车链，就往内头走。

这时一套骡车闯进人丛儿，六头骡子抽得都像惊了，哪儿人多往哪儿冲，大将军紧急一闪才没被骡蹄踩着，骡车在人群中兜了一圈又从来的方向跑出去了。万人如梦醒，俱各惊骇，汉鼓、胡鼓齐鸣，人群忽分众，各向相反方向蜂拥奔去。（马迁：汉鼓肚如墩，击之若东东，如夯桩。胡鼓广首而纤腹，击之若乓啷乓啷，似敲缸。初临沙场者亦绝难错会。）

鼓点愈来愈疾，才分开人众又高举断梃片刀，呐喊着相对冲去，扭缠在一起，血腥肉搏。左右两向再起长烟，我左路军孙贺部赶到战场，边开进边投入战斗，纵骑大杀手仅寸铁只能叫流氓匈人；右方向是我后军曹襄部义勇兵、义从兵包抄而至，与才未投入战斗，装备尚完整，也都立于马上匈军左翼展开激战。

天完全黯下去，胡鼓不闻，汉亦鸣金收兵。黑暗中，尸积如山，匈人已不知去向，战场走动皆是我军人员，只听脚下劈阿劈阿响，若涉浆，间有撕一大劈叉滑一仰巴饺子，起来浑身满手拔丝儿，越抹越浓。

贺部左校张云在远离战场方向抓到一脸蹭破皮、腿一瘸一拐匈奴兵，自称是骡夫，从骡车上摔下来，经严审，承认是被人踹下来，骡车上坐着大阿克为甚和单于，嗔着他舍不得打骡子，骡子又跑回战场，单于把他踹下来亲自挽缰猛抽骡子带大阿克为甚跑了。

人送到大将军处，大将军说我还弄不太明白，你说骡车走的是乃个方向？张云代骡夫答：职从西北向进入战场，抓到此人亦在同向，骡车去向应在西北，当时天还没黑。乃命贺：立刻发动五百骑兵，只带武器，一人双马，你亲自带队，向西北方向追击。随之召集本军尚能战士卒三千骑，连左路兵七千骑尾其后而进。夜行二百里，至天明，不见骡车辙，却见一座山，山下有城，引兵至，城门大开，城中狼藉无人，有数十大谷仓并列，开仓堆满陈粟，皆汉粟。尽付与士马饱食。左右说这大概就是传说中的赵信城。大将军说湿妈？那这座山就是寘颜山喽。问军中士卒：你们谁知道？皆曰：不知。孙贺所带轻骑亦返回，部队在城中休息一日，令将不能运走余粮尽焚，乃归。

马迁按：赵信城，信降匈奴，封毕林自次王在其领地

611

所筑，位于匈河东、燕然山南，距浑善达克、腾格里、巴丹吉林诸大漠皆上千里。大将军夺占之城，可能为匈军屯粮之城。寘颜山，亦为燕然山南脉一支。大将军所见之山，不知何谓，或为一积羽山，或沙丘。

乃命打扫战场，清点敌我战殁者，虏尸皆割左耳以代首，计敌一万九，我万八千。首阵赴敌属国骑兵、骑从尽没，义勇、义从兵亦凋零，中后军各折半，多带伤。遂掩埋尸体，设坛祭以慰亡灵，告四方神，告曰：呜呼！我汉匈国各为一方主，惟天生人有欲，战于漠。忿烈猛于火，士马率仆。然士何辜，俱各良家子。马何辜，本善兽，不理人间事。惟命有骞，千里赴难，受此破身之殃。夫闻天道报善祸不善，今之所见皆非！非当先不得伏尸，非忠勇不得歼殪。无以报，惟折三惭谢，薄酒礼尔众，灌地以眷后福，祈尔众：瑕地而升天，绝想而自由，视远惟明，图惟厥终，寻一个好去处，得一个好结果，永不复蹈人间颠倒。敢不告天、四方神、万物主，乃告！

班师。

孙贺建言：咱们可以不走沙漠，走我来内条道。

大将军说不，姐夫，你跟我走趟漠，特好。

乃引兵出大漠，贺一路数忘言，只说喔草喔草。

南行至温都尔庙，遇遮道而来广、食其军。大将军命长史：你去问问他们什么情况，怎么才走到这里。

长史亦在乌日塔格拉战负伤，脸挨一钩臂中一矢，吊着膀子，同时失二子，皆为大将军骑从，见右军军容盛大，甲兵鲜明，兀来气，说话歪着嘴，语气带责问：你们绕哪儿去了，仗都打完了你们才到，收尸阿？

食其解释：我们没有向导，发给我们的地图还是蒙恬的，也没标朱日和，标的是哈尔德勒山，我们找到杭盖登吉去了，就呢儿地势高，爬上去全是丘陵。

长史说你们也不用跟我说，大将军营就扎在前边，请二位上大将军参议幕府，军正、议郎正在那儿恭候二位将军。

广说食其、所有校尉都没有责任，是我判断错误，走错了道，罪全在我。我去，现在就去幕府听候审查。

长史拨马而去。广对麾下校尉说：我从文皇帝十四年参军，提干，抗击匈奴，绕着西、北、东三边打，算上景皇帝三年追随周太尉援梁抗吴，四面都打到了，打了一辈子仗，打老了，今年整六十三。今次击匈奴，幸皇帝、大将军不弃，恩准我随征，而且派我前军，首当单于，莫大的荣誉！最后一次机会，再打也打不动了。我是讲过这个话，死在单于手里！跟皇帝、大将军都当面讲过，家属也讲过，不必葬我。就有这个决心，战鼓一响，老汉我今天就把老命搁这儿了，不是单于死就是我死！结果嘞？自己跑错了路，转这么一大圈，白溜一趟腿。你瞧人家部队内个兵，无甲裳不染血，无额面不挂彩，滚得都跟泥猴儿似的，咱们是跟人家一起整整齐齐出来的，三天没见，咱们一根人毛没少，人家十停去了七停，比叫花子还惨，都不成个军的样子，可你瞧人家瞧咱们内眼神儿，那叫优越，瞧不上你。也许这就是天意吧。我老了，无法再面对刀笔吏，也特么够了，我要用自己的方法了结此事。言罢抽出腰佩匈奴短剑径路刀，昂首照自己脖下一插，大蓬鲜血迸射而出……

将军死志，部队为之痛哭。将军生前廉洁，每得赏赐便分与部下，吃士兵灶伙食，做二千石四十几年，家无余财，至死，前回赎死欠账还没完全还上。带部队出去，士兵没喝上水，他决不先喝。士兵没吃上饭，他决不进食。每战必当先，撤退自当后。胳膊长的人很多，善射者也很多，惟将军得百发百中大名，法宝无他，就是把敌人放近了射，故亦常受伤，身上大小伤几与出战次数相当。他的士兵爱他，愿意为他死。

将军死后，素衣敛于部队统一配发柳木薄棺，棺上覆甲，安放于弩车，由他所在部队骑兵四马牵引，侍卫骑从十六马封弓封刀挟持将旗护送，经平城入塞，运回长安，入清明门经清明东、西大街至直城西、东大街，过两宫、北阙甲第出直城门，再转陇西成纪县将军老家安葬。诸王侯贵戚在各宅门口设路祭，皇帝亦在未央宫北宫门外设祭，由卫太子领一干大臣亲祭。

灵柩所过之处，不断有曾在将军麾下服役老兵加入，颇多将侯高吏，更多平头百姓，送丧队伍浩浩荡荡，沿途百姓听说没听说过的，也都跟着叹息抹泪儿。

马迁按：《论语》说：其身正，不令而行；其身不正，虽令不从。其李将军之谓也。我平常看李将军，谦恭诚实像乡下人，口讷不会说话。及死之日，天下知与不知，皆为尽哀。彼其忠实心诚可代表士大夫也！谚曰：桃李不言下自成蹊。此言虽小，可以喻大。

灵柩抵成纪李家堡，孙李陵斩衰括发率李氏族人迎，借厝李氏宗祠。广祖世世为将，家眷随迁，秦时已搬至关中长居，老家已经没人，止一些远枝旁亲，祖屋久湮，祖坟尚在，冢墓累累，代代男丁多战死，当地百姓每闻军鼓，战车载棺归，便知李家人还乡。

时，广长子当户、次子椒已先后病故、阵亡于军中，三子李敢此时于票骑军中任大校，尚在塞外征战。

二爷之子堂弟李蔡，时为侯宰相，最为显赫，为李氏做主，天热尸不可久留，由长孙李陵代孝子，牵马移灵，以军礼葬广于其父母墓左。

50

票骑既出塞，也分西、东即左右两路，自当左路，出桑乾。兵力辎重与大将军同，配属步兵二十余万。军中有两个侯，从票侯赵破奴，昌武侯赵安稽，都是他用惯的人。再一个职务高一点的就是原广手下强弩校尉路博德，马忽之围力战假死独得生还，时接广为右北平守，当右路，出阳安都。其他悉是居延泽一役后各军补充选调壮骑，无裨将，乃以李敢、邢然、老吴八等为大校，充裨将。原匈奴因淳王复陆之，楼专王伊即轩，皆前为我所繫，归义，率所部胡兵从征。

行军次序，李敢带票骁千骑，伊即轩胡兵千骑为前军，先一日出发，沿濡水北上，至河水东流处转向偏西，经哈比日嘎、宝邵代度漠；票骑、从票侯各将中军主力上下军万骑、复陆之胡兵千骑；邢然将左军七千骑；老吴八将右军六千骑；昌武侯率后军五千骑尾其后；分别度漠，度漠后指定集结地点为达来诺尔。

右路，路博德七千骑，沿费纳什河指向西北，经臭水井子、东干沟子抵浩来呼热干井子，绕行越漠夺占达来诺尔，在那里坚持，等主力。

部队甫出发，票骑即至前军，接管前军指挥权，与伊即轩并辔走在队伍前面。中军交从票侯代行指挥。

票骑所选度漠路线，为浑善达克沙地最深厚处，也是出奇兵，隐蔽战役意图，突其不意出现在漠北之敌当前的意思。这条线沙丘连绵，几无显著标识物，中途虽有深泉数穴，多隐于沙丘侧无红柳苇草等近水物标记，远望如日影，水至清无鱼，亦无飞鸟指点，且沙丘多流动，一日三变向，非沙漠居民难以觅现。

票骑亦有所预备，命各军多带净水、山楂片秋梨膏等生津物，及瓦罐熟制密封焖羊肉、焖鸡、各种豆泥等湿粮，曰罐闷。上所赐柑橘、梅子、杏枣数百袋则由太官令派出食监属吏数十乘携之，紧随票骑行动。

然大军度漠，日灼风烤，沙陷马足，涉沙丘则要下马牵行，队形无法保持，千骑即拉开数十里，前军所设草标、蹄迹亦风过即平，或埋。入漠一日，建制俱即打乱，前军渺无踪影，中军、左军、右军连成一片，数万人齐头并进，拉着马顶着烈日蹚沙海，前边坐下一个人，后面卧倒一条线，无以遮阳,都卧马肚子下,喝水、吃罐儿闷,有疼马的,还把吃完豆罐递与马舔。老吴八肩搭一手巾边走边抹脸,过一蹲马阴影下等尿战士,笑骂:你内个德性更尿不出来。

邢然、复陆之踞坐两马间,四角倒插梃戟,上绷老毛毡,下铺骑毯,仰脖喝马奶子酒,低头掰羊干酪,喊他:老吴八!别瞎走了,过来坐会儿,你都快熟了。

老吴八牵马过来,蹲下瞅半天,说邢然阿,从亮处到阴处啥也瞧不见。老复,你很会过呀,你的部队嘞?老复也没太听懂他说什么,皮囊递过来:解暑。

老吴八爬进去,跟老复挤着,灌一大口,抚着胸膛说舒坦,过去觉得是一种豆汁,现在,可通了!俩大眼珠子瞪着邢然:你觉这叫事儿么?我进过一回开水锅,煮肉方,尝咸淡,调羹掉进去,手跟下去,也没这么热。邢然说许你皮糙肉厚。又看复陆之,说不信,怎么可能是头一回呢?复陆之说我是河套的,在家也种地。吴八说你们呢儿几儿耪地阿?

昌武侯骑着马打着蒲扇前边两匹马拉着他,后边还跟俩战士拿锹、肩搭一摞破布等着马陷了往外刨。

吴八忙挪屁股扭肩,双手捂脸说都别看他都别看他他怎么走这儿来了。

昌武侯马上叉腰打扇环顾四周,说:特么瞎胡闹,传令部队,停止前进,哪儿凉快阴哪儿。

三日后,首批部队走出漠。这首批部队说的就是票骁千骑、伊即轩胡兵千骑，都跟老猩猩似的，额头三道纹、厚翻嘴唇，唇上都是干口子、没血，嘴角皲裂，挂霜扣印一样，两圈白。四十位食监属吏火腿式的，玫瑰红，紧实。袋子全瘪，空袋顶脑门上。梅、橘、杏俱已成核，就剩人手一把干枣了。

票骑拿一枣扔嘴里，咔擦咔擦，满牙床堆白沫儿。眼前是绿，天边有浑黄，独不见澥蓝。天边黄见苍，渐起，大展于天，似巨猩猩伸腰抬爪，天地骤黯，帜、缨、髦皆舞，李敢急掉脸，已不见票骑，脸上过沙子，强忍凌迟，兀立不动。及睁眼，旋风已西去，西边草木皆舞，票骑尤在右旁。随风送耳，远东天外有乓嘟乓嘟鼓响。票骑拉马说走！看看去。敢说：马！众军才翻身上马，这是在沙漠里走傻了，都忘了马能骑了。

达来诺尔草滩，一片昏黄，胡鼓汉鼓交错作响，一帮尖帽冲过去，一帮方头杀过来；尖帽如皑雪落满半湖，方头如流云，一会儿飘向东，一会儿复窜西；雪占云头，云自缭绕，左右不离湖。票骑率部踏雪，雪浪四溅，乃见路博德，其部残破，止余三千骑，俱各被创，刃缺矢尽。博德拱手谢票骑：我部尚能战。

票骑说将军请下去休憩，你部任务已完成。乃命突骑列阵，复往匈军阵中。

匈军势大，逆之若逐浪，一排粉碎一排又起；亦如逾岭，一岭才过又见一岭。汉军则若洪流，主力纷至，自西向北、东北，多向突击，一阵未休复入一阵，诸大校、司马、尉、卒无不向前，吴八、邢然皆高呼：活拿单于就在今朝！山崩、浪开，乃见左贤王狼纛。

狼纛白旄皆北掩，汉军紧咬不舍，接踵展开长距离追击。追至额尔登高毕，抓住匈奴屯头王部，尽歼其部三千二百骑，俘获屯头王。追至巴彦图嘎，抓住韩王部，斩杀俘敌四千四百人，韩王就擒，缴获军旗战鼓。追至达里甘戛，抓住敌大股散骑，斩杀俘敌七千零一十四人，获将军、相国。追至布彦特，抓住敌主力，斩三千、俘万二千，小王、当户、都尉数十。

再往北，沿途皆溃敌，少半骑马，大半步行，已无抵抗意志，见我军至，皆伏地降，计收容俘获三万六千三百一十二人。我军战马亦多累垮，士卒多蹒跚，还是坚持往北追，跑不动走，走不动互相搀扶，拄着梃戟——爬！稍微坐下歇会儿，就有大批匈人举手加额，围拢投降。校尉徐子优，腿部中矢，躺在路边，俘敌二百人，匈人抬着他，在他指点下列队往南走。

追到达尔汗，票骑身后还是二千骑，但是谁跟谁也不熟，都是校尉司马曹及各军屯曲什伍长，干吏马好，马瘸可等刻调换卒马，所以跑得远，跑成军官团。

左贤王已无踪影，前方久不见敌骑敌旄，四野茫茫，连缕儿动物掀蹄扬烟儿皆不见,响晴净空连碧,马还是停不下来,也不知是第几天,军官团票骑等下个个不吃不喝两眼发直,跑魔怔了,只知向前。

遥可见左前弓卢水盈盈北来,迁延东流,似一银闪闪天使弯弓豪掷于草甸,内片草甸天上有云,河上在下雨,可闻河雨腥潮。跑着跑着,从弓臂跑到弓弦,长河又在右后了。云飞走,露出一脉阴影。又跑一天,还是一脉灰,不涂不减。伊即轩说:内就是狼居胥了。

又有一趟云来,遮去山影,轰隆云至,浇下盆雷雨,军官团个个甲衣淋透。云去雨收,青山豁然在远。

再往前,又见匈军当道,皆甲骑,剃头挂貂,人马强壮。我军一鼓将其击溃,复见新军,皆披发文身腰围犴皮袍,使狼牙棒。我军将其击溃,溃而不散,聚而复返,与我死战,致全部倒下,非死即伤乃休。

票骑使伊即轩提伤俘见问,知是北大将所部南下增援。据伤俘交代:西大将、上下大都尉所部三万骑正从东西两向赶来,目前已侦知票骑所部在达来诺尔至茏城一线二千里撒豆子,部队失去控制,各行其事,忙着抓俘虏,票骑本人率数千骑孤军深入,正是我军双向侧击截断票骑归路极佳战机。伊稚斜单于数日前乌日塔格拉为汉军所败,至今不知下落,右谷蠡王乌维已就单于位,传檄草原各部,速往茏城集结,合围票骑。我们就是奉乌维单于之命南下狙击你部,给我部的命令是一定要拖住你们，多拖一天就是胜利。

从票侯说大哥不能再往前了，不是我们几个人的安危，后边部队再不收拾就来不及了。票骑说茏城在即，不进去看一看我意不甘。从票侯说下回，茏城跑不了，下回来还在这儿，咱们进去烧杀个痛快。

乃至狼居胥入山口，登丘望茏城，茏城不见，北望瀚海，瀚海亦不见。抽刀掘地，添一刀土，曰封。下坡拣一喧腾地，踢踢土，踩踩实，蹲会儿，默念：我来了，我看见了，我走了。曰禅。

马迁按：瀚海，即北海，又名贝海尔湖。群鸟解羽之处，也即老鸟换毛新雏脱绒所在。春夏初交，水面若浮酥，纷纷扰扰，广大无边，海空望不尽，故曰瀚。北海距狼居胥近千里，故曰不见。又：积土增高曰封。平土夯地曰墠，为墠祭地曰禅。军行倥偬，以蹲代祭。汉俗：军队克敌大获，必登山致远，有海处必临海，以示完胜，所望无余孽。

班固按：添土取增山广地意。

乃率部疾归，沿途收拾士卒，是哪个的兵就叫哪个接走，归还原建制。士卒已无马，又押解俘虏，步行移动速度极慢。战前匈奴已将牛羊畜群全部转移至弓卢、余吾两河之北，我军无缴获，骑兵行动快，步兵辎重甩在漠南，出漠多数屯伍已无余食，达来诺尔激战方酣，已出现战士体力不支射雁鸭充饥，现经连日战斗，长途追击，缺粮断食情况更严重。各军皆下过杀马令，虽是敌马、伤马、死马，很多战士宁忍饥饿也拒食马肉。归汉路上，已陆续发现长时间未进食战士奄奄一息倒在路旁，虽经进水补食，终有不治。

部队走到布彦特，东西两向已见敌尘。骠骑下令集中所余军马，交予已完成组织部队，在两翼以临战队形展开，掩护步行大部队及俘虏，止数千骑耳。

入夜，东向可见敌营火点点，长数十里。骠骑命全军点火百里。

次日，尘柱渐升，老吴八率三千骑护卫左翼，与小股敌骑有接触，敌稍触即回。日昳，敌骑复至，有数百大几，吴八与之战，互有死伤，敌遁。

复夜，东敌营火尤连数十里，只是距我更近，火群如绕链，角螺可闻。西向也出现敌火，连数十里。

复日，老吴八全天与敌交战，敌骑仍以中小股为主，渐增至千骑，反复侵扰，我全力出击则退。

右翼我邢大校所率四千骑亦遇敌，皆稍触即退。

就这么打打停停，走了五日，才到巴彦图嘎，遇昌武侯军，部队较完整，加上收容散骑，约六千骑，骠骑才多少放下点心，命昌武侯就地转前军，自己带他们走。起初，骠骑欲循旧路，回达来诺尔，短暂休整，再逆路博德北进之路东行，避开大漠，经费纳什河、东干沟子、臭水井子，走阳安都，从右北平入汉。

可据昌武侯讲他从达来诺尔出来，后路即为匈骑遮断，也不知打哪儿来的这股敌人，劲头还不小，上来就攻，他们边打边走，到额尔登高毕，才摆脱追敌，估计达来诺尔已为匈军重新占领。三个侯碰了个头，判断东敌比较强，上下大都尉有两万骑，我军一路向东，走老路，意图可能已为匈军察觉，这几日伴行我军，不断侦袭，从我吴八军反映情况看，交战力度越来越大，可能已为我预设战场，待我疲师再行数日，体力再消耗多一些，主力出击，给我致命一攻。这个战场目前无法判断，可能是额尔登高毕，可能是西林谢也什，或达来诺尔之前任一地点，不能再往东走了。

而西敌虽也连日与我伴行，求战意图并不大，西大将部兵力较小，远道而来料也疲沓，对东部地形地势亦不很熟悉，应是新单于做偏师使用，主要用于防备我西去，尽量向东驱赶我，战役发起从侧后对我实行卷击。西向路远，我军若不想再涉大漠就要多走数百里，对我们这支久战疲劳军队讲是很大困难，有利条件是敌军较弱，比较好对付，只要打过去，漠西至锡拉木伦再无敌人，漠南可能还能找到我军，大将军所属步兵正络绎回撤，兵站剩余物资可能还可向我军提供支援，找不到、他们全撤光了也没关系，乌日塔格拉至南池之间料应安全，西大将部相信不敢深入。

乃决计西去，绕漠西走大将军出塞之路南下，经定襄入汉。遂决心集中昌武侯、邢大校部万骑，克日对当前位于甘珠塔铺西大将主力发起进攻，史称甘珠塔铺战役；力争歼其一部，溃其一部，打开西进通路，全军相继跟进，要保证不丢一个伤员、一个俘虏，全部顺利安全回国。遂决以吴大校部为全军殿军，在巴彦图嘎组织坚强防御，阻击可能尾追之敌，不使追敌一骑过巴彦图嘎，一个伤兵一个俘虏没走完，不许撤离。特将失去战马突骑五百人改编为一个长枪方盾重装步兵曲，一个弓刀短斧轻步兵曲，交由吴大校统一指挥。特别交代吴大校：部队走完，若西去无可能，可自行决定突围方向，向东、向南，再度大漠亦可。

是夜，马摘铃人衔枚移军于甘珠塔铺匈军大营野外。翌日日出，战役发起，军不击鼓，以二十个方阵宽大排面，背光发起突然攻击。匈军正在喝早茶，马还放在甸子里吃草，忽闻马蹄轰响，众人一齐烫了嘴，扬手扔了木碗，赶着下甸子拉马，逆光也看不清杀来多少人马，刚爬上马就被一刀劈下来或一杆子挑飞。

西大将亓思刻也烫了嘴，初还镇定，命亲随收了珍贵斯基泰鎏金茶炊，迎着彩煦焕然旭日眯觑眼观察黑骏骏举金刀冲杀过来汉骑。一队队匈骑迎上去，走马放箭，汉骑纷纷落马；汉骑刀落，匈骑纷纷落马。

朝日愈来愈夺目，汉骑越来越近，渐成阴阳脸，军中闪出票骑旗号。西大将挺身上马，拨马而去。

汉军再次展开追击，接连在娜仁宝拉格、达日罕乌拉击退匈军反扑,在额仁谢也什顶住匈军最大一次反击,攻占额仁淖尔,将西大将残部驱入曼达赫干河床地带,彻底肃清锡拉木伦河以东广大地带,通往定襄之路完全打开。

票骑单骑先至关下,关城之上欢声如雷,关门大开,定襄守义纵亲带骡马大车数百出关迎票骑,载运伤兵及体虚脚软人员,沿途十里设饮水热食犒劳士卒。

票骑并不入关,蹲在关下啃馍清点入关部队,三日后见到昌武侯,说我后面没人了。惟不见吴八军。

起初,战役发起时,吴大校即将所部骑兵与配属给他步兵重新编组,以六米长枪执盾重装步兵为核心,十六人一队,分四组,每组四人,面向四面,敌矢至,则扛盾覆为龟盖;敌骑进,则以长枪出盾刺挑,曰龟堡;其后又有十六轻步兵,敌骑堕马,俟以刀斧加之;又有十六骑兵,出两翼,敌步兵群至,蹂躏之;又或有敌骑漏入,格当之;层层结构,若筑垒地带。这是防御阵形,进攻时另有队形,长枪皆向前,此不赘述。

吴八老,雁门忻县人,世为军伍,其先人战国即在赵将李牧军中为卒,属著名秀容兵。(马迁按:秀容,忻县之古称,高祖平城解围,还秀容口,六军欣然,乃改秀容为欣,通假忻。)时,胡骑多叩关,此龟堡战术即为牧创建,又称李牧方阵,多次大破胡骑。原方阵只为步兵制,无骑兵配属,今为吴八老二度创作。

甘珠塔铺打响，东敌反应很快，我全军尚猬集于巴彦图嘎寸步未移，上大都尉兀吐思部即开始向我试探性进攻，日中，即开展全面进攻。我吴八军顽强防守，阵地多处被突破，我大军虽已开始西移，后行大队人员还在原地，皆挺刃返斗，突入敌骑悉被拉下马快刀斩为肉段。一些俘虏趁乱跑散，有跑去兀吐思军中夸张敌情，说我主力尚在，兀吐思亦受迷惑，观阵见我军众多，度测我军设伏打他，乃吹角收停攻势。

次日换下大都尉苦叻拜部来攻。该部诸闻泽一役受我严重打击，多新兵半大小子，虽皆不畏死，打法不讲究，对我龟堡没办法，持续反复围攻，遭我战术极大发扬，多死于长枪短刃之下，攻了一阵，就歇了。

又次日，我大军虽尽撤，旗帜尤铺张，遍立各处，兀吐思复来攻，步步为营，逐个拔我龟堡，遇突破则迟疑，莫敢深入。吴大校从容组织反击，恢复阵地。

又次日，天晴无云，观测条件良好，兀吐思心中疑团越来越大，若我军设伏那也伏得太神了，半日不见旗下有人活动，乃派骁骑破我一角，突入拔旗而回，报称旗下确是无人。乃大发军，全力来攻。我军死战，一日数反击，吴部仅余千骑日未尽皆殁，龟阵残破，杀伤匈骑亦大过当。因战场为匈军打扫，无以计算。

入夜，吴大校尽撤龟堡，收拾残军，得尚能战卒三百，命按我军步兵操典列阵，少年兵、轻伤兵站第一排；老兵、壮兵、伍长什长站第二排；尉曹司马屯曲以上军官站第三排。烧毁军旗，尽饱食，枕刃待旦。

复次日，四面皆敌骑，首次引弓，第一排百人皆仆。敌骑抢进，我二排百人砍倒数骑，皆仆。三排下落有三种说法：一，呐喊冲入敌阵，尽殁于敌阵；二，岿然不动，遭敌走马齐射，形同处决；三，就没有当日决死，夜儿个吴大校即带三百残军向南突围，再入大漠，消失于漠。复有传言，有人在忻县街头看见老吴八了，摆个卦摊儿，左手五指缺三指，且失一眼，为路人卜财运断吉凶，自云部众皆没于漠，己独侥幸脱还，亦受伤残，碍难再从军征，且无颜对葬身漠北同侪属下，又惧丧师受汉律治，故返老家吴家堡务农为生，民生艰难日不敷出，农闲出来摆个小摊儿挣个油盐钱儿。有司、吴八战友邢大校皆派员数往忻县查访，坐实皆故事，算命的一见官就卷包袱跑，吴家堡并无一人见吴八归来，实话他们从来也没见过老吴八。

票骑将军既还，入宫面上，当面报告战果，上大悦，现场予以大赞及封赏，金口御言：票骑将军去病率师，既慎重又放手使用归义莘粥勇士，轻骑勇进，绝大漠，涉大泽，力擒单于近臣章渠，扑灭比车耆，转击左大将，斩获旗鼓，翻越离侯山，强渡弓闾河，俘获屯头王、韩王、休离王三人，将军、相国、当户、都尉八十三人；封狼居胥山，禅于姑衍，登临瀚海。执虏获丑七万有四百四十三级，自己减员十分之三；取食于敌，行殊远而粮不绝，以五千八百户加封将军。

随又下制书，大封票骑军诸将：右北平太守路博德属票骑将军，会于涺，不失期，追随将军打到椆余山，斩首俘虏二千七百级，以千六百户封博德符离侯。北地都尉邢然追随将军捕获小王，以千二百户封义阳侯。故归义因淳王复陆之、楼专王伊即靬皆跟从票骑将军有功，以千三百户封复陆之为壮侯；以千八百户封伊即靬众利侯。从票侯赵破奴、昌武侯赵安稽跟从票骑有功，各加封三百户。校尉李敢，得旗鼓，封关内侯，食二百户。校尉徐子优有功，晋爵大庶长。

诸如此类，票骑部下吏卒封官受赏还有很多，共计花费黄金五十几万斤。

马迁按：皇帝金口与部队战后经回顾撰写战报略有出入，所过地域、所遇敌番号或有不一，比较大可能是票骑将军汇报较局限，比较故事性，翻山过河具体抓内个人讲得比较多，整个军作战地域、地图上标示地名讲了皇帝也不知是哪儿。章渠就是左贤王下面一个管课校人畜小吏，祖父还是父是汉人，粗通汉语，达来诺尔被俘，恐惧被杀，夸大自己重要性；比车耆是一个依附屯头王在达来诺尔讨生活杂胡小部，大战初起便临阵畏逃，为我追歼百余，亡走百余，几百人耳，部队统计未将其列为单独一项，概计入屯头王名下。

至于转击左大将云云，据部队同僚回忆，确实看到左大将白旄，傍依左贤王大纛，说转击也没错，都在，有出入，出之不远，还是可以看出是同一场战役。

大将军卫青没有得到加封，跟随他出塞部曲吏卒有赏而无一人得侯。公孙敖复封侯愿望亦落空。

定襄、右北平边关出入境管理部门统计，两军出塞，骑出去官马私马十四万匹，拉回来，不足三万。

乃增设大司马一职，任命大将军、票骑将军为大司马。又颁规制，令票骑品秩、官俸与大将军等同。

马迁按：司马主武事，军中有军司马、郡司马、部司马，故特加"大"，以区别之。自此票骑将军与大将军同为最高武职，等双太尉，比三公，位阶仅次于丞相。

是后，大将军日退而票骑日贵。大将军故人、门下士、舍人多去服侍票骑，辄得官爵，唯任安不肯。

马迁按：任安，河南荥阳人，我好朋友，好倾听者，爱聊。人微视高，有面儿，遇事多替人想不惜自屈，遇强者生摘面儿，亦有割席之忿。知之者谓之耿直、忠；不知者谓之耿直就是简单，忠就是自己没主意。后果败在简单没主意上，反落得以滑头盖棺。

票骑为人寡言嘴严，只有聊军事话才有点多，有胆气敢作敢当，性情也相当耿直。上几次推荐孙子、吴起兵法，劝他读，说军事是门大学问，平时积累掌握知识越多，越系统,战时,特别是复杂紧张情况下,就越沉着,越有办法,急中生智的"智",才有基础。

票骑对:从小没读书,看不懂古文,读两行便睡。

上说不懂没关系,我懂阿,我来教你。票骑对:打仗是活的,事先只要判断最坏情况是什么,能不能承受,能承受,就干!打起来总有新情况、新问题出现,不可能一次都想到,有办法,只能在整个战役、战斗进行中,不断发现问题,解决问题,敌变我变。古之兵法都是死的,无非趋利避害,怎么犯坏还不让人逮着,是个人都懂的道理,学鸡贼太不用他们教了。

上讪然,说孤家何其幸,竟与这多天壶同时代。

乃对去病言:你这样的天才应该有后代,听说你还没对象,我给你介绍一个。去病说就、就不必了吧。

上说必须必,不是好的我不会介绍给你,我闺女,当利公主,还行吧,配得上你吧?去病说有富余。

于是也没挑日子,隔天就在宫里替俩人安排一相亲局,皇帝皇后眼皮子底下,生摁着俩人同案吃饭。去病始终没抬头,干三大碗饭。公主先还逗两句,话接连掉地上,也不吱声了,一个劲往屏风后边瞅,冲爹妈瞪眼。好容易局结束,去病告辞,臊着快步离去。

上问公主怎么样阿瞧上没有?公主说你说呢,人家正眼都没瞧我,我瞧得上瞧不上又有什么用?上说当然先听你态度啦，你瞧得上，咱们再去做他工作。

公主说我谢你了，我就够不爱说话的，再来一个没嘴葫芦，我跟空气过去？皇后说我没瞧上他，没你说那么帅，怎嫩么爱出汗呀，坐的垫子都湿了，我们姑娘图他啥呀，图他年纪大，图他不洗澡。上说他年纪不大，才二十三，只是显老。对闺女说你不要挑花眼。闺女说我挑什么花了，这是我头回见男人，之前谁老说男人没一好东西，猫都不让我养公的。上说你不要跟你小姑学，一天到晚瞎扯，看汉医，养方士，这么小点年纪纹什么眉呀。闺女说你好好仔细看看，这是我自个长的，就这么黑，像谁呀？上说你学点好。闺女说我正在看孙子兵法。皇后吼你看那干什么？

上将覆盎门内靠近长乐宫原陈氏所有内所园子盘下，扫了扫落叶，新油了一遍，约去病去看房子，说给你置的，你也不能老住单位，这儿离宫里近，没事你去宫里看公主也可以把公主约出来玩，都挺方便。闺女说了，对你印象不错就希望你勤洗澡勤换衣裳别的也没啥了。去病闷半天，说匈奴不灭，无心考虑家事。上说哦，你是这么想的。是啊是啊，住得太舒服是就哪儿都不爱去了。由此益发重视喜爱去病。

张汤上奏：有人举报票骑不知怜恤士卒，此次出塞，士卒缺乏给养饿得站不起来，而皇帝赐给他的美食车回国入关还有黄米猪肉剩余，他还在塞外踢足球。

上说不可能，我赐的我还不知道什么叫美食，就没猪肉黄粱。张汤说我再去细问。上说你也不用去了，车由太官派员押运，我现在就把太官令叫来，你就在这儿问。太官令风风火火赶到，说票骑果子车确有几袋枣没吃完，都干透了，枣木伊了，咬不动，还扔在我署过道，你要要我给您拿去。上说没事了，你可以走了。对张汤说你要能做到霍将军做的一半，我就允许你每顿饭吃一半糟践一半，粉蒸肉吃一口全扔了。

此次会战，史称绝幕大出击（马迁按：幕，通假漠，书面语）；汉杀虏匈奴加一起有八九万，而汉士卒物故亦有数万，伤残无算，详尽数字在大司马府抚安宣恤司，绝密。（马迁按：汉以来谓死为物故，意思是人死同于鬼、物，过去时。书面语。后约称故去。）

是后，匈奴远遁，幕南无王庭。（马迁按：这个王庭是指左右王、谷蠡王、诸大将、大当户、大都尉行在。冒顿世代匈奴强盛，尽取蒙恬所夺匈奴地，诸行在列置于幕南，今为我所攻，尽去也。）

乃发吏卒六万，渡黄河出朔方，在皋兰至令居一线开挖水渠，设置田官屯田，蚕食匈奴旧地，移民开发河西自此始。然亦以马少，不复大出击匈奴矣。

51

伊稚斜单于驾骡车向北跑,跑到六头骡子全躺下吐白沫,才停下来,自己累得也是两手抽筋,拎着五爪抖落,环顾脉脉山麓问大阿克为甚:这是哪儿?

大阿说俺也不认识,瞅着眼熟,许是咱国内地。

单于一步迈下车哪知腿脚全麻一出溜跪地上,大阿紧着给搀起来,说一路上净累您老了,该换我了。

一猫腰摆单于撮上背,说您指道儿,该往哪儿走。

单于说介里、那边,先出山……

爷儿俩深一脚浅一脚顺着干沟往坡下走,当间歇了一起儿,全晒着太阳睡过去了,醒来发现帽子、射决都叫人摸走了,脚也光着,帽子摘走可以想象,射决这都戴在手上,叫人从手指头上撸走生没醒,还有靴子,平时脱都费劲,这回叫人挨只拔走,睡死成什么样!好在金冠金权杖套了袋抱怀里死也没撒手，单于醒的时候脸扣地可能让人翻了个个儿，再翻不回来，就放弃了。单于大骂这都什么人呐还是我的音色拉么。

大阿闻了闻地上羊粪蛋，指蹄子印说放羊的，可能是小孩，从把您翻过去再翻不回来判断。大人不敢，大人不认得你人，认得靴子，小牛皮烫压金狼，没走多远，粪蛋还温乎着呢。单于说抓住卖为苦也怜怜。

君臣相互搀扶着走出山，回头一望认出来了，哟喝，燕然呀。远处有座土围子，飘着旗，没别家，自豪依思敏谢也什，可燕然南就这么座半永久建筑物。

马迁按：谢也什，匈奴语：城。

自豪依思敏正大开城门，跪迎新单于乌维，口口声声：因赛姆地。乌维双手摆他搀起，说礼毕，自次王请起。俩人进了帐子，放下帘子，乌维给依思敏剃头，乌维说老赵，逮有个办法呀，眼下这烂摊子咋弄。

乌维之母是汉女，一种说法即为南宫公主所诞，今上亲外甥。南宫正经嫁的是军臣，嫁过去军臣也老了，未生育，军臣死，伊稚斜继位，按匈国风俗把老爹未生子女小妈都接了过去，头胎生了乌维，跟妈亲，二婚得子公主也跟心头肉式的，能抱着不让下地，能拉着不让骑羊射鼠，三岁还痕着妈奶头，五岁还拿手喂肉，全按汉家风俗溺着宠着，伊稚斜单于没少跟公主急，说我们这孩子将来是要骑马打仗的，你这算怎么回事，难道让他念书么？公主也不是吃素的，跟单于闹：我就这样，我儿子！打仗打仗你们特么打得过谁呀，叫我弟的兵追得满视野跑。单于说汉人娘儿们真特么凶，不讲理，就欠鞭子抽。喊人扡马鞭，抽公主一顿，公主又哭又闹，恨不绝口：等着我弟来的。

把儿子难过的，小声跟一直带他也是汉族保姆说：我爱我妈，看我妈这样特难受。草原部族打老婆，但是爱母亲，母位之尊与天地近，并列伟大，凡长歌必诉恋母情，几胜于乡愁，成年男子提起母亲每痛哭流涕，没父亲什么事。用中行老师的话说：草原人民出母族社会不远，历只知有母不知有父弥久，母尊统绪未衰其来有自。今草原男人亦是高危性别，草原孩童十之七八没有十之五六也有为母独自抚养成长，有爹的爹也不老着家跟没爹差不多，故一生辜负、一生所痛尽付于母，不教而孝，较之汉家纲常更近天真。

这都是传说，起头谁传的都不知道，还有说乌维是军臣生的，跟伊稚斜是哥们儿，比较为坊间普遍接受的是乌维确有一半汉血，能说较流利汉语，认得几个汉字，比较亲汉，或者也不能叫亲汉，叫知汉。爱吃烙饼，见饺子没命，与汉降将常用汉语交谈。自次王本不是汉人，汉话说得也不好，还不如乌维，最恨人家叫他老赵，可眼下面对的是新单于，又是剃头效忠仪轨进行中，一点不服不能露，这会儿头也剃完了，该文面了，扑撸扑撸满头头发渣子，胡乱擦把脸，把脸伸出去，恬着，说听您的，无非是战是和两条路。

正此时，帐外一声高过一声：单于到、到、到！二人皆一惊，乌维手一哆嗦，老赵哎妈一声，低头滴血。

也顾不上那许多了，二人齐往外跑，才闯开帘就见俩亲兵擒手为轿，抬着光脚、满脸沧桑苦痛伊稚斜单于，迎面而来，大阿克为甚后面一瘸一拐跟着。

伊稚斜单于复位，接受了赵信以计谋名义提出的建言：是不是打不动了？是，就不要装好汉，那不是咱们胡人风格。坏又能坏到哪去？无非赔上一堆好话，继续给人家做姑爷，寒碜么？白得人家一姑娘。

单于说俺们字典就没寒碜这俩字。

乃遣使入汉，挑选全匈奴最会说吉祥话专在迎客、婚丧嫁娶流水席上唱歌祝酒把人灌趴下一位老哥，带着手鼓胡琴几百张皮子就来了。老哥眼神不好，一目眇视，一目全盲，说话斜着瞅人，见到上说尽好话请求与我汉恢复和亲，话说得特别质朴，因而感人：就别老派男的了，派点女的来不香么。还真把上逗乐了。

乃交朝臣议。还是两派，一派主张和亲，女底有滴是；一派说他们这是没辙了，锅瓢见底，何不将他们降为臣国，叫他们派女的上咱们这儿来，归您使唤。

上说我不要，我不希得他们呢儿女的。

丞相长史任敞是后一派，说匈奴新破，指不定怎么困难呢，不同意打不过男的换女的瞧把他们惯的，单于要真心表示畏服，就应该自个到边境上，咱给他指定一地点，譬如雁门，譬如九原，以外臣礼朝见您再说咱们怎么让他合适。

上说也行，你去跟他说说呗，他要真来，我还真愿意见见他。任敞说昂，我去呀？上说你去，叫他把我姐顺便带来，听说我都有外甥了，到底跟谁呀，我到底是谁的舅阿，这次必须说明白。我还听说他没事净抽我姐，跟他说，再敢动我姐一根毫毛，不答应！

任敞说好吧，我去说。

任敞到了茏城，见到单于，这是汉国很久以来第一次有使节到访，单于很重视，手把肉、酸奶都端上来了，听到任敞说让他巴结着去雁门见汉天子就有点不高兴，这还是国事，还在互相开条件阶段，还有的聊，听到见外甥、到底跟谁什么的就已经怒了，管家里来了！再后来听到再敢动、不答应，反倒冷静了，起来摸摸肚子打个饱嗝儿，说您慢用，转一圈出去了。

任老自己坐呢儿吃，刚才净顾着说了，嚼着满嘴肉对伺候局匈奴姑娘竖大拇指：好吃！一会儿问陪酒大哥，单于怎还不回来呀，你们这次所远么。大哥说你要去么，你要去我带你去。大哥带任老到帐子后边，一指地：就这儿。任老冲草撒了泡长尿，草都滋绿了。

回来帐子，肉奶都撤了，一排人在卷地毯，一个挎着刀矮胖武官对他说单于不回来了,临走撂下话,让你在这儿多住几天,走一走,看一看。任老说住几天阿?那我说内事呢,他有留下话么?武官说没说,也没说住几天,您这边走。引任老出了帐子,再一扭脸,帐子倒了,一帮人又开始卷帐子。现在任老是在大草原了,才刚一座连一座胡同带拐弯儿,家家煮着锅子飘着奶香人声鼎沸的毡幕谢也什闪没,全不见了。

武官也往马呢儿走,任老喊:那我住哪儿阿!

胖武官上马,回头,拿短粗手指往大草原这么一画,啥也没说,踢马走了。

博士狄山,是主和派,说军出固威,获胜亦喜,还是有匹费,省事不如和亲。上问张汤你以为如何。

汤说这是愚儒小家子气的话。狄山说臣固愚,愚忠。不像张汤,以诈为忠。狄山新人,初次参加廷议,不了解上生性,最恨议事转为诛心,把解决问题变成互相攻击,于是问狄山:如果我任命学生你为一郡太守,你能做到不使胡虏入盗保一郡平安么?山答不能。

上说一县呢?山说也不能。上说一障呢?山心想:辩穷也要下吏;勉强说:能。(马迁按:障,谓之塞上要险之处,别筑为城,曰候城;因置吏士,而为蔽障以御寇也,又称障。汉律:与廷议,见诘辩而辞穷,下吏治罪。这一条主要适用于与上争论,问题没想好没想透,徒逞口舌之快;

或上问话，完全无准备，主管之事不了解不熟悉，耽误上宝贵时间。）

于是派遣狄山去辽东水泉障白庚都镇守，没出一个月，头被沃沮夷砍去。

这一年，汲黯坐法免。任命定襄守义纵为右内史。河内守王温舒为中尉。

还是这一年，新晋夫人王舒窈生孩子，产婆拿剪带鱼剪子蜡烛苗燎两下就算消毒去剪脐带，夫人感染产褥热，卒。上微拧，想起其父王恢，拧又上了一转儿，觉得这家人命不好，每次登上高枝攀不牢，老掉下去。于是给新生儿起名：闳；意思孩子将来格局宏大一点，自成高门，就别老靠谁了。齐国又出一骗子，叫少翁，一听就不是本名，少白头，生下来就显老，就拿这混江湖，自称少字辈，能招鬼魂，想谁见谁，以术自荐于上。上说好啊，我最近整好有一朋友过世，叫他来，都别告他是谁，让他弄，出来不是，弃市。

少翁还就来了，说您千万别告我是谁，一会儿人出来，再说是不是，但是我逮布置布置。乃于月明之夜，高台广阁之中，设重重纱帷，面面铜镜，遍地灯碗，引上入，说默念您想见那人，往深处走。自取鼓，隐于幕后，东趴东趴徐击。上始不屑：跟我玩这套。待步入灯镜频闪人影叠现流溯陆离之地（马迁按：陆离，始见于古本《庄子·则阳》，曰：姑妄随世舞而心不在自甘堕，乃陆离者耳；与"方且与世违而心不屑与之俱是陆沉者也"对举，今本不见。后为刘安《淮南子·本经训》僭用，转义为色彩繁复"五彩争胜，流漫陆离"云云），心渐起荡，还是取乐心态，默念王舒窈三字，哪知意起不能自恃，念念不休，竟见重重镜像中浮现一女，其形也草率，其神也虚黯，并不能见五官亦无从见衣饰，是心驰电想，乃生菠萝蜜（马迁按：菠萝蜜，又称木菠萝；生岭南，为南越王进贡佳果，果肉有止渴通乳益中补气之功效。北地人久闻其名而不可得，乃成俗比，喻虚妄之想，例句：你说半天其实就是一大菠萝蜜），上忽起大哀伤，自我感动，乃至涕下，久立泪干始出。封少翁文成将军，赐碎金、有冲之玉、细小珍珠、断烂珊瑚总之就是珠宝令采来内些不堪制作手饰头面瑕疵品，平常也用来赏下人寸功微劳、也能换钱的玩意儿，撮了一斗给文成将军。

几天之后下劲，上才悟，中了文成将军的道儿。问方朔你闻着什么味儿了么？方朔说你一说想起来了，是有一股异香。问日磾你闻着了么，日磾说我胡家降神，巫或燃迷香，拿一薰笼这么甩着，就是那味儿。

上说你知成分么。日磾说杂以乳香、丁香、沉香、曼陀罗、麻黄、罂粟、死藤研末，具体配伍不知。

方朔说没瞧见他点香阿。日磾说灯油灯捻儿是他带来的，说是他自家秘制，必须用这个，我也没多想。

上说那就是了。方朔说那你到底是瞧见人没瞧见人。上说瞧见人也不算他的，日碑说这个我们那里有个说法，叫象由心生。方朔说要不要现在传旨拿人？

上说传出去丢人。

司马迁来看他，说听说你最近骇了一场。上忙摆手：不提内个，我最近忽有一心得，正想跟你聊，人不到死，不知所爱阿谁，活着的时候，这也好，内也好，心怦怦跳，幸福至晕眩，三天不下炕，一日不见抓心挠肺，都不算数，非到这人死了，才可下断言，是爱，还是什么。一直不知怎么给乃情下定义，太多关乎此类胡扯，瞎连连，如今可为爱注脚：一种失去而不是获得。马迁说有心了。

甘泉宫大成，上爱那里山长林茂，庭园疏阔，无风送凉，百里无民居，出入隐秘方便。孟夏，先是总提搬过去，在那里指挥了大出击，战争结束，总提人员陆续返长安，上还住在那里避暑，到仲秋，也没回来的意思。文成将军的幻术表演就发生在通天台阅世阁。文成将军还劝上在甘泉中轴另辟台室，画天罡地煞、太一诸鬼神，陈放祭祀所用鼎簋俎豆牢，使诸神知是为其所置，闲了没准就会来坐会儿。上说紫殿、泰时殿之间正好闲着一解颐阁，本来准备做聊天室，后来发现聊天哪儿不能聊阿，你先拿去做你的天文馆。

文成将军就去忙乎，把解颐阁匾取下，自书招仙阁挂上，阁内斗拱架糊为穹顶，爬上爬下彩绘满天星。

方朔说您干嘛让他这么胡闹阿？上说就爱看骗子自以

为聪明,当着咱们干傻事。咱就等着他,看他什么时候露马脚。我跟你们说阿,今儿起什么消息也不准透露给他,他要找你们算命,问什么什么不是,算对了也说不对,不给他丁点顺竿爬机会,——憋死他。

文成将军干完,方朔对他说:上让你就住这儿,值日夜班,两顿饭送屋里吃,什么时候鬼神到,及时通知上,别耽误了与鬼神相见,一会儿给您拎一马桶。

文成将军说我能回家换身衣服么,您瞧我这身,多半拉月了,全是糨子、油漆泥点,都能立起来了。

方朔说没跟我交代允许你回家,万一你回家这一会儿鬼神来了呢,没人担待得起。您们是不是准来?

文成说准来,这个您百分之一万放心。

文成在招仙阁住过秋天,每天早午一碗饭送进去,一只空碗放门口。临时来甘泉办事的人路过都问这改班房了,关的什么人阿?陪同说昂昂,据说是一个仙儿,怕他飞了。

方朔说要不要我去看看,别臭在里边。上说不用,每天吃饭呢臭什么。

有巡夜宿卫听到夜半有哭声,循哭声摸到招仙阁,里边又没动静了。

年前,坐在紫殿真闻见臭味儿了。上正接见义纵、王温舒,升他们做二千石,忽问二人:你们俩谁放屁了?二人皆惊,连忙离座边扇边闻,皆曰不是我,厌弃互瞅对方。一旁

643

方朔说臭是招仙阁传来的。上说谁在那里不讲卫生？方朔说您忘了，附耳嘀咕两句，上说哦他呀，快放出来吧，太影响环境空气质量了。

文成出来还嘴硬，说你这不是功亏半铲么，就在这几天了，我都算准了……那我可真走了，神来了见我不在不高兴，不嗳嗳又闪了可别赖我没说在头里。

方朔捂着鼻子说不赖你，你快找地儿冲冲去，你快成粪坑本坑了。

上说你瞧他这种人吧，稍让他一步，他就进七尺。

众人皆以为文成这一去不复敢再来。哪知过了一年，此人又出现了，手捧一只牛百叶，几片碎帛，甘泉宫门前求见，说他改卖爆肚了，在剖一只牛胃时发现内藏帛，上书金文，预言未来五千年，疑似天书。

方朔说要不要请太学博士勘读到底是何内容，再请有司勘验笔迹。上说不必了，天上哪来的绢帛，致书必也江石、龟盖等天成物，这种人就是不噶不死。

命日磾带几个人把他请进来，好好吃顿饭，埋了他。（马迁按：此事甚机密，李夫人过年串门逢我家便酌，饮了几口，欲言又止，后趁饼妹出去热菜，只说与我一人听，嘱我跟谁都不要讲。）

52

元狩五年，春三月，甲午日，丞相李蔡为自己修墓附骥龙脉，墓址选在孝景陵园空隙地，坐盗占皇陵龙脉动土，下吏治罪，吏围李宅，蔡于中庭白玉堂春树下自刎，血染落花。自此玉堂春有了一等粉色品种，长安人称丞相粉，又称将军粉。盖李蔡本系将门之后，又因军功封侯，得相。玉堂春花抱如杯，色明且艳，初放累累满枝，不见绿叶，盛开即谢，有如人生轰轰烈烈，盛极而衰，时人多以为不祥。

天下马少，公马价格昂升，平抑公马价每匹不得过二十万钱。

三铢钱私造甚多，皇宫买菜也收进假币，诏命停止流通，重新铸造五铢钱。天下百姓又开始盗造五铢钱。楚地多大小铜矿，盗造之风尤猖獗。上以为淮阳是楚地要冲，南北物流关枢，乃复召汲黯，请他做淮阳郡守。汲黯老病，伏谢不受印，上连下数道诏令强迫他，黯才奉诏。乃为黯提高待遇，增秩真二千石，比诸侯国相。黯居淮阳十年，卧而治之，后十年卒。

马迁按：时，国家粮食短缺，官秩禄米亦不能足额发放，郡守秩中二千石，月得百二十斛，岁得千四百四十石。真二千石，月得百五十斛，岁得千八百石。斛，量器。汉初，一斛可容十斗，等一石；武帝末，一斛减为五斗，官秩亦腰斩。

同月，诏令迁徙奸猾吏民充实边地。奸猾标准由张汤厘定：游走于法德边界屡有小犯，罪不致系狱；并无实体店铺居间跑合拼缝掮客经纪人；失地失业游民；上门女婿不安于室在外另有相好与本妇闹婚变；城镇流浪乞讨者；及买爵为吏并无实任逢人自诩图巧取便迹近招摇撞骗者类。实际操作由各郡守自行掌握。

夏四月，乙卯日，任命太子少傅武强侯庄青翟为丞相。庄青翟，武强严侯庄不职孙，不职以舍人从起沛，至灞上，以骑将入汉，还击项籍，属丞相何，以将军击黥布，有功，三月庚子封侯，二十年薨。子婴嗣，十九年薨。孝文后二年，青翟嗣，也是老侯了。

长安东边京兆辖地弘农县有个湖，叫鼎湖，是当地著名风景名胜，传说黄帝曾在此铸鼎，鼎成乘龙升天，是泰山之外黄帝第二个起飞地。因离京畿近，秦时便是王侯贵人携家出游一个去处，看看当地匠人迎合公众心理新铸八百斤大鼎，坐坐小船吃吃船娘烧的侉炖鱼头，也是一天。有时晚了就住一宿，沿湖历年兴建一些公家私人别馆，平常也对外提供餐饮住宿。

天子小时候随家人去过一次，印象很好，鱼头巨大肉嫩刺少。这次再去，发现湖也不大，景色单调，尤其不能忍是内个鼎，三条腿大瓮一样，是捏惯锄头把子烧缸制瓦粗手丧心之作，铭文也是乡绅捉刀不三不四尽显乡愿"洪福齐天崇升罔显"云云。倒是湖边一家弘农县家别馆食屋煎的肉饼很好吃，皮儿焦肉嫩，上贪嘴多吃几张，当晚便犯了胆结石，疼得死去活来，当地所有巫医都喊来了，现捣药现支锅煎汁，还有冲上身上洒水念咒，取出大小铁针准备往上肚脐眼扎，现烧符现沏水准备灌上的，方朔拦着大伙说我也不懂医，我也不懂巫，但我丑话说在头撅，是凡动了龙体，龙体但有不适，龙打个喷嚏，龙拉肚子，龙肤起个红点，族。众巫说那就没辙了龙不让碰。这时上已疼得失控，必须喊出来：哎哟，哎哟，哎哟哟哎……你就让他们碰吧，符呢？我喝！针，我扎，赦你们无罪。

有个叫游水发根的本地老巫说：我有一同事，最近也生过同样的病，百般疗治无效，最后请下一个神，说是叫巫咸，百病之神，神到病除。上说快把你同事请来，只要能让我不疼千金致谢。发根说我还得问我同事，神还在不在，别病好了神送走了也起不到治疗效果。方朔说你傻呀，神走了再请阿。发根说哦对对忘了。日䃅拉发根往外走，说我跟你一道，坐我的马。

日䃅发根前脚走，上瞬间不疼了，没事人一样坐起来，说好了。大家发愣，说这神这么灵，一提名邪灵就吓跑了。方朔说快喊老金回来，不用了。几个人蹿出去，早没影儿了。才在一旁汗流不止心肝哆嗦的弘农县说鄢县偏僻，缺医少药，还是请陛下趁这会儿龙体复健，移驾回京吧。上也说走，下地蹬鞋，说刚才我呀，死的心都有了。领头奔出门外，就听夸哒夸哒蹄响，老金匹马前边坐一老头后边一老头抱着他，仨人一马颠儿颠儿回来了。日䃅说您起来了？后边发根老脸紧贴日䃅背也忘了松手，瞅着上一个劲眨巴眼。

前边老头不认得上，出溜下马往里跑，满口酒气高喊：上在哪里，我来了。

方朔伸手拦他：你谁呀？老头说我是神！

弘农县喝住老头：不许胡闹！对上说还是赶紧回吧，小地方人说话没准谱儿，不能当真。

上问老头：巫咸老师还在不在？老头说本来今晚上准备走的，我说哪能不吃就走阿，硬让我留了一顿浆饭，才端起酒，我这老弟弟就来了，差一点赶不上。

上对弘农县说来都来了，不差这一会儿，别的神不知道，巫咸老师我还是有所耳闻，不是小地方妖孽，让巫咸老师给瞧瞧也不耽误啥的别对老人家厉害。

弘农县说不是，我就是心疼您。

上说我这不是很好嘛，问老头：咱们哪儿阿老神仙，有什么讲儿么？老神仙说也没什么特别的讲究，只要是室内，肃静一点，无关闲杂人等一律请出。

上、老神仙一前一后返回室内，掩上门，就他们俩，就听屋里鸦雀无声，一会儿冒出一侉里侉气第三人，方朔小声说：像是渔阳郊县口音，跟王恢有点像。

渔阳口音吞字儿化音滔滔不绝，一会儿声高，一会儿声低，与上有问有答，过了脚蹲麻还没到一起来就眼发黑工夫，门开了，上乐呵呵搀着老神仙出来，老神仙两眼无光，满脸发灰，站立不稳，一步三道弯。

上把老神仙交弘农县手里，说仔细送回家好生照料，家里有什么困难跟你提，一律照办。又对方朔说去我内车上后备箱，看还有多少金，全拿出来，赏发根。回去想着，去库里提千两黄金，你亲自过称，一两不许少，跟弘农县要地址，赶明儿送老神仙家去。

回城车上，方朔说看来是靠上谱了。上说到底是得过这病的，说的全对，你扒门缝儿没听见阿？方朔说净是医学名词，听了跟没听见一样。上说也没啥新鲜的，就是让注意饮食，少吃油腻东西，多喝水，尽量不从事剧烈运动，早饭必须吃，疼就对症吃止疼药，卧床，有时不吃药也能自愈。倒是给我开了个方子：大柴胡汤加减，三棱、莪术、香附、郁金、大叶金银草三两、海金沙三两，问御医酌量使用。老神仙说他家还有自制特效止疼药，到时候送我几丸子，你去送金子想着跟他要。方朔说这是神？这不就瞧大夫么？

上说我宁肯他是大夫不是神，他这么一说我倒放心了，不是要命的病，只是疼起来比牙疼百倍。

方朔说花千两黄金瞧一大夫，行，你觉管用就行。

上后来在甘泉宫也犯了几回，每次都把老神仙接到甘泉，在寿宫摆酒款待他，不让别人进，就他们俩，说来也怪，老神仙一来，上的病立马就好。底下人不懂，都说老神仙给上请神，神治好了上的病。李夫人还去跟司马迁学舌，说上如何如何，神如何如何，时来时去，来则风萧然云云，司马迁信了，还去找方朔核对，方朔说不太清楚。其实方朔知道，老神仙每次来都带着他的特效药，上不让他说，直到上出现幻听，或言巫咸私语他，当年黄帝升天曾留下预言：三千年后再降世称帝，使人间得万年太平。上说：三千年之限正应在我出生那年。言罢眼神微笑俱诡异。方朔惧，才偷了一丸子，拿给张苍公检验，张苍公拿舌这么一舔，说喔赛！全是阿芙蓉阿。

那时上经常往来长安、甘泉之间，每次经过右内史界内，路上治安都不好，居然有人拿绷弓子射上辕马，还有刚被抢险被奸妇女坐地上咧嘴哭。上说义纵以为我不会再走这条路了么。

53

元狩六年，冬十月，赏赐丞相以下至郡守二千石一级官员黄金，重量没记载。赏县一级千石以下及随行人员帛、南蛮西南夷织锦帕子各不等。赏赐到随从这一级即便一人几尺亦应海量，想必是这些年与南蛮西南夷朝贡贸易换回来的无用之物，宫人瞧不上又卖不动积压在库里，有处理清仓的意思。

是月，下雨，不结冰。（司马光按：这条记载很奇怪，十月就结冰么，可见汉当时正经历极端气候，比正常年景寒冷。）

起初，上下令收工商税同时推出一个捐家助官的榜样卜式，以为天下多少会有一些义人效法他，结果一个义人也没有，老百姓观念交税就是助官了，反而千方百计瞒报漏报。受理举报瞒报漏报事所谓告缗事务的税务稽查史杨可上书言：现在的税法漏洞太多，减免对象太宽泛，很多人为了免征漏税就把车船登记在亲属好友有高爵、属三老和在北边骑兵部队服役的孩子名下；或主动投奔不在征收范围诸侯王、列侯愿为附庸，财产挂靠主家宁为主家充役不为国家交税，致国家税基大量流失。建议重订税法收窄减免云云。

义纵莫名其妙大概本人或亲属也有上述挂靠、假名登记事，税吏上门登记信息遭义纵使部吏拘捕，形成大司农计缗司与右内史两署相争，互以乱法诋告。

上将义纵下吏，坐废格沮事——搁置废阻诏令实施，弃市。并没有修订税法。

郎中令李敢深怨大将军致其父抱恨死。二人同朝，朝散，大将军入便，独出滞后，遇李敢迎面行，忽施一大辟斗，大将军机敏闪过，止红一耳，敢未语一声，大将军亦未语，各自肚知，反向而去。事后大将军也未张扬，只家属略知。过了阵什么事也没发生的日子，敢从上至甘泉宫行猎，大司马去病亦在行猎队中，从人赶出野猪奔鹿，众人驱马驰射，去病一马当先，敢紧随其后，去病忽拨转马头，圆弓瞋目，大吼一声：看箭！射杀李敢。上与骑从至，去病自下马除盔请罪，上命其拾盔自去，告左右：就说郎中令为鹿触击杀。乃重抚敢母及妻儿。李夫人说我为李氏不平。上说一足已跛，再断一掌么？

夏四月，废郡复置齐、燕、广陵三国。乙巳日，在太庙立王夫人遗腹子闳齐王，李夫人子旦、胥为燕王、广陵王。首次制作敕封诸侯王诰策，使张汤告庙，诰曰：呜呼！小子闳，受兹青社。朕承天序，惟稽古，建尔国家，封于东土，世为汉藩辅。呜呼！念哉，共朕之命。惟命于不常，人之好德，克明显光云云。

三子尚幼，刘旦年稍长，不过八岁，皆就国，跟着乳母师傅去封国居住。

自造白金、铸五铢钱后，吏民坐盗铸金钱死者数十万人，超过历年征匈奴死亡人数。而那些没有被发现的人恐怕更多，天下大抵已形成爱谁谁风气，有条件铸钱，没条件创造条件也要铸钱，私钱流行天下渐有驱逐官钱趋态。淮阳以南各县乡，民多认假钱为真，市集村妇小贩每拒收官钱。南郡铜绿山、丹阳陵阳县等主要铜产区，户皆有小冶炉，吏民逮治一批又起一批。有宗族势力强大村庄，武力抗法，遭官府派兵抄剿，男人皆伏诛，妇孺卖为奴，村子十室九空。以乐杀人暴虐治乱著称王温舒、周阳由、尹齐等皆上书，曰：犯法的人太多，不能尽诛，尽诛则本郡无人矣。

六月，诏遣博士褚大、徐偃等六人，分头巡视各郡国，纠察检举那些强取豪夺兼并良民财产的坏人和违法乱纪郡守、相国等下官吏。诏曰：不久前有司由于钱币重量轻又多伪造，伤害了农业，而从事商业和手工业的人增多起来，又要防止巨室富户兼并弱小贫民，因此更换钱币以加以限制过往存钱过多的人。考查古代，制定今天合用的办法，废除旧币已有一年一个月时间，而山泽之民还不知有这回事。究竟是奉旨执行命令的人宣传引导不力，还是百姓换钱有不同对待，而不良官吏妄托上命乘机侵夺民财所造成，怎么这么杂乱烦扰呢？今派遣博士褚大等六人巡察天下，鉴别审查奸邪狡猾为害百姓的人，凡放任农田失垦为政苛薄官吏，一律揭发上奏，都要报丞相、御史大夫。

秋九月，大司马票骑将军冠军侯霍去病薨。据报是薨于赴辽东外障看地形行旅途中。自任大司马后，去病一天没闲着，西北、北边皆定，惟东边不靖，还有匈军活动，还有肃慎、扶余、高句丽、沃沮、朝鲜诸夷环伺。上给他的新任务就是去东边五郡整顿边防。

去年多半年，去病就沉在下边，走遍上谷、渔阳、右北平、辽西、辽东，多次出塞，约见乌桓各部酋长，允其南徙至我五郡塞外放牧，与我建立匈奴情报共享机制，定期通报，特设一高级军职：护乌桓校尉；秩二千石，持节行监领事，不使其私与匈奴交通，督各部大酋长每岁赴长安以外藩礼朝见。当时去病就有几次自述头晕、颈部板紧。与乌桓大酋长见每次必遭敬酒，外交礼节不得不喝，去病不好酒却也有酒量，虽不致醉，酒后亦感到胸闷、乏力，二天早起尤感疲劳。

多年征战，去病生活习惯可谓不良，晨昏颠倒熬夜是必须的，战役进行中几天几夜不睡也是常事，饮食不规律，一天下来顾不上吃饭，或匆匆吃一顿，这一顿就是暴饮暴食，且以肥甘厚味为佳。战况瞬息万变，情绪大起大落，战斗惨烈，部曲好友死无完肤，杀敌众，敌尸枕籍，血流成湖，虽胜亦伴有长夜无眠，大悲难抑。亲近去病几个人破奴、安稽都有所察觉，小霍性格越来越孤僻，原先几个人在一起还说说笑笑，绝幕大出击后，老一人呆着，上给他介绍对象，要去宫里交际，别提多紧张或叫多烦了，与当利公主相亲当天，回来累得直接睡倒。杀李敢内天，人也绝对不正常，回来极沮丧，跟破奴说我真没想杀他，他跟在我后边，我只知后边有个人根本不知是他，脑子里忽然出现一个声音：射他！射他！回头开弓就像不是我，另有一双手在操弓，我根本不知他和我舅内些事。

今年去辽东，破奴安稽都看出他不好，至少一个月没怎么睡，脸膛红得发黑，眼睛瞪得像铃铛，坐在呢儿就喘粗气。都劝他跟上请个假，休息几天再走，不听，非坚持走，说在大司马府呆着烦，看内些人也烦，就愿意下部队，听营房吹角，吃部队糙食儿舒心。

还是带几个骑从一个人天没亮走了。到辽东当晚就不太好，坐着胸闷，呼吸如叹息、吹气，辽东内些人也不太懂，还拉着他喝酒，酒后完全坐不住，呼吸急促如潮汐涨落，就连夜去真番障。在路上极为少见地主动提出休息，下马坐地

655

上想喝口水，水囊举起来还没喝进口，身子一歪，人就没了，手还紧攥着水囊。

上甚哀伤，甚悲悼，流泪赐谥号：景恒；惟愿其英灵化景，永在。准陪葬茂陵，造大冢以祁连形之。

去病少贵，不食人间烟火，论门第算一公子哥儿，却无一般公子哥嗜好，不著华服，不好酒，不近女色，对美食无感，也没听说喜好摆弄弓马，家里都不是干这个的。十七岁从军，弓马不教自专，两次深入敌后，功冠全军，封冠军侯；十九岁任票骑将军，两定河西，歼灭收降匈军近十万；二十二岁绝幕大出击，逐匈奴于漠北，歼敌七万，封狼居胥。匈奴三十万骑，他打掉一多半，自此漠南无王庭，大功厥成，功成身退，二十四岁走人。汉朝人皆说：这是个为战争而生的人。

且非周公、王翦、白起、韩信那样的谋定之帅，又非孙子吴起那样既能带兵又能写兵书具有军事理论素养的军事家，根本不看兵书，凡战必首攻，带头打冲锋，最大乐趣是战斗，历史上可与之比肩战神只有两个王周昭王、楚霸王。李广的蚂蚁上树不同意，对对，还有一个我朝将军李广。我朝军迷常为李将军霍将军谁更能打、谁最牛掰争得脸红脖子青，共识是：都是战士，都有一颗战士的心。此谓古战士，古之二士之一，二德一缺，俭、慈，敢为众人先。天生种子，不世而出。于今还有一缺，用术士王朔的话说：杀戮太重，不得享年。

去病身后遗有二子，长子霍嬗，次子霍子侯，皆其生父仲孺为续去病一门香火从其兄伯孺、弟季孺两家各过继一子而得。乃命嬗嗣侯，子侯为奉车都尉。

同姓异母弟霍光，任诸曹侍中，相貌其实与去病也不像，儿子随妈，两个妈长得并不一样，但是上怎么瞧光都觉得如见去病，看见霍光就红眼圈。李夫人说你也别上赶着每天去找人家哭，想哭调身边来哭。

乃格外加恩，并迁霍光奉车都尉，与子侯同掌皇帝平常乘坐几辆车，秩比二千石。没过几天，又提拔为光禄大夫。光由此侧身近臣，参襄国事。

这一年，大司农令颜异获诛。起初，异以廉洁正直官声很快升迁到九卿。上与张汤造白鹿皮币，曾经征求过颜异意见，颜异说今时逢岁王侯朝贺皇帝都是用黑玉，价值只有几千钱，一块鹿皮反倒值四十万，这是本末倒置，货币价值可以这么随口定么？上听了很不受用。后来皮币就这么推下去了，引起市场很大反应，起初有很多人收皮币，很快币值应声而落，再出手十万钱也兑不出，有投机客因此跳河，还有人愤而绞砸手里鹿皮糊墙。有客人与颜异谈起此事，语多抱怨，异不便多说，只是微撅上唇以示无奈。客人不懂事，张扬出去，说大农令也很不赞成。张汤以道谤逮捕了客人，牵出颜异，弹劾曰：异九卿，对诏令有看法，不当面讲腹中讥诽，当以谤讪论罪。遂诛异。

自是后，汉有腹诽法，不复见假耿直，公卿大夫多以柔和恭谦自保，汉语自黑、生猛怒赞句辞陡增。

54

元定元年。夏五月,赦天下。允许百姓不干活,杀牛聚会,饮酒五日。李夫人说正是最后耪一遍地的时候,干嘛让他们干这个?上说前几年太紧张,如今太平,大家放松一下,手里活放不下,也可以继续干。

济东王刘彭离骄悍,日暮黄昏,与家奴及亡命少年拦路劫财杀人为乐,遇害者有百人之多。坐废王,迁徙到上庸监视居住。

六月,汾阴县久旱,女巫锦在后土祠为百姓祈雨,打着伞闭眼转圈,差点掉沟里,睁眼发现才还是平地硬土拱裂一道弯勾大缝儿,扒缝儿一瞧,里边有东西闪烁,招呼看热闹乡亲一齐刨土,起出一只千斤大鼎,有半条船那么大,可以煮整牛,文镂有古趣而无款识,没见过,很奇怪,报告乡卿,乡报县,县报河东郡,郡守齐胜上禀皇帝。上派使者到现场查验巫锦得鼎事有无赚哄，经查整个汾阴县也凑不出几千斤铜，是实。

上便自告奋勇带队去汾阴，同行者有光禄大夫侍中以博闻著称吾丘寿王。到了汾阴，吾丘验了鼎，擦擦敲敲，尝了鼎上锈，说认识，从前伏羲大帝曾造一只神鼎，不是鼎很神而是准备献给神，大帝止造一只，不是大帝缺铜，而是取其数吉，一者一统，天地万物出于一，终于一，大帝是一元论者，也可说是一神论者。后黄帝造三鼎，也不是缺铜，而是象征天、地、人，第一次把人提到与天地相等位置，当然那个人是指天子，不是所有人。禹收九州之金，造九鼎，真是不缺铜了，但是把鼎降低为实用器，器形甚大，有半条船那么长，当锅使，可煮整牛整羊整猪以飨诸上帝鬼神，禹是万物有灵者。夏入商，鼎还在。商入周，周自制九鼎，禹九鼎便安置在承续殷祀的宋国社庙。周德衰，宋社栽种的柏树不翼而飞，禹鼎乃沦伏不见。有识之士皆说：此九鼎遇圣人而兴，天下大乱则潜。我研判：眼下咱们跟前这只鼎，即是禹九鼎之一。

上听了很高兴，说不管你说的是真是假，咱们就当真的听。我准备还原造鼎本初之义，献给上神。近年黄河泛滥，连着几年收成不好，祭祀后土很有必要。

乃以长车为祠，将鼎搓了洗了，使六十四力夫加杠抬上车，率众唱《周颂·丝衣》选段：自堂徂基，自羊徂牛，鼐鼎及鼒，不虞不骜，胡考之休。（马迁按译：从庙堂到墙根，从羊到牛，从大鼎到小鼎，不吵闹不傲慢，才使咱们得长寿。）以为礼。乃载鼎归。

路上，吾丘跟上聊，说您怎么挑这段儿阿，要祭祀后土祈祷粮食丰收我觉得《天作》：天作高山，大王荒之；《思文》：思文后稷，立我烝民；都比这合适。

上说想过这两首，还有《臣工》，都是开荒种地的，后来想到做什么事都要有人，人不在，什么也做不成阿，就用了做寿的。

方朔对霍光说：令兄过世，上心里内劲还没过去。

车队至云阳中山，天空有云气缭绕，阳光透出云层，使云如镀金，一直罩在上空，随鼎移动。众人皆遥拜：知道了，您瞧见了。这时有一只水鹿跑过，上射之，左右说这真是天送来的祭天物，上说祭天太薄了，祭云吧。乃拾柴架火燎烤，分而食之，都说鲜美。

快到长安，上还没想好把这鼎搁哪儿，宫里杵这么大一家伙，好像也挺不是事儿，宫成庙了。于是就说先送甘泉吧，甘泉宽敞，有的是地儿摆它。

百官听说宝鼎到了，都想瞧新鲜，一大早就全扎清明门口，等到日暮，也没见皇帝车队，有随行人员陆续回城，告銮驾奔甘泉了。

又复日，朝会，天下太平，也没啥事可聊，就又聊起鼎，大伙一会儿说这鼎应该放在宫里，一会儿说应供在太庙，一会儿说应该就放在甘泉，单为鼎造个台，或个堂，既是天赐，就叫天堂。最后汇总大家意见，先进献到高祖庙，再移至甘泉，造不造天堂另议。

上新鲜劲也过了，说：可。

谬忌听说此事，上本奏曰：君主纪年没有比以天瑞命名更合适的，今年仲夏得到宝鼎，应改年号为鼎。

上说他就关心这事。李夫人说人家说得对。

乃改"元定"为"元鼎"。

元鼎二年冬十月，张汤有罪自杀。一堆烂事赶到一块，老是给别人挖坑，夜路走多了遇见鬼。这次杠上整个丞相府，先是好基友属吏谒居窥伺汤心意举报丞相中史李文作奸犯科事，汤把李文做成死罪。上问事发原委，汤推说跟谒居不熟，居为李文故友，可能是好朋友翻脸。扭脸在办公室给居做足底，被赵王彭祖撞见，奏曰：汤大臣，乃与吏摩足，疑共谋大奸。事下廷尉，谒居病死，事连其弟谒安，长安二十六所监狱皆满，临时羁押于少府主采购粟米导官闲置米仓。汤送其他囚犯去米仓，见安一身糠蹲在仓里，打算回去私底下运作捞他，表面就当没看见，安不知，生怨，告汤与乃兄共谋诬告李文。事下御史中丞减宣，减宣还没把这事整明白，又发生贼人盗掘孝文陵园地下所埋送葬钱事，汤以丞相四时行陵园负有责任，欲以"见知纵放"罪加丞相。青翟患之，乃与三长史朱买臣、王朝、边通商议，三长史以前官做得都比张汤大，后犯了错误，降级使用，汤数次代理丞相，拿三长史不当东西，当面折辱，三长史深恨汤，愿以死扳倒汤。乃使吏拘捕长安巨商田信，立案侦查，拷掠指导口供，密报曰：汤每次向上建议重大经济政策，信辄先知之，囤积管制物资，价涨而沽，致大富，获利与汤半儿劈。

上看了密报，点汤：每次我打算出台新政策，总是有商人提前知道，大批买入，很像有人把我计划泄露出去。汤其实不知上指什么，他办的事多，也认识很多商人，一时想不到谁、哪里出了问题，就说：很像有。这时，减宣也把谒居事整明白了，案卷报上。

上以汤怀诈面欺，一连派出八批使者手持举报信质问张汤，汤也很强硬，不认任何罪名，对所有指控均告不服，一条条反驳。上对赵禹说：你去。赵禹一到，就责备汤：你也太不顾自己身份了，被你宣判杀头灭族的人有多少，今天别人对你的告发都是证据充分的，皇帝不忍将你下狱，给你留面子让你自己了断，你搞什么一项一项自陈呢？汤这才给上写了一封谢恩书，曰：汤无尺寸功，起刀笔吏，幸蒙陛下垂用位列三公，我没有完成好陛下交给的任务，愿意承担失职应付的责任。陷害臣者，三长史也！遂头套袋自窒息而死。

汤死，天下百姓没有一个人怀念他。

赵禹亲自带人去张家对其家产估值，所有浮财加起来不过五百金，逐项核实，全都来自工资和赏赐，没有其他收入，除任茂陵尉时所购一处宅院，更无其他田地及不动产。他的兄弟个个都比他有钱。他的兄弟和孩子们想为他举办一场隆重葬礼，老母亲不干，说：张汤作为天子大臣，受诬陷冤死，还搞什么隆重葬礼。就用素帛裹张汤遗体，有棺无椁装上牛车，不举幡不鼓吹，只有家人跟着，天没亮送到墓地下葬。

上听后感慨：没有这样的母亲生不出这样的儿子。乃释放田信，使吏按三长史，论罪尽诛。十二月壬辰日，丞相庄青翟下狱，吞金自杀。张汤的儿子张安世时任郎官，因写得一手好毛笔字，供职尚书台，人极老实，记忆过目不忘，提拔为尚书令。

春，维修柏梁台，于台顶添置承露盘，高二十丈，周长七人合围，整体铜铸，李夫人说可以泡澡了。

老百姓都管内叫仙人掌，说所接仙露拌玉屑喝可以不老。上说你们谁都不往我国整体浇铸水平提高那儿想是吗？

二月，任命太子太傅赵周为丞相。

三月，大雨雪。辛亥，任命太子太傅石庆为御史大夫。起初，元光六年，石庆以母殡告丁忧，辞廷尉。两年另三个月丁忧期满，又因伤心过度生了一场大病，迁延不起，病好了身体一直也弱，就没急着复职，在家燕居。太子立，延为太子太傅。这次丞相、御史大夫同时出事，三公去了两公，朝中真没人了，才勉为其难与赵周一同过宫补缺。经此一别，已十四年矣，复入朝乃叹：皆新张儿也。

时，上亦逾不惑，春秋四十有一，当属盛年，亦不复二十啷当岁唇红齿亮，神采飞扬，这一来一去的，还是那个人，却也面阔背厚，稍一腆胸也出小肚子。上对石庆说：咱们都老了。

夏五月，大洪水，潼关以东地区饿死人以千计。

秋九月，诏曰：仁不异远，义不辞难。今岁京师虽也不是丰年，还有山林池泽出产可与民共享。而水灾南侵，且凛冬将至，我怕江南百姓没吃少穿难以存活，刚从巴蜀运出粟米到江陵，派遣博士萧大中等人分路前往巡视，晓谕所到地方不许加重百姓负担，吏民能有救助饥民使其脱困者，名字报上来叫我知道。

这一年，擢升孔仅为大农令，桑弘羊为大农中丞，开始试行均输法。起初，桑弘羊看到各地官府都自己做买卖，交相争利，导致物价腾跃，而各地出产输往长安抵充赋税很多货种没人需要，运到长安也卖不动，积压在库房还抵不足运费。于是向上建议，由大司农派人到各郡国任均输使，将各地所出最受市场欢迎名优特产一概作为赋税输往长安，由大司农设平准司接收，全部垄断起来，市场贵就大量抛售，市场跌就大量收购，不给巨商大贾操纵市场牟取暴利机会，这样他们就只能做回老百姓本分，回家务农，而物价也会稳定，输运者方便，国家受益。

上当时就觉得好，批示先在小范围试行，逐步推扩到天下。这回桑弘羊做了大农中丞，位在大农令下，盐铁二丞之上，可说是常务副部长，就先在河东、河内、河南、颍川、南阳几个富庶大郡试行均输，暂命五郡盐铁专卖官兼理此业。还扩大了范围，命五郡工官制造车辆及其他器材采购原物料费用盖由大司农拨给，成品亦全部运往长安统一发售，不得在当地私售。

时，白金价暴跌，民众谁也不拿这块杂合金当宝，不留神收了就花不出去，最后竟如废锡只能给小孩当玩具串九连环或出殡赚吃喝往天上撒听响儿之铃铛片和上坟送给死者阴间使的冥币，已无疾而终，退出流通。于是下令禁止所有郡国铸钱，有铜山铜矿也不行，专任水衡都尉属下上林三官钟官、辨铜官、技巧官铸钱，钟官负责铸，辨铜官主理成色，技巧刻范，足两实重。令天下非三官钱不得流通。而民之铸钱益少，因均输使铜不可得，私铜价昂，官钱精美，仿作不值开销，只有真工巧匠和大奸大盗才有工夫和能力私造。

浑邪王降汉后，汉军击逐匈奴于幕北，自盐泽以东空无匈奴，西域道途开通。张骞进言：乌孙王昆莫本匈奴臣，后兵稍强，不肯复事匈奴，匈奴攻不胜而远之。今单于新困于汉，而故浑邪地空无人，蛮夷俗恋故地，又贪汉财物，今应趁此时厚币贿赂乌孙，招他们更往东来，居故浑邪地，与汉结为兄弟,看情势他们能听从我汉,听从我汉就等于断匈奴右臂。既连乌孙,他们西边康居之类的国家皆可招来而为外臣。

马迁按:昆莫父难兜靡本与大月氏同在敦煌、祁连间,小国也。大月氏攻杀难兜靡,夺其地。而大月氏又被匈奴所破,西击大夏王夺其国。昆莫报父怨,西攻破大月氏,留居现乌孙地,在龟兹西,天山北,距敦煌二千里。故骞有"恋故地"说,指今浑邪地实为旧乌孙地。乌孙虽蛮夷,同为天下人,亦有恋故心。

上说你内啥,不家里蹲了,不是就觉得家里舒服,哪儿都不要去了么。张骞说家里蹲不住了,上回赎死把喝粥的钱都贴进去了,妈的以后判刑就判刑不要加拧次人的话好不好,什么畏懦,我内是失期,条件制约,没赶上,跟胆大胆小有什么关系?上说哦,他们还加了这句,我批的时候单子上没有。你也别太在意,内都是格式公文,并不针对你个人,情理上讲判过死刑心胸也应该更开阔,今后活每一天都是赚的。你怎么样,决定出动了?骞说决定球了,活一天算一天。

上说好,我让你失去的全赚回来。于是任命张骞为中郎将,问:低不低?骞说无大所,反正我出去就自称将军,跟外国都叫大使,他们也没地儿查我去。

叫日磾过来,三个人一起拉单子。日磾比骞熟,去乌孙走乃条路，沿途有乃些国家、城池，出敦煌第一步还是走蒲昌海也即你们汉人说的盐泽，盐泽南有楼兰、且末、扜泥，北有山国；然后沿昆其河、海都河西行至敦薨浦，途有渠梨；继续西行有龟兹；折向北有焉耆、车师前后国和乌贪訾离国，都是乌孙属邻，小国，不足虑，带几百人即可唬住他们。也好客，可以提供饮水、食物，所带炊饮足以支撑到盐泽即可。

骞跟上要这要那，上皆倍之，计三百人，人各两匹马，牛羊以万计，金币丝帛值数千万万，主要是丝帛，都拿牛车拉着。上跟骞说你也别到哪儿都跟人要饭，咱们是去赏人家的，多带东西，叫人羡慕，才愿意跟咱们好。骞说是是，我也是这意思，就是牛车寒碜点。上说就这个不好办，我缺马你又不是不知道，连自己都减乘，你到那边，十牛换一马，我愿意你们都骑着马回来。日磾说丝就是硬通货，有丝何愁无马。

又给骞一百多把汉节，说拿着拿着，小国也别慢待了人家，遇到了，都有个表示，你懒得去，叫手下作为副使，去拜访一下人家，给人家搬两匹布，别叫人挑礼，说咱们只结交大国，也没准小国藏着宝呢。

说这话时是孟夏，四月，小满芒种，骞就出发了，也戏称自己二次征西。牛羊在北地，现分群，现赶上，边牧边西行。一路无人迹，苜蓿巍巍若微型森林，一壁延延，一壁漠漠，惟中道萋萋葳蕤，骞由是说我命名了，以后这道就叫河西走廊。走到敦煌已是五月，也就骑马的几位先到了鸣沙山，牛车还沿着氐置水晃晃悠悠蛇行，羊还在籍端水以东吃草。骞说现在明白小霍心情了，这么走明年也到不了乌孙，带牛羊走路不是事儿，我决定还是咱们几个先走，不管他们了。

六月，张骞等到达乌孙，因为空着手，乌孙王昆莫不重视，接见这帮人时甚怠慢，没有任何礼宾仪式，就一人坐着，让张骞他们几个站着，样子十分倨傲。

张骞以上国礼见，拱手三点头，说我后边跟着车马千辆，战士上万，黄金丝帛数千万万，都是我大汉天子打算用来交好贵国，协助贵国光复旧地的，如果你们愿意回到东方，与我汉结为兄弟之邦，共拒匈奴，匈奴不足破也。见昆莫不为所动，又擅加一条：我汉还可以把公主嫁给你，两家做亲戚，你觉怎么样？

昆莫当然是觉得这小子有点吹牛，论吹牛西域人比东方人会吹，这么多小国城邦勾肩搭背混在块儿堆，谁也吃不掉谁，主要靠外交，拍唬，昆莫自己就是吹牛大王。千万万，等千亿，没听懂，乌孙就没万以上数词，最大到千，说万是十千，千亿，以为一千零一夜呢。（马迁按：这个千万万可能真是有误，考查石渠阁所藏少府档案，元鼎二年拨张骞使西域物货清单，原公文写的是"丝值千万万"。当时物价是很高,也没高到这份上,我汉产丝能力强大,也没大到这么吓人。以千亿钱计,可买断天下数年丝产量。西域诸国人口,大不过百万,小数千,这么多丝运过去,且不说需要多少畜力,凡人尽可喂饱,一代人不用再买衣裳。合理判断,应该是书吏笔误,多添了个"万"。)

更主要是这个土鳖就没听说过汉,东方在他概念里就是匈奴,再就是一些"拔拔",翻成汉语叫蛮夷。

汉和乌孙谁大?话到嘴边没问出来,都懒得问。

吹牛大王都有一共性,不轻易得罪人。就说那你先住下吧,走一走,看一看,等你们一千零一夜到了,咱们再聊。骞也听得稀里糊涂,再想说什么人先走了,也累了,只得找客栈住下,正好西瓜葡萄下来,街上成堆成筐在卖,先搬俩西瓜坐路边一拳砸开,怒吃。

以后天天上赤谷城外手搭凉棚向东眺望,盼牛车。盼了俩月,死的心都有了,头一辆牛车来了,瘦得跟鹿似的,角都掉了,但是很精神,还能走,跟车的骑兵校尉陈锐两匹马帮着拉边套,说不能再快了,牛一死,我这俩马都不是驾辕的。骞说曹都都他们呢?陈锐说还在后边,应该过了渠梨了。骞登车翻检货物,陈锐说天天喷水,人舍不得喝给货喝,怕成蚊帐了。

这之后,每天都能到一两辆,骞腰杆也硬了,扛着丝帛去王宫,一匹匹展开给昆莫看:随便使,做帐子做被面都可以，有滴是，在我汉都用来绷窗户糊天花顶。之前昆莫只见过一双丝履，穿在匈奴阏氏脚上，单于高兴赏给他，包回来谁也没舍得给，供着，每天赞赏匈奴女工心灵手巧，羡慕匈奴地大物博，给起名叫金不换。但是还是没吐口跟汉做兄弟。也跟手下几个亲贵大臣议了，要不要走回老家去。大臣们都不乐意搬家，在西方也住两三代了，都有孙子重孙，生活习性也改了，建城，住房子，种葡萄酿酒，老家有什么呀，不就一地草么，再搬回去还得住帐子。没说出口心底想的还是怕匈奴，没招他没惹他就来跟你过不去，他豁得出去你豁不出去，不想再打仗，也并不信国家大、富，兵马就一定强，巴克特里亚、波斯都大、富，又怎么样？汉要是干得过匈奴勾搭咱们干什么。

骞在赤谷城住得腻味，又不敢走，昆莫每天糊弄他，说明天，明天准给你准信儿。请大使吃饭，不聊别的，老打听你们呢儿女的长啥样儿，盯着骞问：是都你这样儿么。骞说比我好看多了，简单说就是你们姑娘尖儿都拓圆了，凸起熨平了。昆莫说一定领教。

骞离不开，就派随行骑校尉陈锐、曹都都、焦尔力等分别持节拉两车丝，走访周边国家，先是当天去当天能回来的小国：姑墨、温宿、尉头；再后走得远点，大宛、康居、大月氏、安息、于阗都走到了。

骞跟哥几个说到呢儿提我，我跟他们熟，没人不知道。

陈锐回来委婉说：提你了，你上次是不是没带什么东西。骞说昂，我是半截腰从匈奴跑出来杀过去的，命差点丢了还东西，东西都让匈奴扣了。陈锐说嘻，他们西人就是一帮势利眼，只记东西不记人。

焦尔力走得远，到了安息，是上次骞没到过的地方，回来说安息真大国也，出来迎我人马即有二万骑。

都都走得更远，出大月氏有点转向，不留神走到身毒，也没见着谁，就见一帮人在河里泡着，洗脸蹲便所，还有人在岸上架火烧死尸，有裸汉坐一火堆上假装没事，聊天，死扛。很多大象，穿金戴银的人出门都坐大象，跟上面搭一小亭子，都都在下面跳着脚喊：你们这儿谁负责呀？上面人根本听不见，叫大象鼻子一甩，蹭一身鼻涕，热得差点中暑，赶紧回来了。

混到九月，昆莫还是内句话：明天，给你准信儿。

陈锐说不能再信他了，我认识一人，借我一条裙子，说了两年明儿还我，后来还是我跟他说不用还了，送你了，说了一年，才不提裙子。骞就去见昆莫说我与我国天子约，年去年回；现在快到我们年底了，你也挺忙的，我先回了。昆莫说别走阿，明儿就给你准信儿，咱们说好内事呢，我真挺感兴趣的。骞说知道您是一痛快人，我也是痛快人，说的事啥时候都有效，明年，后年，您什么时候想回敦煌看看了，一定通知我，我还带这么多东西，草拔了，地扫了，鸣沙泉边候着您。昆莫说必须的必，我一定去，咱们很快就能敦煌见。言罢招呼手下：去，上我内马厩，把我内好马都牵出来，我要送给张大使，再派你、你、你，替我给张大使开道，别让大使瞎转了，走咱们老走内路，把大使送回家，半道上磕了碰了，跟你们急！

骞出王宫，跟焦尔力说我觉得我就够假的了，没想还能碰到比我还假的人。

这年底，可能过了一两天，骞回到长安，千万万散尽，带回二十几个乌孙人，四十几匹劣马。跟上说这帮是考察团，考察我汉比乌孙谁大。上乐：怎么都这么说呀，要不要我摆一场仪式接见一下，整好过年家伙什还都没撤。骞说别给他们这脸，你就臊着他们，让陈锐领着他们转去，我都不陪他们，太不实诚了。

后来陈锐与乌孙人处久了，才听说他们王的苦衷，乌孙太子早死，托孤父王，王爱其孙，欲立为太子。太子弟大禄，拥兵万骑，一抿心思争太子位，王恐孙遇害，分兵万骑令孙离赤谷到别处居住，自带万骑以备大禄，所以乌孙名为一国，实已分裂。张大使来谈东归拒匈奴事，我们王何尝不想重回祖地，实在是年老国乱，不能专制。乌孙使者说我们那儿有句谚语，翻成汉语大概意思"狡兔三窟非出己谋"，说的是一个人看着滑头，可能有他的为难。

上说你瞧，是咱们小心眼了，对人有所期待，不能实现，就下论断，不但是你也是我常犯的毛病。应无所期待，才可得全豹。乃拜张骞为大行，继续经营西域。后一年多，当年得过两车丝好处的大小国纷纷遣使来汉观光顺便贸易，卖点啥换点啥。还开发出很多当初不曾涉足闻所未闻微型国家：桃槐、休循、捐笃、子合、西夜、依耐、无雷啥的，计三十六国，很多怀疑就是某国一城，都往这边奔，看啥啥新鲜，都对他们好，西域与我汉交通贸易由此开端。张骞老师接待他们天天喝得晕头转向，人送雅号：大忙人儿。

喝了一年，张骞老师在酒席上端着酒碗脑卒中，临终遗言一个字：喝！

乌孙王既不肯东还，上乃于浑邪故地设酒泉郡，后又在休屠故地设武威郡，皆征发迁徙内地人民充实之，彻底断绝匈奴与羌通道，使其牛马不过祁连。

是后，汉使者也开始往人家呢儿奔，前一批刚出发，后一批跟着出发，一年当中少说五六批，多达十几批，少者百十号，多的几百人，前后都看得见。每到一个国家都自称博望侯。每拨儿携带的东西也跟张骞他们当初带的差不多，以丝为主，致国内生丝价格飞涨，整个行业产值真差不多够几千亿，超过主要出口大宗商品粟米猪鬃什么的跃居第一。后价暴跌，西域各国都由穿貂改穿丝，盖丝被，丝手巾，货走不动，产区砍桑树，蚕宝宝被喂鸡。使者就越走越远，最少几年才能回来，有的八九年回不来，有的一去不复返，人货失踪，回来的说见到罗马了。上比较高兴的是，大宛主动送汗血马入汉，万斤丝换一匹。上自己不愿重复创作，乃命司马相如即席吟一首同题天马之歌。

马相如消渴症已经很重，大脚趾溃烂不能套袜只能赤脚蹬趿拉板，眼睛近乎失明，没精打采吟道：天马来，从西极，涉流沙，九夷服。天马来，出泉水，虎脊梁，化若鬼……上说你这个，有点没道理呀。相如说臣，才尽了。

55

元鼎三年，冬，迁函谷关口到新安县以扩大关中土地，人民随迁。旧关所在地划归弘农县管辖。

十一月，诏令加重对偷漏税犯行科罚，可处没收全部财产，凡举报坐实者可获受举报者家产一半奖励。

一时，告缗成风，天下中产者大抵遇告，一旦被告，案子很少能翻过来。朝廷还派御史、廷尉正、监分赴各郡国专案专人审理告缗案件，罚没财物以亿计，收各家小保姆老阿姨入官以千万数（马光按：从这个数字看，汉奴籍人口庞大，说几与民籍人口相等或超出并不是过分推测。据不完全统计，汉初，编户不足三百万，民口千五百万至千八百万；至武帝，民编户五百八十万，人口近三千万，连年征战，人口略减，一说还保持在二千万以上。而加上奴婢，全国总人口当在四五千万之间）；收田产大县数百顷，小县亦达百顷，房屋宅院不计其数。中等以上商人率多破产。有钱人吃好的穿好的买贵的过一天算一天，不再积蓄添置产业。而国库因盐铁专卖及税费收入日见充盈。

正月戊子，孝景阳陵园失火。

夏四月，下暴雨冰雹。关东十几个郡国发生饥荒，出现人吃人。

常山王刘舜薨，谥：宪。子刘勃继位。坐宪王病不伺候及无礼废，徙房陵。后月余，改封宪王另一子刘平为真定王。常山设郡。自此五岳皆归天子领土。

五月，徙代王刘义为清河王。

九月，匈奴伊稚斜单于死，子乌维单于立。

元鼎四年，冬十月，行幸雍，祠五畤。赐天下百姓民爵一级，特别表彰妇女在这一年表现，赐百户一头过年牛，杀来吃，年酒十斗。诏曰：诸上帝，我亲自在郊外祭祀，而后土无祀，礼：郊天祀地。而今不登对。命令有司商议！祠官王宽舒说：查阅古籍，禹祭祀后土在沼泽中小岛。上说他们不是同时代人么？

宽舒说古籍上说是后土，未必指后稷，拜托土大约自农耕始便存在，后才有神。禹时代洪水滔天，土尤难得可贵，也许就是他指定稷为土神，生人祠也不是不可想象。今天立祠不必非找沼泽，临水堆高即可。

于是上率众从夏阳渡河向东出发，没打招呼进入汾阴境，河东太守没想到皇帝突然到达，供应大队人马住宿吃喝，干净房舍上等饭菜来不及准备，自杀。

宽舒在汾水东岸选址，令县民掘土堆丘，长四五里，宽二里，高十余丈，堆上建祠，重塑后稷泥像，悬匾：敕建后土祠。十一月甲子，上亲望拜，如上帝礼，只是不燎牛，献五谷。礼毕，幸荥阳，还至洛阳，诏曰：在冀州祭祀后土，展望黄河洛水，巡视豫州，在周王室旧址参观游览，一切都成过去不留痕迹也没有继承人。询问当地老人，才找到旁枝孽子姬嘉，封嘉为周子南君，以奉周祀。（司马光按：根据汲冢古文纪年记载：卫公子姬郢字子南，其子弥牟以子南为氏，曾为卫将军，其后有子南固、子南劲。秦并六国，卫最后亡，疑嘉为弥牟后人，故封君号有其氏名子南。）

春二月，中山王刘胜薨，谥：靖。葬保定市满城区西南一点五公里陵山主峰东坡。

起初，上给当利公主介绍小霍，小霍没接招儿，公主有点不忿儿。后小霍猝死，皇后说幸亏没成，要不过门就得守寡，今后别找军人了，军人看着结实，不定遭过多大罪，身带几处暗伤。小姑林虑说王侯家也不好，都太花，一大堆姬妾，等你过去，身子早成秫秸杆。上说你自己什么想法阿，想找啥样的。公主说我也不想找啥样的，能平安过日子就行，家里关系别太复杂。上说就这样的咱们这种家难找，除非是孤儿。后说外国人不行！小姑说纯地主最好也算了。公主突然发脾气：哎呀不找了，好像我嫁不出去似的。

乐成侯丁义，曾祖丁礼以中涓骑从起砀中，为骑将入汉，定三秦，封正奉侯；以都尉击项籍，属灌婴，杀龙且，更为乐成侯，食千户。父丁吾客，孝文后七年嗣侯，侯了四十二年薨。丁义两年前才袭侯，正在追上四女鄂邑公主，老往家约，当利公主有时就给妹妹当灯罩，陪着去丁府约会。丁家上下多好卜占，尤其女眷，痴迷方术异能。老夫人信鬼神，小时候生过大病，喝药针灸熏艾草还是起不来炕，家里已经备下棺材，一个巫剪张帛啐两口吐沫烧成灰喝了当天就坐起来，二天就出门跳房子去了。青春期也老做噩梦，被鬼追，女鬼坐炕边摸她脸，男鬼无脸长手经常上身。深信万事皆有定数，都有鬼神安排，且是一些很腐败很穷苦鬼神，会因金钱介入促成或转变运势，热衷贿赂鬼逢迎神，向是凡自称能招鬼通神的人物打听鬼神下一步对她们家安排，带动全家疑神疑鬼，迷信至虔诚，什么左眼跳财右眼跳灾，卧室不能放镜子，大门不能对路口，都信，没事就改门楣，改窗户，里外折腾重新摆家具。一家子特别具有招骗子体质，全长安骗子都知道有这么一老太太，缺钱花了就上她们家，吓唬一通老太太，让老太太掏钱买破烂给儿孙消灾。

她们家门口顺墙根一溜，全是摆碗猜豆、摆残棋、家人有病认识名巫的，都知道这一家子好糊弄，怎么说怎么有，上多少当二回还来，最受骗子爱戴品质是尤热衷向亲朋好友推荐，把骗子领人家信誓旦旦用自己曾经上当范例担保特别灵，绝对真诚。外地方士到长安两眼一摸黑，就有同行指点先上老太太家歇个脚，闹出名气，就能混入公侯贵戚真阔气人家。真到这一步这饭碗就算端稳了，这些人家事做得大，担心受怕程度那是街上内些打醋遛弯儿平头老头老太无法比。

两位公主去丁府，没进门头面手饰就让猜豆的、下棋的给摘光了。两位公主也不在乎，觉得好玩。进了府，也是一屋子器宇轩昂或淡然笃定巾帻汉子，聊的也全是紫九阿白六阿，土旺金相木休阿，听不懂，就直接看相拉着手算命，说二公主近期全有正桃花。

其中一位胶东人栾大，人极高大印堂发亮，捧着当利公主手心眼睛直勾勾贼着公主说你其实需要一个懂你的人，你其实特孤独，人海茫茫众星捧月你其实一个交心朋友也没有。如花童颜如画岁月转眼即去镜中的你还是那么美丽皱纹已细细镌刻你心底。但是你命中有，你期待内个人已然出现，我闭眼看一看阿，是个大高个，人极敞亮，在海边，身后有海潮翻涌，有白鸥，有远帆，有旭日，正万道霞光大步向你走来。

丁义在旁边说：熟。公主抽回手，坦然说我喜欢海，但是没去过，只在昆明池划过船。栾大说哦那很不一样，你知人一生会遇到很多人，最后回首往事，发现真正重要的只是几个人。公主说我认为只有一个人。栾大说我也这样认为，其实人不管住雕梁玉栋还是草棚泥屋，最重要是保持爱的能力，爱不是占有，而是失去。公主说这话好熟，好像听谁说过。栾大说湿妈，我一直以为只有我一个人这么想呢，一般人只能想到付出就打住了。公主说我肯定听人说过，但是想不起来了。栾大说那么你同意么我这个观点？公主说我以为不冲突，先拥有再失去。栾大说不能再同意了。俩人聊了一把，走的时候公主说很高兴认识你。

出来她妹问你觉得这是你的正桃花么？公主说不至于吧。

一来二去俩人混熟了，什么都聊，人生阿，时间阿，世界阿，什么叫美，发现三观严重一致，栾大说我还不知道你名字呢老叫公主我觉得别扭。公主说我这名还真没几个人知道，不过可以告诉你，我叫刘璇。

可能是鄂邑公主打了小报告，告诉她妈盖姬，盖姬给后吹了风，后有一次吃饭，假装不经意问起：听说你最近认识一方士。公主当时脸就撂下来了，说什么方士，人家是书生，正经人。上说现在还有正经人那，哪里的书生，带回来让我瞧瞧，真正经，给他个官做。公主说官、官、官，就知道给人官做，好像谁不知道官是咱们家开的，人家根本不希得做你的官。

上说那太好了，不希得做官的人我喜欢，那也可以带给我们看看嘛，我们家又不是老虎，不吃人。公主说就是一个朋友，很正常的朋友，在丁义家认识的，带回家算什么，你们能别拿内种眼神看我吗，好像我怎么了。后说关心你。公主说不要！上说我有办法知道他是谁。公主说你不许去打听人家，你的办法什么朋友也把人家吓跑了。上说好好我不打听，我现在正式向你的朋友、不光他，随便什么人发出邀请，欢迎他们到宫里玩，绝对热情接待，管吃管喝，不跟人瞎搭葛刨根问底，不干涉你们玩什么，不给你丢面子。

公主说那我得问人家愿意不愿意来。

没过多久是一个什么节令，公主问栾大，说有一个小聚，在我家，很小范围，丁义鄂邑他们也去，你要不要过来。栾大说不会碰见你爸吧？公主说不会，我们住的隔得很远，可能我妈会过来，她很烦，我的朋友来玩，她都要找借口过来看一眼，不过她也不多事，就是看一看，假友好跟大家打一招呼。栾大说不想去。公主说你怕什么的，有我在呢不会让你难受。

栾大说我不是怕，是不想见你们家人，你很好，我不把你算在你们一家人里，但是你知道吗，你爸害死过我一师兄，一想到他我就难受。公主说什么师兄，跟你有什么关系？算了算了，不愿意去别去了。栾大说你是不是生气了，你别生气，如果你坚持要我去……行！我就去，要不要带什么东西？公主说什么也不用，带着人就行。

到日子栾大去了，公主在小西门等着把他接进去，七拐八拐进了一小院，一排屋子点着灯，丁义已经到了，站在台阶上和一看上去品秩很高的女的说话，不是皇后。皇后在屋里，正在拌凉菜，大丰收，各种新鲜时蔬切丝伴以三合油和芥末，见了栾大点头说你好。

栾大有点紧张，说我干点什么。公主说你什么不用干，就坐着等吃。栾大说我还是干点什么吧。正好另一女的拿着一盆馅儿过来给皇后看，说你闻闻，咸淡够么？栾大说我祸馅儿吧，这个我行，在家都我。

后说都放过盐了，你非想干活就把面再光一遍，大小伙子有劲，刚才内面是我们几个女的揉的，有的光，有的还有点黏，没全醒开。栾大撸胳膊挽袖子，说全交给我了。把几团面劈阿劈阿摔成块儿堆，连揣带扒滚成一大团，揉至小孩儿脸蛋嫩么光，搁呢儿醒着，说老面发的，碱使得合适。后说没什么特别的，就是家常普通的，别的不让弄。栾大说就爱吃馅儿。

公主又去趟小西门接人，回来见笼屉已经揭了，一屋子人捧着热包子站呢儿嘀搂着吃，她爸也混在人堆里托着半拉包子边吃边点头，对面站着栾大，正在跟她爸聊。一屋人见她都翘大拇指，大舌头：成功。

她也没顾上去听内俩在聊什么，只听了一耳朵"马肝"什么的，就忙着去招呼别人，屋子一会儿进来一帮，院里也全是人，说说笑笑，别的院女人孩子猫也过来凑热闹，要包

683

子吃。笼屉揭了一笼又是一笼,蒸汽跟云似的一会儿蒙了窗户,一会儿又透出人。等她想吃一口的时候,包子没了,只剩大丰收了。

她也不知她爸什么时候走的,她妈也不见了,就剩栾大一人站在灯架子前发愣,过去问:怎么样感觉?栾大说:挺好。

后坐在灯前卸妆,问上:你觉怎么样?上说你觉呢?后说是个朴实孩子,就是不摸底呀。上其实已经摸了底,说这个人不简单,不是你想的那么朴实,在胶东康王刘寄底下混过,很见过些世面,有手段,咱们孩子搞不过他。后说你不看好他?上说就怕孩子当真阿。后说那你去跟她说去呀。上说不知怎么说,重了,怕伤着孩子。后说我去跟她说。上说你别说,说不好,起反作用。

自此后,栾大就经常在宫里出现,宫门警卫也都认识他了,渐至后来,就不用人接了,警卫一看他的车,就抬手放行。有时公主不在,他也来,蹭到上内边,跟上聊天,说我经常出海,蓬莱、瀛洲、方壶那是每次必登的,安期、羡门都喜欢我,愿意收我为弟子,传授我一些仙术。上笑笑,也不接话。栾大说您不要以为我微贱,不信我,仙术高明,不配教我知道。

上说这是说到哪儿去了,可信不可信当然不必以出身决定。栾大说我老师说了,黄金可炼,河决可塞,不死之药可得,仙人可见。上说那好阿,正好黄河决口几年堵不上,你叫你老师想个法子给堵了。黄金我有的是，你老师来了我还能赏他点。栾大说不是我老师求您，是您求我老师，您要真想见我老师，那得对他学生好，都知道您架子大，谁也不放在眼里，仙人也有自尊，比凡人还强，怕来了让您当下人使唤，您没个表示，我也不敢跟我老师说呀。上说好，咱们一言为定，你负责把你老师叫来，你开条件，我没有什么舍不得的。栾大说让我自己说多不合适阿，好像我很贪式的。上说我来安排，到时候可别说不称你心。

当即研墨铺卷一口气连写四个委任状，任命栾大为五利将军、天士将军、地士将军、大通将军。递给栾大，问：行吗？栾大说我试着跟我老师沟通一下。

内边后宫，凡是见过栾大的，李夫人、邢夫人、林虑，包括站在台阶上只瞅过一眼的尹婕妤，都跟后说：这人不行阿，一看就是一大忽悠，可别让咱孩子犯傻。后沉不住气，终于跟公主码了，说：这人以后不许再来往。公主本来也还真没想太多，只是有好感，觉得和此人在一起有话说，听他聊聊胶东乡下童年事也有趣，妈一反对，顶上牛了，说为什么不能来往？

后说不许就是不许没什么为什么。公主说我偏来往，我还要嫁给他呢！后抄鸡毛掸子就打公主，公主替她数数：一下、两下、三下……把公主活活抽出悲壮感，觉得是在为爱牺牲。后扔了鸡毛掸子，哭说：你太不孝了。

上赶来，已经不可收拾，公主说我已经是他的人了，就要嫁！后说你要嫁我就不认你这闺女，一毛钱嫁妆你也别想得！公主说不得就不得，我睡马路去。

上先安抚姑娘没那么严重没那么严重。又拉走后说回屋，咱回屋说。后回屋大发作：她怎么这样对我？都是你惯的，惯出忤逆来了。上说打是不对的，打是笨办法，一打必然对立，想想你小时候爹妈打你，你怎么想，你会恨他们。后说我也不想打，可她太气人。

上说所以你就发泄情绪了，本来还可以挽回，现在彻底把她打到内边去了。后说你说怎么办？上说我也没办法，我要阻拦她呢，她就会把我当成和你一样压迫她的人，咱们俩不能都当坏人。后说你就会装好人，都这时候了，还在装好人。上说冷静，咱们冷静想想，还要不要这姑娘，要，有要的办法，不要有不要的办法。后说当然要，我亲生的，不能看着她跳火坑。上说也不是火坑啦，最坏就是嫁错人，误一时，现在咱们可以说这个话了，初恋很扯，初恋嫁人少有好下场，真正稳定的婚姻是二婚，都懂事了，知道成家、一辈子是怎么回事，可这个话你怎么和一次对象没搞过，还是个被妈打急了的姑娘说？这不是讲道理的事儿，是要经历。后说这就是你的办法，由着她去，等二婚？上说二婚怎么啦，咱俩严格说也是二婚。

后说我不是，你三四婚都有了。上说你也别把自己说那么清白，你当初就没和你们同事偷摸好过？

后说没有！上说喜欢过、暗恋的人总有吧？后说那不一样。上说至少我三四婚，你瞧你现在多稳定。

后说你这纯粹是男人的混蛋箩纪，耍够了，找一小姑娘稳定了。我不愿意我姑娘上来就涝这么一油子手里，哪么找一同龄、跟她一样头回搞对象的人，初恋就像个初恋，这算什么，我听说这栾大乡下还有媳妇。上说还有仨孩子。后说这不办他欺君还等什么？

上说他，我根本不关心，我关心的是咱们孩子，你就没这么想过么：就因为此人来历复杂，人又极端不诚实，不要讲做老公，做人都很不够格，咱们姑娘又不傻，很快就能看清这厮本来面目，一般也许要拖很久，几年、十几年女的才能看破，倒霉的一辈子也看不破，而咱们这机灵丫头，三五个月，也许三五天就能从梦里醒来，甩了王八蛋的，主动、轻松愉快走上二婚康庄大道。后破涕为笑：要不要这么快呀。

上说煮过粥吧，快开锅时怎么办呀，再加一把火，让粥潽了。后笑没你嫩么煮粥的。上说所以我希望你，如果她坚持，怎么劝都没用——也不是说咱们就放弃最后一点努力了——如果都没用，你就头婚二婚一起准备，二婚对象早有了吧，现在看不上，将来未准才觉得人家好。后说已经攒一大摞了，可我这心里……

上说我也不好受，谁让咱赶上了呢，事已至此，我的态度从来就是不要让它再坏了，咱不当笨爹妈。

夏四月乙巳，封栾大为乐通侯，食邑两千户，赐北阙甲第头等住宅，僮仆千人，全套装修、家具陈设、帷帐及豪华车马。隆重嫁女，陪嫁黄金十万斤。天子亲送女至栾大宅，在呢儿喝了喜酒。以后每天派使者送过日子的东西过去，皇后亲手做的好菜也一趟趟送过去。从窦太主、将、相往下都到他家大摆酒席（马光按：汉旧俗，最诚恳请人吃饭是到人家摆酒席，您别出门，我带着酒菜客人来，坐你家堂上吃），赠送新人贺礼以千万钱计。上又刻"天道将军"白玉印，派使者穿天鹅羽毛衣，取飘飘欲仙意，月圆之夜到五利将军宅，白茅铺地，授印。五利将军亦穿羽毛衣，立于白茅，受印不拜，以示不以臣礼见，以神仙礼见。

栾大结识上不过数月，得公主，佩六印（马光按：五利、天士、地士、大通、天道五将军、并乐通侯六印。又：乐通侯食邑在安定郡高平县。又：羽衣，缉禽羽毛为衣，今道士服也，天鹅难得，或用鸭、大鹅），贵震天下。于是燕、齐这些临海多生妄谈地区人士皆扼腕，发誓要学栾大，一夜富贵，纷纷上书自称有秘术，可见神仙。

世人不知道，内些天天去送菜的使者还有一项使命，每次见五利将军都会问：你啥时候去请你老师阿？

公主不快乐。

秋，立常山宪王子刘商为泗水王。

时，吏执法皆以严峻惨刻为风尚，中尉尹齐素以敢斩伐著名，他做中尉期间，社会风气愈加败坏，官吏百姓皆以恶意度人，戾气深重。这一年，尹齐以不胜任抵罪，被革职。上再次起用王温舒任中尉。调赵禹为廷尉。禹在少府任官时，执法比九卿酷急，至年老，反变得宽和公平。后四年，禹年纪太老，就降级使用调到燕国做相，也是叫他静心养老的意思。

左内史儿宽，是张汤推荐起用的人，却不像一般官吏那样刻忍为能，在左内史任上，扶助农业，减缓刑罚，整饬狱政，务在得人心。所用多为仁厚之士，对使唤的下人亦待之以礼，不求官声，获得属下小吏、百姓信任敬爱。他在征收租税时，注意贫富缓急，农忙需要用钱当口则缓征，还借钱给农户，故所收租税不多，左内史在人眼里是个穷郡。到军队出征国家需要用钱的时候，左内史因为欠缴租税太多，考核排在最后，按规定应该免官。当地老百姓听说，怕失去儿宽，大家大户用牛车，小户贫民肩挑，紧着把所欠租税送到府衙，道路上赶来交租税的人车像绳索一样连绵不绝，考核结果变成第一。上由是很欣赏儿宽。

可是但是，也说：不能都平时不交，用的时候现交现补。有他郡郡守说怪话：不求官声反得官声，是求也。上说儿宽是奇数，你们不用学他。

56

起初,南越王赵眜派他儿子婴齐入长安为人质,到宫里做宿卫。老头还是有故土观念,给儿子交代的一个任务就是回老家娶房媳妇。上也很支持老赵给儿子娶家乡姑娘为妻的想法,就在长安找了个原籍邯郸姓樛的姑娘,指派给婴齐,生了儿子赵兴。文王薨(马迁按:赵眜谥:文;而他本人曾僭称武帝),婴齐归立,藏其父武帝玺,上书皇帝请立樛氏女为后,子赵兴为世子。后数岁不朝,汉数遣使以委婉言辞劝告婴齐你还是得去,一回两回不去,老不去别人会有看法。婴齐在长安管束多年,好容易回到岭南自己地盘,撒了欢地释放邪恶天性,喜欢杀人乱搞男女关系,其实名声传得也不远,只限于番禺和受害者亲族之间,他以为传得很远,传到长安去了,天子可能也知道,所以老催他去长安,他在长安住了十来年,屡见内地诸侯王因为乱来被汉法制裁,生怕自己去了也按内地人对待，故每次称病，撒弥天大谎，血吸虫麻风什么的，赖着不去。老方自己，后果生淋巴丝虫病，薨。

子赵兴立，尊母太后。谨记父王临终之言：千万不要相信汉人。还是不朝，说脚气，登革出血热。

时间来到今年，上终于弄烦了，说这个南越什么情况，有没有人搞得清楚，命二署找一个了解南越内情的人做使者晓谕赵兴、樛太后，再给南越一次机会。

二署南蛮处找来一个叫安国少季的霸陵人，年轻时大家都管他叫小季，长安有名，樛太后做姑娘时和这个人是情人关系，后来小樛嫁给婴齐做了王后，还和小季一直保持联系，给他寄芒果干老婆饼什么的。

小季如今成了老季，还在街头混，南蛮处找到他，问他和老樛关系，老季说最近还寄过虾酱，慨然同意出使南越，向老樛和大外甥传达天子指示，使命必达。

上在甘泉接见了老季，指示他见了赵兴和樛太后，主要讲这么两点：一必须来朝；二提高南越规格，不再视为外藩，准其比照内地同姓王享受一切待遇。同时派辨士谏大夫终军老师随老季前往，作为宣讲上谕主讲人，这个是考虑老季多年混迹江湖，对雅言、书面语不太熟悉，恐宣谕时舌头拌蒜，出方语。南蛮处还给他配了个保镖，处里的保卫干吏魏臣，真名魏东，遇重大问题辅助其决策。上还为此做了军

691

事准备，命符离侯路博德领卫尉衔带精干人员赴桂阳郡，调集整顿那里的地方部队，前出临武、南花溪，以策应使者。

老季、终军一行人年初离开长安，整是回南天到了南越。一路在雾里，太阳出来只是一圈黄晕，空气潮得能洗脸，身上从早到晚都是黏的。番禺城也尽锁雾中，影影巢巢迎面而来全是打赤膊的人，一人一双呱啦板如入塘沼蛙鸣震天，妇女倚门笑谈如鼓噪，街檐滴水道路滑泞行人如织不留神就蹭一身汗。转个拐角就有模糊人众啸攘裸聚，穿过条陋巷便见两壁板屋男女老幼坐卧起立吃喝浣洗，鱼腥气、汗溲味、阴沟味，浓雾，不得闲的耳朵，终军竟晕街了，蹲路边呕。

王宫像丛林，也就四角能瞅见几根柱子似檀梨，周遭板障上不达顶下不及地留着过风气口，且全裂，薜荔、五叶地锦、木香、叶子花从缝中爬出要么沿地蔓生开枝散叶，要么攀援而上于梁拱间垂吊下来，开着蓝紫妖冶串串花，无不在滴水。窗就是门，四面推开就是露天，可以看到远近椰子树、油棕榈和水牛。

王、太后坐大理石座上，不停有人起立跪下擦水，座旁环立一圈打扇子宫娥，扇叶取自芭蕉，根茎长数尺，可杵于地，当地人称落地扇。就那样，打扇的和王、太后仍汗流浃背，里外湿透，跟冒着大雨刚从外边跑进来一样，不停喝凉茶，一副困倦懒起的样子。

天子策书拿出来全是霉点，终军写的终军不能辨认，凭记忆胡乱宣读一遍。王还是少年，南越汉文教育显然也不太跟劲，一副没听懂的样子，扭脸看他妈。

老季就跟太后用河北话说了一遍，奏是让恁们归中国，跟刘姓爷们儿一个逮待，你脚着可是八是？

太后说可是好，俺称后几年，奏是蒸笼几年，家火雷子喝是使得荒，窄憋得很，归中国，俺怪喜罕滴。

终军说你们还是说汉语，你俩这么说我们又全听不懂了。老季说就是都同意，太后说咱们不来她也要给皇帝提意见，嫌皇帝忘了南越，如今又是一家人了。

当日太后留饭，王说我确实不能陪了，把赤脚板亮给老季终军看，说真是脚气，痒得钻心，我得去敷药了。说罢爬上一健壮宫妇背，宫妇背负他飞奔而去。

太后说这孩子真真可怜，生在北方到今儿不能适应岭南气候，就跟那水大得小白菜似的，一天比一天黄，拉拉秧了。老季说你也黄。太后说我也该黄了，我也不适应，每年回南天都逮大病一场，这也是你们来，硬撑着出来。老季说你打点粉底。太后说你是说往脸上祸泥么？老季说你喝内是什么黑漆漆的。太后说你要喝么。碗递过来。老季一口下去低头乱看捂嘴说我能吐哪儿么？太后说你就吐地下有人擦。说就这养人。内边终军哎哟蹿起数尺，说蛇。左近宫娥眼疾手快二指捏起花蛇抖一下，蛇成一条棍，太后说做汤。

693

当日国宴都是汤，一盅接一盅，也看不清煮了什么一片灰浊。太后说同姓王几岁一朝阿？终军说三岁一朝。太后说我能年年朝么？老季说你干脆住长安得了。太后说没地儿了，老房子都卖了。老季说再买呀。

太后说没钱，上你们家住去行吗？老季说不怕挤就来，我们家还一条板凳闲着。太后说你们家原来不还一院呢嘛。老季说院都加了顶了租长漂儿了。太后说什么长漂儿？老季说就是原来的你呀，漂在长安。

魏臣问宫娥还有菜么？宫娥说菜上齐了。魏臣说没吃呢还。宫娥说等着我给你拿去。扭脸把几道汤底料端来，有猪鱼鸡鸭。魏臣说你们真浪费这都扔了？

终军说我是吃不下什么东西，我先撤了，你们慢慢聊。老季说别走阿要走一块走。终军说你出来我跟你说两句话。到门外说搂着点，咱这可是出来办事，别让人挑礼。老季说没那么回事阿，您塌塌实实的。

终军半夜热醒，爬起拎木桶到外边水塘冲凉，听到窒息般伴有噎嗝吞咽可怕呼噜声，把木桶翻了个站上去，从客舍板墙气口探头俯见魏臣一人紧抱自己婴儿一样睡在硬地席子上，哐哐摇板子一壁逛悠，对惊恐醒来老魏说老季呢？老魏半天才反应过来壁上内颗人头是谁，说知不道，走的时候还聊呢。终军说这个老情儿回锅、老火例汤、老坛泡菜、老牛吃青草真是四大没道理，全是反操作，严重违反不时不食、少不进补老不出妻男不吃姜女不倚门自然而然天序良俗。

二天天明,出去吃粉,一街人侧目而视,粉档老板娘竟叫嚷不卖北佬。终军感到周围人的不友好,在魏臣护卫下来到王宫,宫里没别人,只有老季一人蜷在大理石王座上困觉。终军把他吼起来:你怎么睡人王座,太不讲究了。老季睁眼伸腿下来,打着哈欠说:就这么一凉快地方,睡下不起汗。终军说太后呢?

老季说睡觉去了吧,生不叫我走,生拉着我聊,说可找着人说家乡话了,在这儿没人说话可憋死她了,家乡话怎恁好听,耳朵、从头到脚一下全打开了,还就爱听屄毛话,非让我数叨她,傻奔儿、搅和毛子,一说就格格乐。终军说你们老俩的事我们也不搀和,别把朝廷的事搅了就成。老季说我这么费筋拔力熬夜干啥咧,不就为朝廷顺顺顺当当的,您瞧我干了多么大的一件事,指一边书几上摊开一铺竹简,给皇帝请求归附告书写完了,我捉着老檞手一笔一划写的,你再给改改,让皇帝看得懂。终军蹲下瞧了两眼,兴奋说关隘边防也都撤了?老季说你瞧,我就说咱们做什么事都逮有个决心,不留以巴梢,让人看出有诚意。

终军翘大拇指,说回去给你请功。

当天终军就把南越王、太后请求内附上书添笔润色改为汉雅言,誊抄在随身带来汉朝廷格式公文用帛上。等太后起来,盖上王、太后印玺,叫魏臣快马送到南花溪符离侯军中，再由军邮驿马速递长安。

夏天最热的时候，诏书回来了，天子准予南越请求，在南越推行汉法，废除黥、劓、刖、宫等肉刑，一切比例内地诸侯王体制，赐南越相吕嘉银印，及内史、中尉、太傅印，其他官吏可由南越自行设置委任。

马迁按：汉制，诸侯王国二千石以上官吏皆由朝廷委任派遣。南越新附，未便仓促派遣，故止授印耳。

同时诏命诸使者皆留下，协助南越顺利过渡，内定终军、安国少季、魏臣为将来内史、太傅、中尉，暂不发表。

57

冬十月，上祠五畤于雍。之后出陇关（马迁按：陇关，丝路西行第一关，处陇山东阪因得名，属右扶风郁夷县。《三秦记》曰：其阪九曲，上陇者七日乃越），复沿丝路至狄道，登崆峒山以观洮河。陇西太守因天子猝至，随行官员伙食来不及筹办，很多人没饭吃，饿肚子，惶恐，自杀。于是上北出萧关，随从数万骑在新秦中行猎，集合边防部队检查战备情况。新秦中有的边境千里无亭燧障塞，也没有日常巡逻，乃诛北地太守等下一班人。

上返甘泉，立太一祠坛，型制规模与长安郊谬忌所立太一坛相同；祠坛所用一切器物亦与雍五畤同，只是长供祭品另加了枣、甜米酒和肉脯。

十一月初一，辛巳朔日，冬至，天将亮未亮，始祭太一，在朝日出来的时候作揖，然后回去歇着，吃碗素面，安

697

静眯会儿，实在困也可以拿一觉，到傍晚将暗未暗才出来，向新月作揖。

司马迁说您这是拜谁呢，怎么不拜北斗拜日月？

上说这是你爸教我的，告诉我天上具体分工搞清楚前，还是要周全，一个不能少，太昊太阴都要照顾到。我觉得他的想法是天下百姓的想法，我祭天本来也是为了祈天照应天下百姓，我怎么想不重要，就这。

祭祀时，祭坛周围码一圈劈柴，白天黑夜点火燃烧，形成长明火廊。还排列数只烹饪大鼎，煮白牛白鹿白猪。白天日光强烈，火苗不显，只见锅汽、柴烟黑白交缠，腾腾往上蹿，底下站着熏眼，王宽舒流着眼泪喊：有黄气升上天！夜间火光冲天，月光下泻，坛顶熠熠生辉，王宽舒喊：祠上有光！大家都觉得很好看。太史令司马谈当时也在随祭人员队伍里，看着很感动，就和宽舒一起向上请求：以后请每三年这样搞一次吧。上说行阿，我也喜欢火，就当过冬至了。

春二月，岭南又到回南天。南越王、主要是太后忙着缝制礼服裙装，挑选宝物特产，为首次入汉觐见做准备，太后说赶紧的，快躲了这回南天。南越相吕嘉，年纪非常老，与赵佗是一辈人，原先也是秦派往岭南小吏，赫者是子弟，因为他要一百年前就参加工作也太老了。祖籍肯定是中原，到底是中原哪里没人知道，因为他自己不说，也不告诉儿孙，对儿孙说我们生活在岭南，就是岭南人，别人问你籍贯就说是番禺，忘了你们来自中国吧。就这么嘴严，因此也有传说其实他是罪犯，七科谪充军来的。但是无法证实，当年知根知底者都已死绝。老头是这么说也是这么做，上朝穿赵佗胡乱发明既有秦服大款又有河北老农布纽襻细节薯茛染不紫不黑茛纱南越官服，戴船冠；下班在家披头散发光膀子，腰间围块粗麻纱布。还有传说其面门纹有一只大鹏以掩黥字，以呼应充军说，也无法证实，见过他的汉使都说老头太老了，面如枯裂树根，皱纹深刻且黑若鞋底，看不清纹过还是岁月风霜。

就这么上街，蹲街头吃粉、煎芋饼、猪脚饭，喝红豆冰杨枝甘露姜撞奶，满口越语，还是叫老番禺听出口音，是越东北龙川乡下出来的。老头对所有居岭南中原客包括汉来使都讲：你们要尊重当地人尊重越地风俗，否则不要说混不下去也活不长。赵佗当年正是看中小吕这种愿和越人打成一片积极态度和努力去做实干作风，做龙川县令时提拔他做主要由山地越人组成县土兵队百夫长。做南海郡尉任命他招募训练规模更大有千人之众土兵营，做千夫长。赵佗发兵吞并桂林郡和象郡，率先摸进城趁夜黑兵不血刃缴了当地秦军守备队械的就是小吕指挥的土兵营。赵佗称王，就任命小吕代理南海郡守。佗称帝，小吕封将军，带兵攻打长沙国边境城镇，一口气拿下几个县。我汉当时是吕后当政，派隆虑侯周灶率军讨伐，也赶上回南天，隆虑侯连湿疹带喘不上气，热死于军中，汉军普遍生股癣当地人叫烂蛋皮磨裆举步艰难，又遭蚊虫叮咬生疟疾、黄热病，喝脏水生痢疾霍乱，连南岭都没过就趴下一大半。击败汉军功劳就全算在吕嘉头上，佗任命他为相，到今天，辅佐了祖、父、子三代。在南越宫廷王、太后、百官都尊称他吕公。当地越人则亲热喊他吕伯。远地山海生番不知有越王但知有吕伯。

吕氏宗族遂成南越王族之下第二大望族，与王室世代联姻，男子尽娶王室女，女儿都嫁王族子弟。宗族子弟做官到长史一级相当于我汉二千石有七十多人，可说满朝文武皆姓吕，在番禺有吕半城之名。

今王、太后上书汉天子打算内附，吕半城很有看法，几次上书王进行劝阻，没有得到王的回答。半城在宫廷耳目众多，知道这都是太后主意，请求见太后，太后托病不见，于是在家中发牢骚，说些不满、近乎谤讪的话，别人传太后和老季闲话，他也兴致勃勃跟着聊，再扩散。太后也有耳目，三传两传扩散到太后耳中，认定吕老贼就是谣言源头，跟老季说我都绝经了老吕头给咱俩传这个，按汉律法应当哪么办？

老季说我找他谈。几次约老吕头，老吕头不见。老季和老魏谈，有没有可能把老吕头办了，我意思找个地方把他做了。老魏说你是说行刺么？老季说你要有办法使他显得像病死我也没意见。老魏说我出来前，处里跟我交代了几条纪律，第一条就是不许搞暗杀，你要非要做，我必须请示处里。老季说终军不行么。

老魏说终军不行，我跟他是两条线。老季说那算了，我另想办法，这一来一去的，明年了。

老季翻回头与太后商议，吕府警卫森严，我去踩了道，上门斩杀几乎不可能，最好想个办法，把他调出来，他不是想见你么，见！咱也别指着别人，我亲自动手，不就一百岁老头么，我掐也摆他掐没了气儿。

于是太后就设了道蛇宴，提前去请吕公，听说你要见我，整好，我也想见你了，明儿个我请汉使者吃席，也许你也有话对他们说，那咱们就明儿见，等你。

吕公回话：不见不散。

明儿个，有台风，下暴雨，番禺被灌满，整条街只露出房顶，人都在房顶或树上，鸭鹅蛇游在街上。王宫虽然地势高，也进了水，几棵高大木棉树被风吹倒，横七竖八搭在宫门口，王、太后寝宫都见了天。

吕府也漏了，老爷子被风雨霹雳吹袭惊着了，发烧烫得能熨衣裳，手一摸呲啦啦起泡，请客的事儿只能延后。过了几天，风走了，雨停了，天又热得像澡堂子，蛇宴的蛇游走又被叉回来，剥皮剔骨切成一段段炸了椒盐、炒了子姜、炖了龙虎斗。太后通知老季，日子定了阿，明儿个。老季几天前是一股热血顶脑门，慢说杀人，造反也说干就干，这二天血凉了，事儿不提都忘了，又交了一当地女朋友黑珍珠，正在另一股邪劲上，太后一提心里这个悔，我答应她这个干嘛呀，事儿成与不成我的命都有可能休在明儿个。又不能不去，不去谁都不答应谁，进灶间摸摸菜刀，牲口棚理理绳套，觉得都是自尽上吊用的家伙什，思来想去还是抄了根宫里喂孔雀、华南虎、大象拌料棍子，假装上莲花山遛弯崴了脚当拐杖，拄着一瘸一拐进了王宫。

这说的已就是明儿个了，吕老瘦得俨然一副骨头架子，太后坐在这里，王坐在那里，吕老坐在那里，跟老季挨着，老季过去是一个不认识的大臣，再过去是另一个不认识的大臣，再过去是终军，魏臣被安排在顶头，两边各有一个不认识的大臣。老季心想嗬这座位安排的，看来就非我一人动手了，连喊个人帮忙都挺老远。大家就开始聊，谁跟谁也不太熟，聊的也都哪儿都不挨着哪儿。太后和老季有个约定，她说个什么就是信号，老季就在此刻动手，可是老季一紧张想不起来了，这几天脑子想的都是别人，心没在太后这边。太后说南越内属，对国家有利，而相公你为什么死说活说不答应，非说不合适呢？老季想是阿，为什么不答应呢。吕嘉说没说不答应阿，我意思是不要急，慢慢来，好饭不怕晚。太后拿眼贼着老季，又说南越内属，对国家有利，而相公你为什么死活不答应，非说不合适！老季端盅喝汤，吕嘉有点纳闷怎么又来一遍，还是说没不答应。太后说第三遍时，眼睛冒火盯着老季好像要吃了他，声音也变得恶狠狠，吐字发音咬得特别重。同席人都觉出不对，一起往这边看，以为太后跟老季起了感情纠纷。吕嘉好像也恍悟点什么，忽捂嘴连声咳嗽，说不好意思上个便所。像年轻人一样敏捷起身，匆匆而出。出门就喊吕海！吕岩！

吕海是他弟，时为南越将军，吕岩是吕嘉少子，时为南海尉，叔侄俩带兵在宫外等着他哥他爸，一见他哥他爸出来，连忙上前搀扶托架上车轰隆隆跑了。

里边太后正跟老季急，夺过旁边卫士一支矛要捅老季，老季以拐棍格挡之，俩人谁也不吭气，一个气汹汹突刺，一个百般无辜一边腾挪一边用眼神求放过。

还是王说妈你别闹了，有什么事好好说。内头魏臣喊了句：老季你还不快跑！老季才扔了拐棍健步如飞，抱头急转，背撞板壁，板劈，穿壁而去。

事后两边都没动静，朝中哄传，太后和他汉人老情儿打起来了。吕嘉披甲按剑坐在屋里也有点不知所然，我是不是有点反应过度了？也不好意思、好像也没必要、也不知跟谁道歉，就说真病了，前儿个受凉感冒内根儿没全好，又犯了，转肺炎了。

终军向老季进行调查，老季已想起来，太后跟他约的是听见话里带"死"，就是动手信号。终军严厉批评了老季，这么大事不汇报，轻言许诺，又缺乏执行力，差点把大家都搁呢儿。随即写了密报，封了火漆，让魏臣星夜送往桂阳郡治郴县，交桂阳郡守，通过国家驿站传车送至长安。因南越宣布归附，备战令解除，符离侯已解散部属，令各归建，自己带幕僚北返了。

终军这份密报既使上了解了情况，也严重误导了上，使上以为王、太后决意归附，止吕嘉一人有不同看法，之所以闹出事，乃是太后孤弱，使者懦怯不能当机立断，只是南越宫廷小范围个人冲突，不必动用大部队解决，准备派二署南蛮处长庄参带二千人去南越加强使者队伍。庄参说：好着去呢，几个人就够，准备动武呢，两千人少了。上说行吧，那你就别去了。

颍川郡郏州人韩千秋，涅阳严侯吕腾曾孙妻弟，为人勇武豪迈，曾在票骁营当兵，跟小霍一起打过仗，因伤退伍后在济北国做过国相，和庄参吃过几次饭，听说了南越的事，通过霍光关系自告奋勇上书说：区区南越，又有王、太后内应，独相吕嘉为害，愿得勇士三百，必斩嘉以报。上说三百人太少，还是多带几个人。乃任千秋为正使，又命寻来樛太后之弟樛乐为副使，从北军调二千精兵随他们一起走豫章下岭南。

听说汉军旌旗过横浦关，吕嘉料定这是冲他而来，遂决计起兵反。传檄通告全国：王年少，太后，中国人也，又与汉使有不正当男女关系，一门心思出卖本国与汉，尽持先王宝器入献汉天子以自媚，还打算贩卖人口，将跟随她去长安的越人卖为僮仆，自己挣钱，无顾赵氏社稷，也不为我大南越万代子孙考虑云云。

乃使其弟吕海，子吕岩发兵围王宫，老季、魏臣与王宫卫士奋起抵抗，吕岩攻入，杀老季魏臣，屠南越王赵兴、樛太后及终军等汉使。立婴齐越族夫人所生长男高昌侯赵建德为王。又使人分头联络国中各郡县及不属越族而是另一蛮族百濮所立与南越眉眼相依也是吕嘉老亲家苍梧国王赵光，谋与共同起兵抗汉。

而韩千秋，啥也不知道，入境即开打，连下数小邑。吕嘉命沿途各城镇不得阻挡，开放直道，供应汉军炊饮。千秋以为此皆王、太后旨意，南越畏汉，无抵抗意志，乃纵兵大进，每过一邑，向上发一捷报，至番禺四十里，吕海吕岩分兵大出，断腰尾，尽灭之。

吕嘉使人函封汉使者节置于塞上，其中有嘉亲笔书，尽是些欺诳虚伪故作谦卑近乎讥刺的话向上谢罪。

同时发动军队扼守阻塞横浦、阳山、煌溪三关。

春三月，天子见捷报骤断，知事不祥。后接桂阳郡报，知南越反，另立新王，赵兴、太后及汉使团尽陨，韩千秋部就歼。上说韩千秋虽丧师无功，亦是军人勇往直前敢为众人先伟大精神代表，是英雄。乃追赠千秋骑校尉，封其子韩延年为成安侯，食千三百八十户，封地就在他们老家颍川郡郏县。樛乐姊为王太后，首先表示愿意归附，及身陨，可视为死节，追赠乐校尉，封乐子龙亢侯，食六百七十户，封地在沛县。

夏四月，赦天下。丁丑晦日，有日食出现。

秋，有蛙、蛤蟆斗。

八月，任命路博德为伏波将军，出桂阳、下湟水；任命主爵都尉杨仆为楼船将军，出豫章，下浈水；归义越侯阮文严为弋船将军，出零陵，下漓水；归义越大酋长黎文甲为下濑将军，下苍梧。征调江、淮以南楼船数千艘，罪犯十万，四路进击南越。还有第五路，越驰义侯范文遗率巴蜀罪犯二万，征发夜郎兵万三千，下牂牁江，从西南方向攻击南越，各军在番禺会师。

齐国相卜式上书请战，书曰：臣听说君主受羞辱臣应该去死。臣为君死是最大节操，身有残不能亲上战场作战的人也应捐财助军，人人这样做才是周边强国不敢侵犯我汉最大保证。臣愿与子男卜树率临淄善使弩、博昌善使船勇士一同前往南越效命，死在那里。

上说难得阿，有这么一个人，事事带头。因下诏褒奖卜式，曰：我听说报德以德，报怨以正直。今天下不幸有事，我没瞧见郡县诸侯有一个人主动从征奔走在通南越直道上。今齐国相卜式，带头奋起，虽尚未参战，可谓义形于内也。其赐式爵关内侯，黄金四十斤，田十顷，布告天下，使你们明白我的意思。

布告出去了，天下还是没有一个人响应。时，列侯数以百计，率多马上封侯，都不嗳嗳，没有一家请求孩子从军。很多当年叱咤疆场老人私下说真干不动了，能骑马开弓的儿子都献出去了，孙子也没剩几个，总要留一个传香火，捐点钱可以。汉尚武风气始衰。

九月，尝新酒，祭宗庙。王子侯献酎金助祭本是义务制度，列侯因褒卜式诏令有所暗示，各家也主动拿出黄金若干以助祭名义上缴，概称酎金。少府负责枰称黄金斤两，检验成色，发现很多金块不合黄金比重，成色淡黄。上颇鄙视，令皆以不敬弹劾，坐献酎金不如法夺爵失侯者凡一百零六人，其中包括王子侯。

辛巳，丞相赵周坐明知列侯金轻不足，下狱自杀。

吾丘寿王说卜式每以忠直自邀，据德绑架群臣，田不见少反多，禄不见减反增，却令百侯失爵，是深明射覆之义第一等智人。上说恶意度人，书生本相。从此不喜欢吾丘。

丙申，以御史大夫石庆为丞相，封牧丘侯。时，国家多事，桑弘羊等掉进钱眼里，王温舒之流一味严刑峻法，而儿宽推崇儒家宽仁学说，都做到九卿，执掌朝廷大事，都很强势，大小事皆有主张，不问丞相，石庆临朝不过淳淳貌貌，百事慎言，点头称道而已。

是月，五利将军栾大行装终于收拾好，准备出海去找他老师，临行跟公主说年前一定回来，别太想我。

公主正在逗猫，正眼都没看他一眼。栾大回到老家胶东，可劲儿炫了一通富，过了把衣锦还乡瘾。到海边看到海波大涨，黑云摧顶，探脚海里，海水冰凉，就缩回脚，恬脸转登泰山，拜岱岳神，默祷：神阿，保佑小的过这一关。跟上派来与他同行官员却说：我老师告诉他要来泰山看朋友，刚才我问山神了，山神说昨儿还见过他，假扮挑夫给他送来一担瀛洲种的秋梨和冬枣。岱岳上山道尽是挑担走之字形挑夫，栾大望着挑夫乱喊：老师！老师！每一挑夫至则失望叹：又不是。官员说不急，咱们就在山上等，你老师他哼不能连你也涮吧。当是夜，大与众官员宿于山庙，夜半荒鸡，大独起，走夜道摸下山，平旦，正雀跃脱身可投奔自由，最末一节石阶横立一排挎刀绣衣使者。

使者说整座山我们都围了，就怕你小子插翅飞了。抬手就是一大辟斗，大遂一溜滚，俄而束手就擒。

年前，速审速决，坐诬罔，处腰斩。大说我能见见我妻子么？王温舒说：不能。从元鼎四年春二月大在丁府初见公主，到元鼎五年秋九月横门十字街头一刀两断，整一年七个月。乐成侯丁义坐同罪，弃市。

九月三十日最后一天，西羌十万人反，与匈奴通使，攻安故，围枹罕。匈奴入五原，杀太守。

58

元鼎六年，冬十月，年都没过，发陇西、天水、安定三郡驻军骑士及中尉所领地方部队，河南、河内驻军，共计卒十万，由将军李息、郎中令徐自为带领征讨西羌。十二月，平之。

春一月，楼船将军杨仆入越地，先攻陷寻陿，再破石门，连挫越军锋锐，率数万士卒等待伏波将军路博德军至，两军合众，楼船行驶在前，水陆并进，打到番禺城下。南越王建德、相吕嘉据守城池。楼船将军从东南面攻城，伏波部于西北面围城。到日暮时分，楼船部士卒攻入城中，放火烧城。伏波部连营数十里，封闭城中守军逃路，派懂越语者城下呼叫，劝谕降者，凡长史以上越吏降皆授侯印，释放回去令复招降。

楼船力攻，火遍全城，驱赶守兵入伏波营中。黎旦，城中皆降。建德、嘉已趁夜逃亡入海。伏波派出水师追赶，校尉司马苏弘跳帮捕获建德，越郎官都稽叛变活捉吕嘉。三越将弋船、下濑将军及驰义侯所发夜郎兵未下，南越郡县及苍梧国皆下旗降，已平矣。

捷报传到长安，上没在，出函谷巡视东方，正在河南郡境内，快走到缑氏县，未出左邑桐乡，听说南越兵败，改左邑县为闻嘉县。刚到汲县中乡，吕嘉人头送到，改汲县获嘉县。遂分南越地为南海、苍梧、郁林、合浦、交趾、九真、日南、珠崖、儋耳九郡。

五月师还，这个师还，不是罪犯都回来了，而是主要将领，军方派出职业军人军候司马、校史尉曹，——不可能让罪犯自己管理自己；及俘获伪南越王赵建德，苍梧王赵光，投降南越将军、郡守县令，也是浩浩荡荡大几千人，回来了。罪犯去哪里了，不知道，也许留在部队，在南越做占领军；也许受到遣返，回原受刑地服余刑，部分有功人员可获减免刑期奖励。

上加封伏波将军路博德食邑户若干，具体户数功臣表没有记载；楼船将军杨仆推锋却敌有功，封将梁侯，食邑、户数无记载；苏弘以伏波司马得南越王建德，封海常侯，食邑琅邪，户无记载；南越郎都稽为伏波得南越相吕嘉，封临蔡侯，食邑河内，千户。

伪王赵建德以故南越王赵兴兄，封术阳侯，食三千户。

苍梧王赵光以闻汉兵至，降，封随桃侯，三千户。南越将军毕取，以南越将军降，封瞭侯，五百一十户。南越揭阳令史定，闻汉兵至，降，封安道侯，六百户。南越桂林监居翁，闻汉兵破番禺，晓谕瓯骆民四十余万降，封湘成侯，八百三十户。南越左将黄同，以瓯骆左将斩西于王有功，封下鄜侯，七百户。

余者有功军吏皆有赏。

起初，公孙卿在河南郡等神仙，乱讲曾见有物如雉往来缑氏城上，疑似仙人。春，上幸缑氏，也是闲的，亲上城头检视足迹，没看出什么好歹，问公孙卿：你不会是想学文成、五利吧？卿曰：仙者非有求人主，人主有求于仙，神仙这种事，没有耐心多等些日子，是请不来的。聊神仙好像很迂腐荒诞，只要年头够，我还是内句话，谁活着谁就能看见。上说说的都跟五利说的话差不多，但是我喜欢你最后内句话，谁活着谁就看得见。讲这个话时，河南郡、缑氏县及一大群跟班都在旁听着，之后这话就传了出去，于是各郡国都修路，修缮营造宫观、名山、神祠，盼着有一天上能行幸到他们那个地方，在地方官眼里，上就是神仙。

皇后听到这个话，说上你怎么还跟这些人拉拉扯扯，把我们坑得还不够么。上说逗着玩，现在的人都太实在，也不好，他有一百个脑袋，敢来，我就奉陪。

司马迁听到这个话，跟上说看来你对有神没神心里还是没准儿。上说这个就不能是我有准儿没准儿了，这个还是要看，一万遍假，一次真就足以推翻内些假。

去年秋天，为伐南越，曾在甘泉太一祠坛举行告祷，以牡荆画幡日月北斗登龙，象拟太一三星，宽舒建议画成中国老头，遭上严拒，说那不成福禄寿三星了，上界之事岂可人形乱入？乃不许绘人，仅以花草托衬，称此幡太一锋，命曰：灵旗。太史令司马谈举幡不断向南挥指，为军队祈祷：旗开得胜，马到成功。

今南越平定，拓地万里，为酬太一，筹备举行更大规模祭典。协律校尉李延年，携二十五弦瑟、箜篌面上，说民间过节尚有鼓、舞助兴，郊祀无乐与如此盛大场面不相称，我给您拨两下您听听，再说用不用。

上说我懂音乐，你不要把我当乐盲。延年说你听听。始弄弦，上就说好听，用了。

于是庆祝得南越暨酬太一灵佑大典用乐队，还增添了舞队、歌队，随乐做无词人声合唱：阿阿阿……

祝者皆反映，此时有声胜无声，能感到天地广寥有灵在，莫名感动。舞队也好，使人心徜徉。

宽舒建议正式颁谕，立太一为国家神，此次全胜还不够证明太一有灵么？上说你别老给我瞎出主意，打一次仗就信一个神，我还没那么没见识，下回你是不是出门拣宝也要告太一阿，我认为你对神有大误解。

宽舒立刻凌乱了，说那您这一来一去是干嘛呢？

上说我干嘛非得都告你么？你们呀，除了表面看人还会什么？

是后郊祀始用乐舞。二十五弦瑟及箜篌瑟自此在公侯家宴流行。

起初，驰义侯动员南夷诸部出兵，随汉击南越。且蘭部是当年唐蒙、马相如开西南道，因夷设县其中一部，所居地就在牂牁江边，改称且蘭县，接收汉缯絮衣物最多。此次汉用得着他了，且蘭君却生顾虑，恐部族青壮男丁远征，旁国趁机掳掠妇孺，老弱不能敌。有顾虑可以理解，为避远行之弊而造反置自己于更大危害中就不知这些夷人怎么想的了，还是简单，嫌饭碗费事干脆吃饭不用碗了。且蘭君忽率部众反，杀汉使者及犍为太守。汉军刚好完成对巴蜀罪犯整编基本军训，北边调来八个带兵校尉也全到位，为万全计，又加派中郎将郭昌、卫广接替驰义侯指挥，率部平叛。昌、广部所到之处，大杀大砍，犁庭扫穴，也搞不清谁是谁，见夷就灭，不但斩了且蘭君还顺手把邛君、莋侯老几位宰了，遂平南夷，乃置牂牁郡。

夜郎王原先依附南越，唐蒙开僰道，始与我汉通，颇得我汉好处，接受我汉委任，设县称令，话说得很满，其实背地里还是坐家里称王，在汉、南越之间摇摆，叫他们发兵征南越，没说不去，拖拖拉拉，内边仗都打完了，这边队还没站齐。南越覆灭，夜郎震动，当真晓得了我汉兵威，啥也别说了，夜郎王一改往日轻慢，克日赴内地朝上。上以好言抚慰，策书授印确认他为夜郎王，永为我汉藩屏。冉、马龙、斯榆皆震恐，请为外臣，置汉吏。乃以马相如原案略加调整，将邛都一带划为越嶲郡；莋都沈黎部，与冉、马龙撮为一堆儿，合为汶山郡；广汉西武都仇池白马部为武都郡。自此西南区又添四郡，与后二年灭滇所设益州郡合称西南五郡。

派司马迁使昆明，恩威并施，无果。归报曰：段毅已将滇王侃颓，听汉语捂耳，看来光聊是不行了。

还是起初，东越王馀善上书，请率八千水手跟随楼船将军击吕嘉。上准可。东越舰队登陆揭阳，揭阳令史定降。馀善以海上风波大连日不停，不再东行执行入珠江口，从海上包围番禺任务。并阴遣密使通吕嘉，观望，顾首两端。汉军破番禺，海上无舰队，致建德、吕嘉蹿亡海上，现找船现抬艇入海，进行追击。

杨仆对馀善很有意见，以其失期，贻误战机，请予解除武装，移送军法审判。上以士卒劳倦，不许。命实际掌握部队诸校史、司马屯豫章、梅岭以待命。

馀善听说楼船要把他送军法，也很生气，说这真是帮忙抬轿把自己抬进坑了。又见汉军不撤，重兵屯境，乃反。派兵阻断汉军入闽各道，任命将军骆力为吞汉将军，挥军攻入白沙、武林、梅岭，杀汉三校尉。

上说这也是一个避轻就重拿自己脑袋开玩笑的人，你知夷人脑回是怎么长的么，问日磾。日磾说不知南人，我们那里很多人是过了今天再想明天。

时，汉南方驻屯军由新委任大农令张成和因酎金失侯原山州侯、城阳共王子刘齿指挥。二人都没有实战经验，本来以为只是来担任占领任务，不敢出击，反而主动撤退，转移到更便于防守的地方。后皆移交军法，坐畏懦，诛。不许赎。馀善称帝，号：武帝。

上还是想到杨仆，想让他再次出将，把上次没做完的事做完。考虑到这个人不稳重，很多人反映上次得胜回来到处炫耀吹嘘，光听他说给人感觉仗是他一人打的，功劳也全是他的。于是下诫敕责之，敕曰：

有诏，敕主爵都尉将梁侯杨将军仆。将军之功独有先破石门、寻陿，非有斩将夺旗之实也，何足以骄人哉！前破番禺，抓已降者为俘虏，掘死人以充击杀，是一过也。使建德、吕嘉得以东越援手走避海上，是二过也。士卒连岁暴露于野，将军不念其勤劳，而请驿站传车开进边塞，用来尽快接你回家，怀抱都尉银印，侯、将军金印，胸前挂三组绶，夸乡里，是三过也。失战机未能扩大追击，老想着回家见老婆孩子，却以道路险阻为借口，是四过也。问你蜀地刀价多少，假装不晓得，用虚伪态度面对国君，是五过也。在兰池宫授旗出征，别人都到了就你不到，二天又不来解释迟到原因。如果将军你的属下，问问题不回答，下命令不服从，该当何罪？你要怀着这样心态带领大军在陌生、从未去过之敌国江海之间进行惨酷战争，能得到不要讲我——士卒的信任么？今东越深入，将军能率众以功掩过不？

杨仆惶恐，对曰：愿尽死赎罪！

上乃于渭水岸兰池宫举行授将旗将印仪式，拜韩说横海将军，令出会稽句章，桴海从东方往；楼船杨将军仆出武林；中尉王温舒出梅岭；越侯弋船、下濑二将军分出白沙、会稽山阴若沙溪。还是五路，共击东越，会师地点：东越国都瓯城。大家都去准备吧。

起初，博望侯既以通西域得尊贵，及其死，曾跟随他一起去过国外的吏士争相上书，讲国外奇风异俗珍宝名产，表示愿为汉使前去求取。上以国外绝远，非一般人所乐于、敢前往，这些人的话就听进去了，还认为他们有勇气，到底是经过锻炼的人。对这些人的背景也不仔细审查，不问他们从前是干什么的，哪里出身，有些是私逃出来家奴也不管，只要请求去，又能招募到手下，像支队伍，就授予他们汉使节，派出去，以形成人人都愿意去远方建功立业豪迈风气。

这些人来来回回，不免发生侵吞公款不是为朝廷办事而是自己从中取利，乃至公然违背天子与各国交好意旨大话连篇到处揩油把脸丢到国外去事绝非鲜见。

天子为使他们习惯做体面人，办体面事，几次三番对有这样行为的人治以重罪，但并不一棍子打死，目的还是教正他们，激励他们，使他们知耻而后奋勇，还去，用实际行动弥补他们造成的损害。这样周而复始，这些人并未表现出接受了教训的样子，一旦出了国就不是他了，使者闹出的外交事端层出不穷，而且越来越轻视法律。这些人的手下本来可能是好老百姓，这样的事见多了，也有样学样，背弃主人自己向上请求出使，口儿正、话说得大的或被委任正使，嘴笨、说话谨慎的或被任命副使。如此一来，去西域的人是多了，净是些好吹嘘品行有缺的人，还有很多无赖子，出来闯是为捞偏门，官家用来贸易的货变成他的私物，到国外市场贱卖全落进他口袋，在外国造成恶劣影响。所到之国人民皆厌恶汉人，每个人嘴里都没实话，估量路远汉兵也打不到这儿，就不卖吃的给这些人，处处刁难他们。这些人没吃没喝与当地人也无法沟通，经常自己打起来。楼兰、车师作为汉通西域必经之道，也经常发生拦路打劫汉使事件。汉使王恢（马迁按：此王恢非彼王恢，同名但不是同一个人）屡受其害，多次向上报告。而匈奴也屡派轻骑袭击汉使，杀人越货，受害者不止有混西域无赖也有朝廷派出正使大吏。

这样的报告多了，上又对匈奴极敏感，恐匈奴再度为祸，于是，就在本年，取匈奴中一口水有浮石深井为名，任命公孙贺为浮沮将军，率一万五千骑出九原二千里，至浮沮井而还。（马迁按：九原，赵武灵王二十六年始设建置，秦设县，后改郡，今五原郡治。）

同样以匈河为名，任命赵破奴为匈河将军，率万骑出令居数千里，至匈河而还。目的都是清剿匈奴，保护汉使不受打劫，两军所行之地皆不见一个匈奴人。

乃分武威、酒泉地置张掖、敦煌郡，迁徙内地贫民六十万充实之。国内向边防修路，给屯民运粮，远至三千里，近的也有千里，所费一切皆由大农支付。

这一年，缺马情况益发严重，浮沮将军、匈河将军出塞很多马都是现征集民马，没有受过训练，行军跟不上队伍，掉队因而造成减员现象很普遍，没有发生战斗就损失很多战士。于是官府又制定新法令，将亭马制度推广到内地，凡三百石以上直到有土封君官吏，都要按品秩高低向当地派出所也即乡亭交纳多寡不一母马，由派出所负责繁殖，生下小马归国家。

还是这年，以齐相卜式为御史大夫。式刚到任就大发议论：天下百姓都非常不喜欢官家造的铁器，不爱吃官盐，因为质次价高，还强迫老百姓购买。车船使用税造成物流运力减少，是物价居高不下主要原因。

上由此不喜欢卜式。

59

起初，司马相如临死前，留下遗书，颂功德，谈到如今天下频出祥瑞，劝上去泰山封禅，好歹对上天有个回应，别太搭架子。上很感动，说我也不是只能听好话，只是想到相如这么一个平时很懒散感觉什么都无所谓的人，临死还能想到我，替我操心，我就是为了实现相如遗愿，也要把这事当件事办一下。

正好那时得了宝鼎，就交公卿太常诸官太学儒生议一下如何进行封禅仪轨。大家热烈讨论一番，互相批驳，最后得出结论，说封禅礼仪秦以后就不用了，旷废湮绝已久，到底怎么搞还真是谁也说不清楚，要不要问问方士？上说这会儿你们又想起人家了。自己也不好意思出面，就托老闺女找丁义，那时丁义还没出事，还没招栾大内个丧门星，正一切大顺，等着袭侯，鄂邑公主找他办任何事都非常积极，听说想找方士问封禅,就意味深长说行了,你甭管了,我也不说你打听,就说我感兴趣,问清了立马回来禀报。

二天就把方士的话带回来,正好皇后蒸懒龙,让鄂邑公主请丁义来宫里小聚。上正在揉面,没办法,谁让家里都是女人,力气活必须有个男的,假装忙着使碱、醒面,再揉,再醒,擀大片,一直支着耳朵听小丁在内头和几个女的白活儿,到皇后替下他开始码肉丁香葱,才搓了手上干面,还是坐挺老远竖耳朵听:

……封禅就是集合所有长生不老的法子叫的内个名。黄帝以上,封禅时都会招来怪物,其实不是怪物,是神幻化所至。神和人猜想的不一样,并不是衣袂飘飘,相貌庄严,像个贵人。神没有财富观念,也不需要人尊重而显得有地位,因为祂就是最高的,最大的,这个不需要格外强调,在祂的领域没这些,甚至也不知何为美,在祂看来万物都一样,只是形态各有不同,都可爱,都可以由他去。或有些在我们看来不值一提、低下丑陋、传染疾病、朝生夕死的害虫苍蝇蚊子老鼠或其他小动物才会令祂多看一眼,心生怜悯,喝不上水的下点雨,快饿死的刮阵风吹落点果实,也就到此为止了,并不过度施予。老子说圣人善救物故无弃物,所以圣人捡垃圾吃剩饭,很高尚,可还是站得低,没神看得远,是凡物终究会变弃物,至无一物。一定要上山封禅,就慢慢地上,如果无风又无雨,就意味着上神应许了。见到怪物,就是见到神了……

丁义说完，回头看，懒龙灶上冒汽，上已然走了。

司马谈问上：方士都说什么了？上说嗐，方士依据都是传说，凡事都往他们内套引，没有什么可供参考。于是还是命诸儒从《尚书》《周官》《王制》中采集相关文字，草拟一个封禅仪轨，谁说哪代就必须要跟哪代一样了？太学当一个重大课题进行研究，几年下来，还是不得要领，一个像样的东西没搞出来。

今年想起这件事，正赶上儿宽来看他，报告今年税收还是不能完成，请宽限。上说你不能老这样，都做好人，谁来做恶人呢。接着转而问他：对封禅怎么看。儿宽说：其实也简单，封禅本是帝王事，在秦以前都是秘密进行，不给人围观，所以经书只闻其名不知其详，孔子也不晓得。诸生都是循蹈之人，这么大事更不敢胡来，你再叫他们憋百年也憋不出你想要的东西。既然你觉得自己已足够资格封禅，你就自己来呗，编得像与不像谁又能说什么，总之就是死无对证。

上有点不好意思，说你觉得我行？儿宽说除了你再没行的，还能怎么闹，人想显得隆重就内两下子。

上说别急走别急走，最后问一句，你觉我够格么？

儿宽说说句内什么的话，你比秦始够格吧？他都好意思，你有什么不好意思的。上说行，那就听你的。

于是上就自己憋在屋里几天，参考儒家文献主要是《尚书》对舜封禅语焉不详记述，舜是信史所载封禅第一人如果《尚书》算信史的话，黄帝什么的不可靠，及《礼记》所载一般祭礼规制，再加上想象——真搞起来确实很难，每个细节都要想到，攒出整套封禅礼仪，挑了玉、帛，还按自己心意画出封禅所用祭器样子，现有铜器不能用，舜若用器只能是陶，特别交代：不用彩陶哈，就是土黑陶。交尚方令建窑烧制。

烧完很得意，尚方令劲儿使大了，加了煤，新陶竟有一层自来釉，幽冷中若有寒星，瑟瑟含光。专门展示给太学诸生看，请他们提意见，也有等表扬意思，有人说跟古代的东西不一样。上说你从哪儿看到的古代东西？诸生不能对。从此再不给他们看任何东西。

儿宽提了条意见，说古者封禅，先检阅部队再解散部队，所谓振兵释旅，然后封禅。上说就这么遮！

元封元年，冬十月，诏曰：南越、东瓯咸伏其辜。西蛮北夷还有很多地方算不上太平。我要巡阅边防，亲掌军令，置十二部将军，作为统帅与部队一起爬冰卧雪向蛮夷发起出击。于是出发，从云阳开始，经过上郡、西河、五原，出长城，北登单于台，至朔方，观临北河，勒兵十八万骑，旌旗连延千里，俱听号令，威震匈奴。派出使者郭吉，通告乌维单于：南越王头已悬于汉北阙。如果你还想继续战斗的话，我在这里等你。如果不敢，立刻南面臣服于我。为啥要跑那么老远躲藏在大漠之北,北方寒苦无水草,不要这样!

郭吉话音刚落,乌维大怒,拔刀一扭脸,斩了带郭吉进来知客官,血溅一人一身。对吉说你也不要走了,有个老熟人想见你。命人牵马,强迫郭吉上马,两脚系绳连于马腹,一骑引缰,一骑马后加鞭,驰越千里,踏雪有痕,至北海,见抱鞭放羊须眉尽白老任敞,说你俩聊吧。敞说你也来了。吉说我跟他不熟。

然乌维终不敢出。

上乃还,在桥山向黄帝冢献祭,在须如解散了部队。上说我听说黄帝不死,何以有冢?公孙卿说黄帝成仙升天,大家怀念他,这里埋的是衣裳帽子。上感叹说:将来我升天,想必群臣也会葬我衣冠于东陵。

十一月,以卜式不通文墨,写不了、也看不懂雅言公文,降官秩为太子太傅。以儿宽为御史大夫。

十二月,汉军入东越境,各关口都发生激烈战斗。馀善派徇北将军守武林,楼船部下卒钱塘人辕终古斩徇北将军。原越衍侯吴阳早年归义,今汉使其入东越军,劝谕馀善降,馀善不听,阳乃率其城邑七百人反攻越军于汉阳。越建成侯弃敖与繇王居股杀馀善,以其众降。东越各关告破,各军将侯降,全国降,报捷。

上封终古御儿侯,吴阳卯石侯,居股东成侯,敖开陵侯;又封横海将军韩说按道侯,横海校尉沈福缭嫈侯,东越降将多军无锡侯。上以闽地险阻，数反覆，终为后世患，乃诏各将军悉数将东越民众尽迁江、淮之间，闽地从此无人。（马迁按：夏禹功业太伟大了，疏九川，定九州，直到今天中原地区还托他的福过安生日子。他的直系苗裔勾践继承其余烈，也曾成为一代霸主，不可谓不贤。虽然后来倾国，那些遗民又建立许多国家，闽越、东越包括南越。百越认真讲起来都是禹的后裔。可见一个人的遗德会泽被多少代子孙。每当读史读到此处，不由不心生怵惕，检省约禁自我。）

上说不好意思禹泽尽斩于我手。马迁说国亡余荫尤在，恭喜陛下，日后江淮定人才辈出。

春三月，上行幸缑氏，礼祭中岳嵩山太室祠。随从官员在山下听到好像有呼喊万岁声音，上问跟随上山的人：你们喊的？这些人说不是，我们喊还用他们听见。又问山下的人：不会是你们自己喊的吧？山下人说真没喊。上说那是神喊的？这也不像话。这些人说真不知道谁喊的，但是真真听到了。

乃诏祠官加增太室供果，禁伐嵩山草木，封山下樵农三百户为太室属邑，名崇高邑，供奉太室。

遂东上泰山，泰山高寒，草叶未生，命人推石上山，立于山巅，未著一字。方朔问这是啥意思？上曰：我为泰山增三尺。

遂东巡海上，一边走一边路祭天主、地主、阴主、阳主、日主、月主、兵主、四时主八大神明。齐人上书言鬼怪、献长命奇方者以万数，无一证明有效，献方者家族盖无长寿史，很多鹤发者胡子眉毛都是染的，苍老的样子都是干活累的，实际年龄不到自述一半。

上与方朔笑谈：这些人都疯了，真拿我当傻子了。有司请治欺上罪，上说你跟傻子较什么劲阿。于是大发扁舟，令内些号称去过海上仙山的人都上船，出海去把仙人请回来，赶进海的有数千人。岸上也有数千人在访神仙，公孙卿手持皇帝赐节走在队形前面，挨个爬东海各名山。走到东莱县，大家都累坏了，席地而睡，公孙卿忽大喊：刚看到一个巨人，身长几丈，你们一醒，转眼就不见了。众人笑他：做梦呢吧，跟我们还来这套。卿说你们不信我，且看足迹。有当过猎户的人说这是老虎足迹，老虎扑人站起来虽不到数丈，可是给人感觉不止数丈，你刚才差点被虎吃了。

随上出行臣子也受这股疯狂寻仙风气影响，有人惊梦，说见一老夫牵狗，说要见巨公，忽然又不见了。旁边人拍拍他：孩儿，接着睡吧。

夏四月，从海边回来，到达泰山郡治奉高，在梁父县祭地主。乙卯日，令侍中儒者打扮成古人，戴长七寸高四寸、前高后低鹿皮帽，当时就叫船形帽。腰系三尺绅带，腰粗者勒得慌，腰细者尤有余就垂下一截耷拉着，人手一支竹笏板，皆插腰侧，古之所谓搢绅之士也。桑弘羊体胖，也不属儒者，偏要凑这个热闹，申请著古装，三尺绅带缩肚亦不能合围，引众人笑。天子上下打量弘羊累累肚腩，说听说古代没什么审案好办法，就以绅带为尺，管岁入的官不能挽，辄治贪渎。弘羊汗下，结巴说看来古代没啥、啥么胖子。

上亲挽弓，命人牵白牛于前，不搭矢，控弦空鸣，此为射牛礼。古之天子，国家有战事，必自射牛，以示亲杀也。这都是上乱翻古书，个儿攒的封禅礼。

同日，在泰山东麓建坛，祭天，仪轨与郊祀太一同，只是用玉牒写了上的心思，对天求告的话，埋于坛下，这些话都是机密，没给任何人看。这就是封禅的"封"了。之后独自登山，只有侍中奉车霍子侯陪同。在山顶亦有封，怎么封也是机密，可能是添土。

二人在山上住了一夜。丙辰，从泰山北、阴面下山，转到东北方向肃然山祭地。仪轨与祀后土同，皇帝穿黄衣，亲自跪磕，祭坛铺特从江淮采来三脊白茅，整个过程有二十五弦瑟伴奏。仪轨当中还有放生，将各国进贡珍禽异兽与本地白野鸡一同放飞放走，但是没有犀牛大象，也是怕放走了不知去哪儿再进了城。

这就是封禅的"禅"。在皇帝举行封禅这段时间，四面八方赶来观此盛况好事者没地方住，很多就在山下生火做饭依偎过夜，夜晚山体似被幽光打亮；白天下过雨，有白云从山间封坛飞过。

丁巳，自肃然还，至奉高西南四里坐明堂，群臣以做寿名轮番敬酒，贺更始新生（马迁按：上生日七月十四，此为贺封禅诒辞）。诏曰：朕以眇身承至尊，兢兢焉畏德菲薄，不明于礼乐，故用事八神，遭天地赐瑞，赫然见景象，屑屑若有闻，震于怪物，欲止不敢，遂登封泰山，至于梁父，然后升坛肃然，决意自新，好好与士大夫重新开始，譬如新生，就以十月为元封元年。赐天下百姓百户一头牛酒十石，八十以上孤寡老人加帛二匹。所有花钱买爵者免费晋爵一级。大赦天下，其所赦对象范围与元朔三年赦同。凡我这次巡行所经地方：博县、奉高、蛇丘、历城、梁父人民今年徭役全免，租税也不用交。正在服刑人员一概释放。截止到两年前，犯案嫌疑人不再追究。

又下诏曰：古者天子五载一巡狩，用事泰山，诸侯有朝宿地。其令诸侯各治府邸泰山下。

天子既已封泰山，都是晴天，未受风雨侵扰，出海寻仙人众受一圈颠簸安全回来，争说上了瀛洲、方丈、蓬莱，遇见仙了，仙儿说天子老说来老不来，都等几千年了，今儿天子是谁呀？敢来么，来——欢迎。

于是天子欣然复至东海，凭岸望焉，果见海市，说我特么还就真去了，看我敢不敢！乃命备楼船，自桴海登仙山。群臣狂谏：使不得。上不听。眼瞅小破船划过来靠岸，上也换了草鞋，每天早起练习旱泳。东方朔说：夫仙者，得之自

727

然，不必躁求。仙人若有道，想见你，不用担心他不来；若其无道，你跑到蓬莱见到无道仙，恐无益反有祸。上说怎么还有无道仙？

方朔说当然啦，神有邪神，鬼有恶鬼，仙有无道仙，专以法术摄人魂魄，迷人心志，支配役使如奴，偷自家财宝与他。我认识一老财，求仙被无道仙所控，搬空自己家不算，为灭口仙还令他跳崖，最后落个葬身谷壑，家人想收尸都不知去哪里找。你想你贵为天子，多少无道仙惦记你，你在宫中自有上神、祖宗、南北卫士虎贲羽林臣等保卫您，近不得身，如今你送上门去，他们等了几千年就等这一刻，如果你为仙所控，那就不是图财了，臣不敢想，臣为我汉社稷战栗。您还是回宫，庄静自处，不请自来之仙才是上仙。

上看着海想了半天，说你还真吓着我了。乃止。

正好侍中奉车霍子侯暴病，一日死，上甚悼之，亦以为不祥。而之前从中岳太室下来，司马谈突发高热，连车都不能坐，只能留在洛阳养病，前日听说也故去了，如今想起来，都不是好兆头，不定替上挡了什么。乃遂去，离东海，北至碣石，也未观海，逡巡辽西，从东到西贯穿北方边境，至九原。五月，乃至甘泉，复返未央。凡周行万八千里。

进了自己老窝，看见熟悉的人、物，妻子儿女，上无意松口气，才发现这些日子揪着心。对东方朔说以后你不许吓唬我，现在我都不敢一人睡觉吹灯，晚上起来蹲厕所还得叫个郎陪我。过了会儿又说不过,你的提醒还是很有必要,想起在东海内几天,我觉得我可能已经被什么迷了,说的话做的事根本不像我。

皇后说以后你还是离内些方士远点,你还逗人家玩呢,叫人家逗你玩了。方朔说也不见得被谁迷了,人群就是无道仙,几千个人一齐起哄,不离远点,谁都可能被裹进去。皇后离去安排接风扁食。上对方朔说不瞒你说,我曾经有一次不说毁三观也是令我心头暗惊大感震动体验,原来咱们这儿有一小孩楚服你记得么?方朔说记得,虽然没怎么见过,老听你说。上说一次楚服为皇后发功就是原来内个陈皇后说是治颈椎劳损,我在一旁观看,见阿娇在楚服手势调动下没了骨头似地飘来转去耷拉着脑袋,觉得可笑,一会儿阿娇从功里出来摇晃脖子说舒服,又劝我试试,说你不是老落枕么,让楚老师调调。我先婉拒,后力拒,遭二人耻笑,后不想显得盲目不信,也确不大信这小丫头能拿一小手指把我像陀螺一样转起来,其实也有点怕,怕是真的。还是答应了,牢牢坐在那里,外表坦荡内里却做千般心理建设调动种种孤傲预以铜头铁腹拒邪气于体外。可是她那里一抬手,您猜怎么着?

方朔说您转起来了?上说也没有,就觉身不由己,手跟着兰花指,心中飘荡,一个劲想动、想站起来,连忙就走了,假装还有事。这事我跟谁都没说过,但是每逢碰到有神人说神事，就想起这一出，很挣扎，不愿意信，但是也不能否认，超自然能力还是有，只是他们说的内些归因解释不能说服我，所以我就挺愿意看这些人演，潜意识可能也希望得见二回，有人能提出令我心服信解，而不是内些古老简陋蛋扯附会。

起初，桑弘羊为大农中丞，主管试行均输，效果很好，后来孔仅因为有病不怎么来上班，本来准备调一个外人接替大司农，可这位军队文职出身叫张成的老兄未到任就被派往东越前线驻军任指挥，因失地坐畏懦诛。很长时间大司农位子空着，就由桑弘羊代行大司农职事，又为他新增一个吓人头衔：搜粟都尉。

桑弘羊有了这个权力，即在全国推广均输法，并把平准司想法落地，在大司农下面成立一个二级单位，自己兼任单位首长即平准令，坐镇长安把持全国货物定价，卖出买进。随之扩大编制，手伸向天下，派出干员赴各郡国专任均输官，继而发展到县，每县设一个均输官、一个盐铁官，把天下物资统统垄断起来。

又推出奖励办法，凡各级吏员皆可用交谷物换取升职，犯人亦可交粮减刑，老百姓自己运粮到甘泉仓献给官府，交够一定数额即可终身免劳役并自动豁免告缗也即查税，不受稽查。跟卖军功爵一个道理。

这些办法推行下去，一年间关东运往长安漕粮激增至六百万石，太仓、甘泉各仓装满粮食，各边驻军屯民也颇有余粮及其他各类日用物资。各均输官储存在库绢帛有五百万匹。百姓没有加税而国家用度宽裕。

番禺以西至蜀郡南，新设郡有十七个，都按照那里习俗治理，并不向那里人民征收租税。而南阳、汉中以南各郡因与新设各郡相邻，就令他们向朝廷派去新郡任职官员提供钱粮、邮传车及所需一切费用，不吃当地一粒米。而这些新郡经常爆发小规模叛乱，杀害汉官汉吏，朝廷也不得不派遣驻屯南方部队前去镇压，每年怎么也得去个万把人队伍，这些军费也都摊入大司农开支，大司农由于有均输、盐铁两项收入，支出没困难。而军队所过之县，地方官吏只负责提供实物保证不致短缺，再没有巧立名目借机搜刮口实。

此次上巡视天下，一路上光用于赏赐就散出绢帛一百多万匹，铜钱以亿计，皆取自大司农。还是内句话：支出没困难！于是弘羊赐爵左庶长，黄金二百斤。

这一年，有小旱，上令太祝组织求雨。卜式说国家收入主要应来自租税，今桑弘羊派官员坐在市场上开店，贩货求利，拿大锅把这只羊煮了，天才下雨。

秋，有彗星划过天之南门、东井八星。之后过了十几天，又有彗星划过三台魁下六星。望气王朔说：我一人观天之时，发现土星出位好像木瓜那么大，一顿饭工夫，又不见了。太祝、太卜各司皆曰：陛下建立汉家封禅制度，上天以德星报之。（马迁按：此王朔非彼王朔，同名同业但不是同一个人。王姓人口众多，同名现象普遍这是大家都知道的，在一个单位工作同名也非罕有，我在石渠阁多年，一段时间曾有三个王小柱，喊一个人三个人回头，只得分为小王、老王、小柱王才不致混淆。）

九月，齐王刘闳薨。闳幼，上伤怀，谥：怀。怀王无后，国除。

60

元封二年。冬十月，上行幸雍，祠五畤。回到甘泉，祝词太一，拜德星也即土星。

起初，元光二年，黄河在濮阳以北瓠子口决堤，二十三年堵不上，梁、楚之地尤被水害，年年种麦年年淹。今年，上使汲仁、郭昌发卒数万再去堵口子。

春三月，上亲临瓠子口，沉白马玉璧于河以祭河伯，令群臣、随从官员自将军以下皆抱柴，参加填口子。东郡历经水患，林稀木少，乃尽伐淇园之竹，编扎为排，投入河中，减缓激流，积末为巨，聚枝成垛，决口遂被堵塞。复将剩余木材、石料在堤上筑宫，曰宣房宫。又在贝丘、漯川各挖一条行洪渠，引水北流归海。梁、楚之地复见麦浪。乃作《瓠子之歌》：瓠子决兮将奈何，浩浩洋洋兮虑殚为河；殚为河兮地不得宁，功无已时吾山平云云。方朔说您这是一叙事诗。

起初，元朔年间，辽东多事，设苍海郡旋又撤销，朝鲜王右渠多在其间周摇，北南逢源，面目可疑，口称我汉外臣，却从未入朝面上。今年处理完南越、西南事，上忽然想起他，涉何苍海撤郡回东夷处做他的朝鲜科长，乃派涉何去朝鲜问右渠：你还打算来么？

右渠还是内套虚八功夫，先说无比想去，人参鹿茸早备下搁十几年参又发芽茸又再次分叉，接着摆困难，马韩最近老来牵牛，沃沮的狗啃了他们国白菜，今年泡菜产量下降，他烤肉也只能以桔梗、拌豆芽、海带丝佐餐。涉何懒得跟他废话，说机灵抖三遍就叫犯傻，你自己考虑吧。右渠乐呵呵说我考虑，我一定好好考虑，每天深入细考一遍。遂派与涉何地位对等裨王长送涉何返汉。涉何也是个莽撞人，从一郡都尉回到长安做署中三等吏也感到仕途受挫，憋一肚子郁闷，今又出使无果，想起右渠内副嘴脸就气不打一处来，走到浿水两国分界处，积怨转为羞忿，爆发，命车夫突刺恭谦有礼裨王长于长揖作别低头躬身当刻。

同时杀朝方摆渡舟子，夺楫渡河，岸上朝卒猝失头领，无令，未施一箭，眼睁睁目送涉何驰入汉塞。

涉何归报，夸功：杀朝鲜上将。上最近也是连三处理战争事由，有点恍范儿，忘了叫他去办外交，一听杀将就高兴，也没追究涉何擅杀之罪。说你既然对他们有办法，就在辽东东部单划出一个分区以备朝鲜，任命你为东部军分区都尉。涉何领命即赴辽东武次县号房子开设分区衙门，分区成立不久，武装还未落实，即为朝鲜军偷袭，砍了涉何头提回去。

六月，甘泉种养兰草灵芝斋房产出一株九茎灵芝。有司奏曰：王者慈仁则芝草生。上说又是祥瑞是么。乃下诏曰：甘泉宫内产芝，九茎连叶。上帝博大恩泽降临，对种草养花下房也不区别看待，赐我大美姣好之物。应赦天下，赐云阳都百户牛酒。乃作《芝房之歌》，荐于宗庙，歌辞失传。

今年雨水少，上时为天旱焦虑。公孙卿说黄帝封禅，也遇到天旱，封土干了三年，黄帝也没说什么。

上把王朔、公孙卿叫到一起，说你们俩当着我面说明白，上天对我封禅到底什么态度，你们一个说报以德星，一个说报以干旱，谁说得对，还是都是胡说！

王朔说都对，都说的是上天晓得了泰山发生的事，也感到受用，做了回应，只是在下雨不下雨之间选择了不下，因为土星游近地表得到了咱们礼拜，也知道咱们以种庄稼为生，视土为生命、为收获，是为德，还专为土设祠崇拜，以为咱们喜土不喜水，故不下。

上说你意思是上天不知道种庄稼要浇水？

王朔说这话我就不好说了，说了涉嫌诬上——这个上是天上；我以为天上只晓得自然事，人间事看得多，了解没那么细,可能真不知道种庄稼需要浇水。

上说那他下雨浇谁呢,只为河流更丰沛,湖泽水更大?林草花木在他眼里就不算植……物了么对不起我这里有点混乱,我意思是,就和庄稼不一样了么?

王朔说林草花木一时半会儿不浇水并不着急。

上说也说得通。乃下诏书,其中有怨辞,曰:天旱,想要晒干我封的所有土么?

秋七月,扩大营建泰山奉高汶水之上明堂。

八月,招募天下死囚为兵卒,派遣楼船将军杨仆从齐地浮渤海,左将军荀彘出辽东,讨伐朝鲜。

起初,也就是去年,上使王然于乘破南越及诛西南夷兵威入滇晓谕滇王入朝。滇国情况也摸清了,地虽广东西数千里,却不强,并非传说拥兵百万,全国人口不过几十万,赤脚士兵数万,武器也很原始,主要是吹管弓箭,射程很近,靠针尖箭头蘸毒杀人,自己不能生产铁器,矛大都是竹矛。滇东北有两小国劳深、靡莫,与滇同姓,互为依仗,都是庄蹻一脉下来,从衣冠之士退为蛮夷,因没见识而勇敢,拿犯浑当个性,不爱惜自己生命也不在乎别人生命,经常打杀过路汉使汉吏,这次王然于入滇,还被靡莫人抢去几骡子缯絮。

滇王与劳深、靡莫头人商量入汉事,两家都不同意,说我们过得好好的,又不认识他,凭什么认他做大哥?他若来犯，大哥你别管了，我们兄弟收拾他。

说罢立刻拔刀要去砍了王然于，切片与笋同做汽锅人。滇王忙拦着，说这个使不得，主要是不好吃。

王然于抱头蹿回，到成都就因受惊饮食不周躺下不起，写报告耽搁了些日子，年底才由邮传车送回长安。到今年这时候，发兵讨伐朝鲜调遣事毕，才安排将军郭昌、中郎将卫广再赴西南，将他们带过内批巴蜀罪犯现转为卫戍部队镇守西南各郡、最为蛮夷惧怕刁兵悍卒纠集起来，再出犍为，扫荡劳深、靡莫。

昌、广部克日出动，一举扑灭劳深、靡莫，大兵临滇。滇王举国降，交出行政权，请汉派官吏接掌，自己表示愿携家入朝称臣。于是将滇地改为益州郡，实行双轨制，一方面比照西南其他各郡派出郡守都尉内史；一方面赐滇王金印，还叫他管理自己人民。

这一年，以御史中丞南阳人杜周为廷尉。杜周表面宽厚，内心却很严苛，用法深刻至骨，他的工作方法大抵效仿张汤。时，奉诏查办案子比过去增加很多，二千石以上高官被押入廷狱者，前后加起来不少于百人。廷尉一年处理告劾案有一千多件，案情重大，受递捕同案人、拘传作证者每达到数百，少的也有几十。与嫌犯交往多，互有利益关系，需要提供线索，进行取证案外人，不管家住百里、千里之外，都要本人到长安廷狱接受法吏面谈、质对或审问。廷尉、中尉及京师各府临时约谈、拷问者更多，达六七万。由于法吏深挖牵附，所累及另案受到刑事处分人则达十余万。

元封三年，冬十二月，打雷，下冰雹，大如马头。

屡有汉使报告，在丝路楼兰、车师段遭打劫，被夺走财物，拦路者俨然官军。于是上又派出第三支队伍，由将军赵破奴带领，王恢为前导，冒风雪出动。

破奴颇有去病作风，率七百轻骑先发，突袭楼兰，俘楼兰王。马不解辔，军不卸甲，连夜往攻车师，破前后国，二国王皆走避乌孙。破奴继耀兵威于姑墨、温宿、捐毒、休循等依附乌孙、大宛诸小国，口头警告其日后不得侵犯汉使。回来报说兵困乌孙、大宛。

春一月，封破奴浞野侯。王恢领路击楼兰有功，封浩侯。（马迁按：破奴原封从票侯，坐酎金失侯，今以功复封。）好言抚慰楼兰王，让他还回去做他的王，约束国民，仔细善待过路汉使，有好东西大家可以卖来卖去，不要给自己找麻烦。楼兰王千恩万谢而去。

后数岁，发卒数万大兴土木，酒泉以西皆筑城置亭，布列障塞，一直延伸到玉门，设天下第一关。

二月，初作角抵戏，鱼龙曼衍之类把戏。三百里百姓来观。（马迁按：角抵，两两相当，袒腹露臀，或推或搡，角力。鱼龙者，艺人宽服藏物，先舞于庭，百般转移人耳目，蹦跶至殿前，出比目鱼，跳跃漱水；俄而化黄龙八丈，散戏于阶，炫耀日光，此为曼延也。)

三月，汉兵大入朝鲜境，朝鲜王右渠发兵据守海港及山道各要隘关口。楼船将军率万卒千帆成山角入海，东渡至白翎岛附近洋面击败朝鲜舰队，收拢余众七千，登陆列口，再败凭岸伏射守兵，先至王险城。

时，我左将军荀彘部尚在浿水右，浿水江船皆被朝军烧毁或拖走泊于左岸，一时不得渡。右渠登城观楼船军少，决计先断我一足，即尽发城中兵击楼船。

楼船军败，大溃，四走于山中。后十余日，才渐次收回散卒，复又集合成队，只是不敢再去围城，群踞山头观望，翘盼左将军兵至。左将军强渡浿水，遇万箭，未能破河上朝军，自退回，与朝军相持于两岸。

上闻两军皆受挫，乃使侍中博士卫山持节，往王险城面谕右渠。右渠开城迎，跪磕谢罪，曰：我从来都想投降，只是不能相信两位将军，怕他俩阵中使诈，赚取臣项上人头，今见信节，就请接受我的投降吧。

扭脸把儿子叫出来，说：你，跟着这位老师叔叔，去中国，代我，你老子，向天子谢罪。让你回来，你就回来，不让回来你就留下，好好学习汉文、汉家制度，再去密云咱老家卫家庄，买块坟地，将来我死了，你太爷他们，都要归葬密云。又喊身后骑从：你、你们都下来，把马给老师。对卫山说不成敬意。凑五千匹马，筛谷万斗，三揖：算我对贵军劳苦一点表示。

乃使太子领万卒赶马挑粮各持兵器随卫山同至浿水左，其尘甚嚣广，其势甚浩大。左将军见疑，令全军引弓待，只许卫山一人单楫还渡。将及岸，疾问什么情况？卫山说经我一番苦口婆心，已然表示降服。

左将军说右渠滑奸，前言不抵后语，后语辄覆前言，是常事，我不得不防，你回去告诉他们，既已降服，应该放下武器，徒手过渡，我军可保他们生命财产安全。卫山说你的话有道理，小心使得万年帆，我回去跟他说。遂掉转小舟左一桨右一桨，渐去对岸。

左将军荀彘命全军不得稍懈，迎光翘首瞭望彼岸，见著汉服者兀立良久，著朝鲜服者一人叉手数躬身拜，料定谈得不错，扭脸闭眼歇了一眨，再展眼，见朝鲜服人皆背向，竞相上马，烟尘复起，越来越缩微，竟全——颠儿了。

彼岸只余汉服者一人，尤伫立，复踽踽独行，涉水登舟，左一黑，右一亮，初如蝇，复如蜓，渐俱人形，欸乃背光，鹅呀行来。乃泄气，颓问怎么走了？

卫山小脸俱是怒气，说你不信他，他不信你，把老汉夹在当中，跟你们这帮无信之人，没法儿办事。

卫山还报天子，天子斩山。

荀彘整军再战，辽东郡支援门板厚棉被牛皮亦至，尽垛门板于船首，覆以湿被牛皮，复令各舟中置鼓手，卜占吉日，拜蚩尤旗，各种迷信搞起来，于某日日出，敌迎光我背光之时，千艟百舸尽发，近岸俱击鼓，齐呐喊，于鼓噪矢石横飞中蜂拥上岸，大破浿水朝军。

二鼓作气，向前推进，围王险城西北。楼船部亦闻鼓下山，与左将军会师，屯城南。右渠坚守城池，两军会攻险城，几次爬上去几次打下来，相持数月，城不能破。左将军所部燕、代之卒多劲悍。楼船手下齐卒历经军败、逃匿、受困山中、忍辱挨饿，遭敌军友军耻笑，士心皆丧，将尉也无斗志，闻夷鼓色变，他们围在城南，击鼓不攻，反持白旗招降，城上人皆看出他们畏战。左将军极力攻城，城头挂满攻守两军卒尸，面目丑狞，怔愕若晒天。朝鲜大臣亦动摇，数次多人派密使夜间乘篮坠城，与楼船约降。谈了几次没谈拢，主要也是密使来路不一，有称可杀右渠献城，有保右渠不死才肯献城，杨仆也搞得迷糊，不知哪家何人说话算数。

荀彘几次与仆约定日子，两军联手攻城，仆也满答应：必至！到日子北城头几上几下，血肉横飞。南城一点动静没有，或有南城朝卒赶来，持长戈将登上城头左部卒逐一挑落，堵上突破口。

彘几次去楼船营赴会，杨仆小饭桌摆着酱汤打糕石锅拌饭，便知他受朝人接济，必与朝军有默契。后彘也派人招降朝军，朝军使乘篮坠城答曰：我们不能一个姑娘许两家，已经和楼船将军在谈，再和你家将军谈，有违我朝鲜做人做事准则。

龁怒欲具状报上，楼船前有失军罪，今又私下与朝鲜通好，坐食朝军标配石锅饭大酱汤，致朝鲜顽抗不投降，可能计划反叛。为左右拦下，说：证据不充分，给咱们办伙食朝鲜大妈也煮大酱汤，也拿咸菜丝拌饭，您也没少喝，也说好吃，等楼船充分暴露再报不迟。

军中无机密，当兵的最扒褂。左将军怒楼船事由辽东支应前线矢盾粮秣输运卒口口相传，迅飞入辽东郡守都尉耳中。没过多久，风闻长安闾里，上回家吃饭闺女问朝鲜怎么回事阿，怎么咱自己人打起来了？

上回答：不该你问的不要打听。回到朝堂勃怒：我竟从我闺女口中听说朝鲜战况，长安卖脂粉卖栀子花小姑娘都知道了我还不知道我这皇帝当的。

堂下大臣皆知是哪一出，说正想向您汇报。上说你们谁，去走一趟，看看是怎么回事，我军出征还从没发生过这样的事，两支部队主将闹意见不能配合。

大臣皆说我们都挺忙的，您定，我们谁的乃件事能放下。上扫了一圈老几位，乃个手头上事都是急茬儿。石庆说我能去，我没事。上说您这老胳膊老腿儿的，就别上内箭杆不长眼、有时可能还真需要反应快、撒腿能跑的地界给部队添麻烦了。查查，最近乃个郡国事少。儿宽说最近递捕的二千石济南郡人数最少。

于是传济南太守公孙遂到京，持三重牦牛尾节往朝鲜，便宜行事，调解两将之间龃龉，理顺两军关系。

公孙特使遂至，先见到荀彘，左将军曰：朝鲜当下，久攻不下，问题出在楼船，几次约日会攻，他都不来。我这里每顿饭喝国内送来小米汤啃凉饼子，他那里天天喝酱汤吃拌饭，隔天还有西葫芦烙蛋饼烤牛舌，一五一十把他对楼船猜测添油加醋，倾诉特使。

孙遂曰个笔养的，这是阵前投敌！彘说这事要不处理，恐为大害。遂说可不是咋滴。遂以节召楼船往左将军营商议军事。杨仆匆匆赶来，入帐即被拿下，摘了剑拔了盔抽簪散髻两手反剪绑成粽子，仆欲呼叫，塞入一嘴马粪，囫囵扔在帐角。遂、彘持节，并肩驰入楼船军中，集合部队，宣布楼船已被解除指挥，各司马尉卒俱听左将军号令，不从命者，斩！乃并其军。

左将军既并两军，又得国内新运来攻城槌、云车、抛石机等重型机械，重新调整兵力，四面同时发起总攻，昼夜不息，打残一支部队，又调上一支部队。又命士卒人人背一筐土，填壕堆丘，渐成大坡，可容数十人并肩跃上城头；又命材官开十石弩千张，弩矢裹缯絮浸豆油，俱点火，射往城中，城中四处顿腾烈焰。

朝鲜左相路人，右相韩阴，尼谿相崔参，将军王唊本属同一权臣集团，又是前次与楼船密接欲献右渠开城降阴谋小集团，此时事急，又阴聚路人府密商，路人胡子哆嗦说不能再等了，听说楼船已被拿下，生死不明，现在全由左将军一人指挥，这厮打疯了，破城之日不在今宵也恐在明天一早。王也疯了，谁的话也听不进，坚持打到底，与城、全体军民及我等偕亡。你们啥意见，你们不走我可要走了，不能坐以待戮。

言罢夹起小包袱以纱掩面从小后门蹒跚而出。阴、唊也各散去，急回家收拾细软，化装为妇人，混入街头逃难人民大队。东门为汉军所留出城受降之路，凡卒皆令其缴械，往战俘营报到，民则任其自去。阴、唊遇汉卒，皆亮身份，向汉军投降。往左将军营中去道中，见路人死于烂泥塘，似遭人割喉小包袱不见了。

夏七月，尼谿相崔参杀右渠，以泡菜坛盛右渠人头，来降左将军。朝卒确凶悍，国王、相、将军非死即降，尤坚持战斗，城头一昼夜数易手，数又拼死夺回。从仲夏五月二十七打到季夏六月二十一，整三十八昼夜，左将军各部俱残，四九城飘的还是朝鲜旗。

孤竹外臣成已不知右渠死，又举旗勤王，率所部吏民向王险城开来，至沙里院，杀我南下宣抚小分队，攻我派出临时维持汉吏。左将军派右渠子卫长、死国故左相路人子路最，往成已来路拦阻劝谕。成已不听，其众哄散，遂诛成已。六月二十二，王险城破，守城卒俱亡。朝鲜遂定。

秋七月，部队主要领导及归降朝鲜王子、将军、诸大臣回国。封崔参濊清侯，韩阴荻苴侯，王唊平州侯，卫长畿侯，路最以父死颇有功，封涅阳侯。

左将军荀彘，坐争功相嫉背离友军阴使乖计，弃市。楼船将军坐兵至列口，当待左将军，擅先行，失亡多，当诛，赎为庶人。公孙遂，坐执楼船不法，诛。

乃分朝鲜地，置乐浪、临屯、玄菟、真番四郡。

同月，胶西王端薨，谥：于。（马迁按：谥法：能优其德曰：于。）

八月，武都氐人反，把他们分批迁徙到酒泉。

61

元封四年，冬十月，上行幸雍，祠五畤。经回中道出萧关，游历涿郡遒县北独鹿山，鸣泽，自代郡还；又到访河东郡。

春三月，祠后土，赦汾阴、夏阳、中都死罪及以下因犯。免三县及杨氏县今年租赋。

夏，大旱，江河干，民多渴死。

匈奴自卫、霍度幕击逐大败以来，一直盼望重振士马再返幕南复与中国为敌。从元狩四年至元封四年，远徙余吾水、郅居水以北，蕃儿马，生孩子，教习骑射，休养生息十二年，一代牧骑新人成长起来，跃跃欲试几探汉关。其间也搞一手硬一手软，放低姿态，使尽柔曼身段，数遣使往汉，好辞甘言求请再做亲戚——和亲。汉也始终保持警惕，遣北地人王乌出使，一方面礼尚往来各以虚招支应；一方面窥伺匈奴近况。

王乌入匈奴，尊重其风俗，把五尺汉节留在外面，以墨涂脸钻进穹庐与单于交谈。单于喜欢他，还是没实话，跟他说我想派太子入汉作人质，重建我们两国信任。天子听了说好哇，单于有这样的态度，欢迎。

于是派侍中博士杨信去匈奴，谈匈奴太子入汉行程安排、礼遇诸事宜。杨信与前出使朝鲜卫山都是当年公孙弘为与上廷辩文学以博士弟子员名特招进来内五十个孩子，也是十年倥偬，合眼即过，廷辩似也无期，孩子们都成长起来，也不限于文学、掌故，分布禁中外朝各执事府署为吏，成为出任入禀办事骨干。

杨信严肃，素以古正方谨做事一板一眼，从不节外生枝亦不则外宽假见称。入匈不肯失节，只在穹外蹭蹭靴底泥，举着竹竿子就进了单于庐。单于翻脸不认账，也端起架子，说你小孩不懂，自古以来我大匈奴与汉就有城下之盟，汉派公主，给足上等缯絮食物，我大匈奴才肯与汉休兵，这叫和亲知道么？今天你们推倒承诺不尊重历史，反要我儿子去当人质，甭想！

杨信一路掂量默习的都是场面上公事公办的话，一句对不上，愣了须臾，如入见礼拱手三作揖，持节倒退而出，从始到终一个字没说。回报天子，天子问你怎么应对的？信亦无语。天子一摆手：退下吧你。

复用王乌，单于又是一盆火，拉着王乌手搞三同：同座同饮同食。给他灌迷魂汤，说我想入汉，与汉天子当面聊，和他结为兄弟。王乌还报。天子说好哇，兄弟就兄弟，也别老麻烦女的了，男人的事儿男人潦。

遂又批了块地，在浐河边为单于新建一所大宅，圈了很大一块院子，比诸侯王。对王乌说他不是喜欢你么，也别换人了，还是你去，跟他说房子都给他备下了，什么时候来给兄弟透个话儿，出城八里迎他。

王乌到余吾水，被匈奴边吏拦下，说我们老大说了，不派个像样的贵人来，没诚意。王乌说我不算么？边吏说上边交代了，贵人的标准是皇帝老亲戚。

这时边吏身后冒出一老牧民，说我、我，是我。

边吏隆重介绍：我们单于老亲戚。王乌说好吧，遂带老牧民回汉。

老牧民一路咳嗽，不吃不喝，骑在马上直打晃，入了汉关就病倒了，人烧得跟火炉子似的，身上皮袄直冒烟，有糊味，一路拿冰镇着物理降温好容易挨到甘泉，还剩一口气。上说怎么弄一病号回来？王乌说我也搞不清，愣塞给我的，说是单于老亲戚，在他们呢儿算贵人，来跟您谈拜把子事，还把我寒碜一顿。

上说那可别死这儿。令传张苍公，赶紧开方子。

张苍公没来，他孙女张蜜晃晃悠悠来了，说我老爷子已然下不来炕，喝什么药也起不来了，不能奉旨，只好我来了，我们家绝技单传我了，有什么需求请讲。

上说苍老高寿阿？蜜说十年前过完百岁生日，就没再记日子。上说那真是，真是，药确实解缓解不了没缓。实在不好意思您这本来应该侍奉炕前不喝药也得递个手巾把个尿却把您请这么大老远来，回头没赶上再耽误个啥我这心哪能过得去。蜜说行啦，有没有事儿阿，我们医家不像你们凡夫，把个死当作不得了，遇上了真的假的都要大闹一场，我们，听说哪里有个人不死才要大闹一场。上说那我就放心了，这儿有个快死的，死了要出事，拜托你把他、也不要不死，最好不马上死，够我们把他送回家就谢天谢地谢您了。

蜜看了眼老牧民，说就再活几天是吧，好办。随手开了个方子，说去抓药。又跟上扯了会儿别的，说分人吧，我们老爷子是不忌口，什么都吃，活那么久干嘛？永远二十岁我同意，八十活万年活个什么劲儿。

上说其实我是赞成你的，分怎么活，光喘气还不如风箱呢。又说无论如何我要去看老爷子，千万别拦着我。蜜说若说给人添麻烦，没比人家生病还非要去探病更给人添麻烦的了，本来病得抬不起头，死的心都有，还要应酬您，您饶了我们吧。上说我也没打算真去，是份人心，咱们都不是靠人前热闹挣面子的人。

当夜药抓来，给老牧民灌下，当场咽了气。上瞪眼直视

749

王乌，说怎么搞？乌说也只好我去一命抵一命了。上说他是贵人你不是阿，你一命抵不了他一命。

蹲呢儿想，又说你们同学还有谁没出过国谁都不认识的？乌说谁都不认识？也只有小路，路充国了，他上学没几天就肺痨休学回家，前几年听说病情稳定准备复学父亲又死了丁忧三年出不来，二年没到母亲又死了，今年头上才回长安，我们班早毕业了，各自工作在自己的岗位，哪儿还学可复，别说外人，我们一班同学睡上下铺见了他都不认识，老的跟您、比您还不显小。只能到处到老同学家借宿，希望老同学引荐找个活儿干，同学没法说什么，家里孩子都很烦他。

上说就他了。

于是把小路找来，洗个澡梳个头，找两身衣裳扮上，给他挂上二千石绶带，捧颗银印，又装了两箱子金子几百匹绢，说是天子送的发丧费，跟他说到呢儿就说你是贵人，就打发他护送老牧民棺木去匈奴了。

乌维单于见老牧民棺木，打散头发挠破脸大哭，呼喊：七叔，是汉人杀了你，杀了你呀！路儿还想解释，被人推搡到一边，二凶汉提刀不许他乱说乱动。

一会儿单于哭完，抹抹泪走了。一凶汉牙叼细绳牵过匹马，双臂一曲把充国举上马，又从牙缝儿取下绳，半蹲掏过去，把充国两脚絷于一股，一骑前面引缰一骑后边加鞭，牵拽小路往北跑，没日没夜跑了也不知几天，见一眼望不到边浩海静水，天空有鸣禽，岸边躺着海豹，才把小路解下来，路儿直接瘫地上。

远外，两个须发尽白牧羊人漠然眺向这边。

自此，匈奴骁骑又出没于塞上，数犯我边。乃拜郭昌为拔胡将军，与浞野侯破奴屯朔方东，以备胡骑。

元封五年，夏四月，长平侯卫青薨，谥：烈。起冢茂陵东，与陵西去病家相对，造型如匈奴中庐山。

青后期，虽风头、名气均被小霍盖过，封赏褒奖也大不如小霍，而世论皆云，战功不输小霍或更高。部队是他先带出去的，打出一个局面，积累经验积累教训，因而战术战法得到改进，日后才做到敢于深入，将卒有信心，敢于胜利。硬仗也大都是他打的，匈军主力包括单于本人带的几个最凶悍部队都是他消灭的，虽然牺牲很大，战果虏获没有小霍那么突出，没有这几场硬仗，当前我汉塞外万里无战事，对匈具有全面、压倒性战略优势就不可能建立起来，小霍也不可能跑那么远，可说小霍是他舅舅扛在肩膀上成长起来的。

青出身微贱，显贵后不失退忍本色，对下人不假以辞色，遇冒犯亦多容让，没有一个人说他私德有缺，算君子了。只有他的老战友老部下苏建曾私下批评他：大将军至尊贵，而天下贤大夫无一人称颂，希望将军像古代名将那样招贤进能，多举荐一些人为国服务，请再努力一点吧。青谢曰：魏其侯窦婴、武安侯田蚡厚招宾客，天子常切齿，亲切对待士大夫，招贤罢黜不肖是皇帝权力，人臣奉法遵职而已，何轻言招士。

话虽这么说，武帝中晚期伐四方所用边将郭昌、荀彘等还是他带出来内批校尉，也不能说一人未举。

晚年据说亦不忍见刀盔，从不与人谈及自己战功，偶有回忆，口中倒是常提几个名字，都是死于阵前抛骨异国帐下卫卒、老部下、小战士，记得他们是哪里人，几时入伍，哪次战斗，因何死于何处。从来都说慈不掌兵，悲不使军，此人心中有慈，眼中有悲。

可惜生的四个儿子没出息，襁褓封侯，长大皆成纨绔子，在长安胡闹得有名。卫皇后惮畏太子受牵累，数涕泣请上削青四子封。上说我心里有数，他们是他们，你们是你们，不必过分担忧。后青少子坐奢淫诛。上派人对后说对不起，通削余三子封爵，每人只留千户。这是卫青死后的事了。

秋七月，始置交趾、朔方州；与冀、幽、并、兖、徐、青、扬、荆、豫、益、凉十一州并称十三部。将原来只是大区虚名的州落地为一级组织，设刺史一人，只是个应名听差的中吏，秩六百石。

上以建元以来文武名臣相继下世，几乎去尽，数与日䃅感伤言：能感到时代巨枢在转动，大幕缓缓落下，这些人走光了，我的时代也就结束了。乃下诏曰：盖有非常之功，必待非常之人。其令州、郡察访吏民有茂才、异等可为将相出使外国者报上来。

62

元封六年,春三月,作首山宫。幸河东,祠后土,赦汾阴待斩死囚及以下等犯。

汉既开五郡,西南夷路俱通,还是当年张骞留下内个执念,认为西南接身毒,身毒通大夏,这边走是条近道,尽管滇王已再三说我们不挨着身毒,身毒在哪里我们不晓得,根本没听说过这个国。还是接连派出十几批使者,出益州深入蛮荒地,以求通身毒。

都一去无消息,生不见人,死不见尸。益州太守派人沿使者失踪原路搜索,越走山越大,林越深,江越湍急,受到林中大动物跟踪,粮食吃完就回来了,报称千里没发现一根人毛,惟有虎猿。后在郡治滇池县市集发现一个生番扛根竹竿,竿头倒挂几条灵猫,在集上转悠,想用猎物换一小袋盐或一面镜子,这竹竿很眼熟,追看认出是杆撸了旄的汉节,迅即扑倒，捉入官中。经拷问供称是在弄栋一个寨子外边拣的，拣的时候就光杆，以为就是根竹竿便扛起挑东西走。

太守即押生番奔弄栋，叫他指认是哪个寨子。上山下山，逢水涉渡，连日累断腿，穿数坳口，眼前一个坝子，诸峰皆巨木，环抱有岚气，依山半坡黢黢竹楼，不闻人声只闻犬吠，引路生番遥指：就是介里。

官兵一进寨子就拔刀杀人，家家干栏悬挂人头，有的已成骷髅，有的皮干肉紧双目垂闭发须蜷蜷如丝，能看出汉人嘴脸；数张人皮四肢俱全钉在篱壁之上，还有风干人腿、串串心肝；笋晒寸寸丁物，细看竟是睾丸男根；蹲踞二楼吹火煮炊妇女腰缠汉官深衣，街头奔跑裸童个个歪扣汉冠。太守疯子一般挺刀冲在前面，见人就砍不问老幼，口中高喊真特么不糟践东西！

官兵屠尽人猪狗鸡，放火烧寨。孰料火烟一起，近外吹起夷角，初是孤角，继有和鸣，昂昂呜咩，呼喝致远，山谷彻应，或似林涛，间有夷鼓小锣，锵锵棕棕，使人皮麻。太守急收队欲出，未至坳口，只见漫山站满夷人，手握锄棍弯刀，发一声喊便冲下来。

昆明夷反，五郡驻军数往清剿，军皆没，无一人还。上乃赦京师在逃犯，令从军，从朔方召回管理罪犯有经验且熟悉西南形势拔胡将军郭昌，带队往击之。

昌部抵益州，屠弄栋、胜休、贲谷、来唯、比苏十余县,斩首数十万级。昆明之后数十年平坝无人烟。

后复遣使求身毒,路还是不通,去者杳杳,了无踪音。

夏。京师民众观角抵于上林平乐馆。

秋,大旱。越冬作物皆未出苗。

起初,元鼎二年,乌孙遣使随博望侯入汉谢天子,见汉广大物饶,归报乌孙王,昆莫开始重视我汉。

丝路通,其旁大宛、月氏诸属国皆与我汉交易,互各有利,伊亦欣然加入,频频与我往还,人员货物不绝于途。匈奴乌维闻昆莫通汉,盛怒,放言:早晚要你好看!昆莫惧,与大臣议:光指咱们自己是不行的,国不大还分三下,汉匈两强咱们必须靠一头,匈奴穷鬼,净弄些奶酪皮子,咱们都有。汉,不可描述,听说也把匈奴打了,我意咱们靠汉,怎么想个法子能把关系再拉得近点,万一有事能替咱们跟乌维死磕。

大臣中一是前次去过汉的,说上回内个满嘴跑马车的大使不是提过,说汉特想给你发一妞儿,您没接茬儿,就这个便宜,您尝个鲜儿,多点床第之乐,国家也获益,乌维再来讨厌,您就说我老丈杆子是汉。

昆莫连摆手:别跟我提床,提床晕,我都多大岁数了,国家有事还光耍我一人,想点高级的,咱有什么是汉羡慕、想要的?大臣说我给您数,掰着手指头:葡萄、苜蓿、马,要不咱把咱的妞儿发一堆给他们?

昆莫叹：真是都拿不出手，这样吧，还我吧。

大臣说也没有那么吓人，成事在男，您就是不灵还能愣上，愣上能上哪儿去？还是有办法既不开罪人又能护住身体躲过这一难。昆莫说你就别教我这些了。

于是就叫这位大臣做求婚特使，带上点葡萄、葡萄干葡萄酱路上也没人爱抢较安全的货，做聘礼，弄几匹劣马驮上，风风火火奔我汉。

上亦感突然，没说要把姑娘许他呀，怎么好么当跟我提这个，莫非我汉姑娘艳名远播？还是很客气，说我们国的事不是光我一人说了算，还要大家商议，这样，我们商量一下，再给你回话。遂交公卿议。

公卿皆说无可无不可。遂下宗室罪臣家遍问：谁家有女失婚或恨嫁，今有一外国王求亲，可以公主事之，陪嫁归我，丰厚。废江都王建女细君回报：愿去。

上见细君，年龄与当利公主相仿，到底是老刘家姑娘，眉眼间也有几分当利公主气韵，心生怜爱，说今起你就是我女儿，那个地方很远，国王年老，风俗饮食大异于汉，去就回不来，你现在说不去还来得及。

细君说愿去。上说你再想想，终身大事不要冲动，很多情况留在这里也可以改变。细君说不想了，愿去。

上叹息。乃与乌孙使说几袋葡萄干是不行的，我们虽然不缺什么，也讲诚意。使说还有还有不止这些。

757

遂返乌孙，复驱千匹骏马以来作聘。上以千数车驮金帛千万，锦被百床及卧榻炊具酒器，奴婢千人，军三千骑扈从，送乌孙公主西行。临行还特请李延年制一乐器，曰阮，赠与细君，路远国绝，以解愁寂。

昆莫原有匈奴老妻，命为左夫人，细君新至，称右夫人，发给毡帐，拨与火盆钩铲奴婢，令自去居住。

公主与汉婢、乌孙奴亲动手，垒石为台，夯土为墙，覆枝草为穹，曰宫室。一岁与昆莫见两次，置自酿干白红葡萄酒及汉式煲煮进补羹汤把欢，曲身奉迎，极尽体贴，然昆老风中残烛，稍纵即逝，终不得合。

上闻公主处境，说作孽。又与公卿说终我之世，不得再言和亲。每有汉使西去，辄以帷帐锦绣馈送。

昆莫也说我老，耽误你。乌孙人讲"老"就是死，其俗讳死与汉俗同，欲使其孙军须靡娶公主。公主不从，托汉使传书，或言：一女不事二夫，无颜见汉。

上回书：到人家那里，就尊重人家风俗。你没有什么对不起汉，何言无颜。

公主遂在只剩一口气昆莫见证下，再嫁军须靡。

当日昆莫死，军须靡代立，王号昆弥。公主生一女，汉名少夫。后四年，病卒于赤谷。有哀歌传世：

吾家嫁我兮天一方，远托异国兮乌王廷。穹庐为室兮毡为墙，以肉为食兮酪为浆。居常土兮心内伤，愿为黄鹄兮归故乡。

是岁,汉使西逾葱岭,抵安息。安息王报以使,以鸵鸟蛋、黎轩国魔术艺人献于汉。上把鸵鸟蛋拿家去蒸蛋羹摊了一盆黄花菜,还剩很多,吃了都说腥。

魔术师问我什么时候表演。上说你,先歇着吧,等什么时候全民乐,你再去糊弄他们。魔术师遂往厨房帮厨,没事给厨子变个手绢飞鸽、大变活鱼,后厨房丢了食材,都说是魔术师变没的,黎轩国大师遂不再卖弄,默默洗菜摘菜。

汉使往来于葱岭西东,那些万里之外西方小国孈潜、大益、姑师、扜米、苏其等皆随汉使竞献不可名状方物朝见天子。天子大悦,每巡狩海上,都跟着一帮外国人,哪儿人多往哪儿去,赏别人时候也赏他们,金币玉帛给得比谁都多,以显示汉富厚有的是金山玉坑。还将珍禽异兽炮制为象形美味,广陈于金盘玉碗,让他们敞开吃,那他们倒是不敢乱吃,问清才敢下箸。

西国使节更爱来了,又请他们看大角抵演出,展览五足马、三眼牛、双头人诸怪物,引无数小市民围观。多多赏赐,酒池肉林,又带一众外国客参观仓库府藏堆积如山铜钱粮米,见汉之实力,俱各骇然称羡。

大宛左右多葡萄,可以酿酒。多苜蓿,天马最爱吃。汉使采了种子回来,上种之离宫别观旁,一眼不能尽望。

可是西域近匈奴,各国还是最怕匈奴,匈奴使节到这些国都跟大爷似的,这些国对匈奴恭敬超过汉。

皇后说这就叫使人爱不如使人怕。上说我就不同意你这种很消极的想法。

还是这一年,乌维单于死,子乌师庐立,年少,号:儿单于。自此后,匈奴更向西北迁徙,左方对云中,右方对酒泉、敦煌。

儿单于既立,汉使两使者,一人吊单于,一人吊右贤王,欲离间其国。汉使入右方,右贤王一听不是话,立缚汉使送单于庭,儿单于怒,两拨使者全扣下。

这些年,汉匈两国时互派使者,都不太讲外交礼节,一言不合就扣人,匈奴扣汉使者前后十几批,汉原则你扣一批,我也扣一批,来而不往非礼也,双方各扣使者人数大致相当,使者遂成高危职业。

63

太初元年，冬十一月乙酉，柏梁台被雷劈，发生火灾，建筑被毁。

春二月，在甘泉接见入朝诸侯，审计他们财务报表。在甘泉为诸侯建府邸，说以后咱们相见就这儿了。

越人勇二说：越地风俗，雷劈之后再建屋，必须比以前更大，以大胜小压不祥。建章宫从卫青才出道便嚷嚷造，卫青立大功，卫青已死还没造，于是令作建章宫。还是林老设计：千门万户，东有凤阙，高二十余丈。西有庙中路，广阔如堂，曰堂中。虎圈数十里，可谓野生虎豹园。北凿大池，临池筑梯台，亦高二十丈，命曰太液池。中置三岛方丈、瀛洲、壶梁，拟海上仙山。池北有石鱼，长三丈，高五尺；南岸有石鳖三枚，长六尺。有玉堂，基座与未央前殿等高，去地十二丈。一座由整块玉石雕琢璧门及一座条支也即压力山大部将塞琉古建立塞琉古王朝进口非洲鸵鸟千斤铜雕。立神明台五十丈，上有九室，曰九天；可容道士百人。积木架高为楼，曰井干楼，五十丈。各景观间有六车道马道相连，总之一切都是以大为美。

太中大夫公孙卿、壶遂，新任太史令司马迁等进言：历纪坏废，至今仍使用秦历，创业改制，咸正历纪，宜改正朔，以夏历建寅之月也即每年一月为岁首。

上诏儿宽与博士方赐等共议，宽等皆说当用夏正。

夏五月，诏令卿、遂、迁等共造汉太初历，以一月为岁首，色上黄，数用五。（马迁按：时参加讨论人士都认为汉以土德旺，土色黄，五行排五，故最贵重颜色为黄而用字五为吉。譬如丞相印原来就仨字：丞相印；现在要加俩字：丞相之印章。凡公卿及太守、国相印文不足五字者，皆以"之"字足之。之还不足，加"章"。章还不足，没听说过，官印不可能发生。私章有可能，这人没姓，名就一个字，蛮夷有这么叫的，元、源、远。私章没人管，非要凑数，怎么也有办法，把老家名、官称加上，有功者或赐姓。）定官名，协音律，定宗庙百官进退礼仪，以为典常，垂之后世。

是岁，草原有暴风雪，牲畜大量冻饿死。而儿单于年少，头脑简单，遇复杂问题辄以霹雳手段杀人解决，小孩当了王都这样，以为这样省事。匈奴上下人人自危，民心浮动不安。左大都尉使人密告汉，曰：我欲杀单于降汉，汉远，如能发兵接应，我即发。

派因杅将军公孙敖在朔方高阙北数百里戈壁阿尔泰绿洲筑受降城，以策应。

秋八月，上出行到安定郡。路人皆知上并不贪西域所产各类名物，念兹在兹一向馋的是西域良马，马是制约我汉扩疆拓土至今不能尽灭匈奴惟一动因。故凡使者去西域头一个向人打听的是哪儿有好马，卖么。

西属各国皆说大宛国贰师马最优，卖不卖你逮问他们，反正我等他们是不卖的。也有使者上门求购，均遭婉拒，说这逮我们王批，而约见王，永远约不上。

上说这是嫌你们职位低，不配和他们王说话，来，我来，不信拿金砸不动他。于是派壮士车令携千金和一座以渥洼水神马为原型等比例浇铸九九黄金马，持皇帝节去大宛拜见宛王，求购甭多，就一匹这样式的贰师马。心里打的小算盘是载回做种马，渥洼马人工受孕失败，生下小马没法看，还把种马身子糟蹋了。

车令至山城，烫金帖子递进去，一直等在王宫门前，晚上睡台阶上，一副见不到王就不走死磕的样子。

王在屋顶花园俯看这小子也有点犯愁，跟几个近臣商议，要不我就见一下。臣说一点口子不能开，这还没见呢，就这样放刁，见了更得赖上来，你既不打算应人家，见了又能说什么呢，还不够累的。对这种人就要起头封死，一点念想不给,让他耗,看谁耗得过谁瞧这德性不定什么人惯的,在咱们这儿没这事!

王说我这不是怕他们急眼嘛,汉人从来都是软的不行来硬的,硬的不行,跟你结一辈子梁子,记仇。

臣说过去你没答应过给他们,也没见他们来硬的,汉与我相距万里,中间又隔着戈壁、盐泽,水不能喝,汉使者一批几百人,每次过来断粮都要死一半,过来的人风一吹就倒,大部队又怎么过得来呢?他们拿咱们没办法。上次打楼兰内几号骑兵,到咱们国境没敢进来,我都看了,马跟驴似的,骑着两脚都能耷拉地,还能帮着蹬土,根本不是跑,是走,进来也不足虑。

于是就不搭理车令,每天在宫里开派对,香烛鬓影,砰砰开酒。还拿水管子冲台阶,假装不留神滋车令一身,就等着你急好轰你,车令只能忍。蹲了快一整秋,风开始见凉,梧桐叶也簌簌往下掉,车令衣冠褴褛,蓬首垢面,过往路人经常往他脚下扔小铜锄儿。

某夜,宫中开舞会,门窗都敞着,弦乐飘飘,很多大宛仕女、贵人喝得半醉跑到门外大露台谈笑调情。

昏暗台阶下忽然立起一浑身破破烂烂人,指着她们用外国话大叫大嚷,虽然听不懂也知是难听话,骂她们。都是王宫常客,也知这是位汉使,因为什么跟自个过不去,拧次了,一直赖这儿不走,都当他是一笑话,也没太在意。之后就听哐哐巨响，女士们吓得尖叫，汉使举铁椎猛凿内匹一直立在台阶旁以为是王宫新添一雕塑之大金马。一帮贵人怒了，说这是破坏我国艺术品，拔剑欲下台阶，王端酒杯踱出来，喊住他们，说别，内是他自个东西，想献我没要，由他去。

其中一位王叔回家越想越气，以为王这样忍让，将来汉人会更看轻大宛。听说汉使已经连夜走了，就派快马赶在汉使前面先到达东部边境大宛属国郁成国，命令那里的王截杀汉使，黄金宝物尽归郁成。郁成王杀车令及全部随行人员三百，夺黄金及窟窿金马。

上大怒，脱口脏字：特么的好好说就不行是吗，每回都这样，非要打出脑浆子才算塌实。

明日在朝堂议伐宛事。博士姚定汉在大行做中丞，因工作需要多次出使西域，对宛有一些表面印象，说宛国军人很不堪，从将军到士兵，人人做生意，挣钱多了就胆小，只要三千人，强弩射之，全部做俘虏。

上说人性分析七分同意，三千人就能搞定是把战争当儿戏了。博望侯曾对宛有深入观察，当时军队有六万人，现在人口增加，可能还多一些，料敌从宽、御敌从严一向是我汉作战指导方针，还是要当六万人打，不能指望每次敌人都像楼兰，七百人一鼓而下。

时，李夫人几次跟上闹：那不管！老李家必须出一个侯。上说无功不侯这是高祖立下的规矩。李夫人说卫青四个儿子没断奶三个封了侯。上说那后面怎么样了？你放心，我替你想着呢，早晚让你们家得侯。

这次伐宛，还是觉得把握比较大，心里早有人选，乃拜李夫人兄广利为贰师将军，发属国匈骑六千及郡国恶少数万，赵始成为军正，浩侯王恢为导军，李哆任校尉。李哆是个职业军人，参加过奔袭楼兰战斗，专从浞野侯部队调来，协助李广利主持军事，一同征大宛。

十二月，中尉王温舒利用职务为个人捞取好处，坐为奸利，罪当族，自杀。合家还是族了。他两个弟弟和两弟妹娘家都是同案人，王温舒收钱主要是借这四家人之手，同日被族。光禄勋徐自为感叹：悲夫！自古只听说诛三族，而王温舒罪至同时而五族阿！

关东蝗大起，西飞至敦煌。

64

太初二年，春正月戊申，牧丘侯石庆薨。谥：恬。（马迁按：恬，谥法不载。也就是说没这么谥的。）

闰月丁丑，以太仆公孙贺为丞相，封葛绎侯。（马迁按：贺始以功封南奅侯，元鼎五年坐酎金免，今以相再封侯。）时朝廷多事，督责大臣，自公孙弘后，三个丞相接连坐事死。石庆难得以慎戒善终，也多次受到严厉批评。公孙贺被引导到上座前拜相，不接受印绶，只在那里痛哭伏地磕头不肯起来，上起身而去，贺不得已接受印绶，出来跟儿宽说：我今儿起危了。

三月，上出行到河东，祠后土。命天下百姓聚饮五日，举行祭祀活动，祭自家宗族祖先灶神门神黄鼠狼蛇仙等宅神还可以酿酒，祭完祖、神撤下的酒可接着喝五日。仪式比照腊月祭，可举行驱傩大型巫术。

夏四月，下诏曰：朕用事介山，祀后土皆有光应。其赦汾阴、安邑死罪以下犯人。

汾阴因有后土祠，天子连岁去那里祭祀，免田赋赦罪人，人民颇得利，邻县视为福乡，故多往迁，汾阴人口大增，不法负罪在身之徒亦沓来，争向官府自首，都希望在汾阴服刑。

五月，登记吏民养马数量，从中征调一批看上去彪壮的补充各官府署衙工作用车辕马及部队战马。

秋，蝗虫复起。

贰师将军逶迤西行，通过盐泽，当道小国各闭城守，不肯供给饮食。因轻装行，属国匈骑擅野战，恶少闾里英雄，群架骁将，不习阵仗，攻城多不下。偶有得手，吃光喝净，打不下来，饿上几天，大多散去。

走到郁成，跟上来士卒不过数千，大都饿得拉不开弓。攻郁成，被人家杀出来，打得大败，连退数十里，死伤甚众，在那种野外受了皮外伤跟死也差不多。

贰师与李哆、赵始成商议：郁成这样的小城都打成这样，真到贵山恐怕大家都回不来。乃引兵急还。

入敦煌境，暂时驻扎在玉门关外，部队所剩不过十之一二，马尽亡失。派军邮传书长安，报曰：路太远粮食带得不够，士兵不怕打仗担心吃不上饭，部队还是带少了，宛军强大，不足以拔宛，希望暂时停止战斗，等部队得到补充增加更多人手，再去攻打。

上见书大怒，派使者竖刀横于玉门关前，传上谕：军有敢入者辄斩！贰师恐惧，留在关外不敢回来。

九月，上久等匈奴左大都尉起事而无音讯，认为受降城还是太远，乃拜破奴为浚稽将军率二万骑出朔方西北二千里，计划到龙勒水匈奴东浚稽山，没有左大都尉消息就从那里返回。浞野侯到了浚稽山，引起匈奴警觉，左方各部进入临战状态，左大都尉发动，被镇压，本人受诛。单于尽发左方兵分路突击浞野侯。

浞野侯行进中击败最先到达战场一支匈奴部队，斩杀捕获数千人。随即向南徐退，边走边组织抗击，区域机动防反，退至距受降城四百里，为单于八万骑所围。部队尚完整，食未尽断水数日，浞野侯步行夜出找水，为匈军斥候偶遇生擒。单于见获汉军主将，天未明即令各军急攻。汉军其他将领畏失主将坐诛，彼此埋怨，未能及时稳定部队，进行有效抵抗，致我大营为匈各路劲骑突破，战士没有指挥，人自为战，很多人自行突围，小股或单兵往受降城方向退走，为匈骑逐一追逐就歼，二万久征惯战之卒尽没于乱军。

时天已大明，两军拉拉打打，获胜匈骑已迫近受降城，城头守军眼睁睁看着我军士卒或死或伤或被拖走，不能出城接应。儿单于命匈军续攻受降城，遭城上强弩排矢猛烈倾泻，乃止。绕城入塞，大掠而还。

冬十二月，御史大夫儿宽卒。

65

太初三年，春正月，任命胶东太守李延广为御史大夫。

上东巡海上，考论神仙出没之类异象奇迹，无一坐验。也懒得再爬内些没名堂的山，命祠官宽舒礼琅邪朱虚东泰山。

夏四月，从海上返回，修补增高泰山祭坛，禅泰山脚下石闾。匈奴儿单于死，子年少，宗室贵族拥戴他三叔右贤王呴犁湖为单于。

浞野侯军灭是我汉击匈奴以来从未有过大失利，两万强兵整建制被歼对我士气打击之重，影响之深远，虽不能说当前我对匈已失战场主动，匈奴不堪击、匈奴强弩之末、匈奴再无力犯我之乐观情绪为之一扫。

上亦在总提会上小范围认账，我的责任，使浞野侯孤师轻入，过去从来没有这样不议而出，还是形势好就以为一切无虞，麻痹，痛心，你们也没人拦我一下。遂令已撤守北边各戍堡、亭燧全部整治修复,已撤编缩编边防部队恢复原建满编,戍卒登塞。调大批内地新军充实临边各野战军。遣光禄勋徐自为出五原塞数百里,最远千余里,西北至卢朐山,筑城、障、列亭等要塞屏障,而使游击将军韩说、长平侯卫伉屯防其间;又使强弩都尉路博德筑城居延泽上;提高警惕,整顿武备,从前匈奴逢秋必来犯情形可能重演。

秋,匈奴大入定襄、云中,杀吏民数千人,击败我两郡之守所带领地方部队,大掳而去。撤回路上还将徐自为新造城、障、列亭尽行毁坏,涂写骂人话。

又使右方轻骑度漠入酒泉、张掖,掳掠数千屯田民,引起民众大恐慌,扶老携幼十数万人向东逃难。

武威驻屯军军正任文、敦煌都尉任海发兵营救,夹攻右贤王,居延泽路博德部亦南来逆击,右贤王恐去路被遮,丢弃所掠汉人及大部财物,度漠而遁。

是岁,睢阳侯张昌坐太常祭太庙无故不请假不到,助祭酎金亦常拖欠以次充好,免侯,国除。

起初,高祖封功臣列侯百四十有三人。时兵乱方息,名城大邑民亡人散,推开门还能见人民户,十余二三。一百四十三家功侯,大不过万户,小五六百。其封爵誓曰:使黄河窄如鞋带,泰山小如磨刀石,我国永存,爰及苗裔。颁红字地契为信,杀白马歃盟。到此前,百年间,只剩酂侯萧家、缪侯郦家、汾阳侯靳家、睢阳侯张家四户,如今张昌又去，止三户矣。

汉既失破奴军，公卿皆请中止对宛军事，专力对匈。上以宛小国，伐之不下，则大夏等国会越来越轻视汉，而宛马不来，汉马得不到改良，我对胡永远短一截腿，我国使节出去，乌孙、轮台这样愿意与我亲近国家也会疏远，不乐接近，付出大牺牲打通西域将前功尽弃，完全断绝也不是不可想象，为匈奴腾笑。

乃命廷尉按讲过伐宛不便、语辞尤激烈邓光等人，治妄诽罪。

又赦囚徒，动员社会闲散人员及东方各郡边骑，经过一年准备，陆续派往敦煌六万余人，自备弓马志愿从军少年还有不少。又各军抽调带兵多年、久历战阵校尉司马五十余人令俱去贰师将军处报到。动员畜力牛十万头，马三万匹，驴骡、骆驼上万；调拨粮食以千万斛计；刀梃弩弓数十万件，盾矢如垛不问其数。

又派出多批情侦人员扮作行商、力夫随使团出西域，对宛境各城尤其国都贵山进行详尽考察，发现贵山城内无井，饮用水源或高空架槽从冰川雪融湖辗转接引，或从附近河流掘暗渠当地俗称坎儿井地下汲取。又调关东善疏浚河工数千，计划围贵山时开挖暗渠别道，改变水流向，使城中断水，槽比较容易破坏。

再大发戍甲卒十八万屯酒泉、敦煌北，威嚇匈奴右方兵。又于河西走廊东段张掖、武威二郡北临大漠线各新置一县居延、休屠，皆屯兵以戒北而卫酒泉。

再大发天下吏有罪者、负案在逃者、上门女婿、游商、以前在市集登记做过小买卖、父母登记做过小买卖、祖父母登记做过小买卖凡七科人，谪为戍人，令各往本县司自首报到，入伍，或为役夫载运粮秣、武器给贰师。又从少府马监抽调两名专为皇帝选马驯马老马官，人称当代伯乐，一拜为执马校尉，一为驱马校尉，令去贰师军，为日后宛国破挑好马未雨绸。

一年间，徒步、拉车、赶车转运贰师征宛军所需军备物资人流车流从函谷东排到玉门西，万里如织。

天下骚动，户户沸腾几与十七年前元狩四年绝幕大出击盛况等。上修书致贰师：我只能帮你到这儿了。

贰师举兵再往西域，此次人多势众，所过小国莫不开城恭迎，要什么给什么，杀牛宰羊搬出酒食劳军。

至轮台，轮台王不知哪根筋搭错了，本来一向对我使者客气，此次误判情况，以为我军远道而来攻打他，上次确实也有所怠慢，去的时候还借麦粉与我军，我军溃逃路经则砸门不应，见贰师至，闭城不出，举国上城戒备。贰师城下呼喊：我，是我。城上以乱箭报之。贰师怒，攻数日，城下，屠之。自此而西，一路无阻到贵山，还是很多人掉队，脱水中暑而亡，六万兵减员三万。宛兵列队出城迎击，我以大黄弩超距离远射之，未接触宛兵即败，溃走入城，闭门坚守。

城高，油锅檑木预备充实，小试略攻，滚滚而下。王恢建议先围而不打，转攻屠我使团劫我金马首恶郁成，拿下余孽，再拿主犯。贰师不听，说宛人多诈，又听说康居已出兵援宛，目前尚留于都赖水上观望，我们这里打得坚决，康居或别的什么有意援宛周边坏朋友就不敢妄动。咱们也别犯傻，干内冒死攻城徒令军士折损蠢事，传后军，咱们带内几千河工到了没有。

赵始成说到了八百。贰师说叫他们上来，上回他们不是全靠渴着咱们才使咱们哥们儿栽了跟头，这回咱们也让这帮孙子尝尝没水喝嘴里全是干沫子滋味。

于是敲破水槽，在坎儿井里筑坝，反向掘进开出回流渠，安排水车，使军士昼夜踩水车，提水重入高山湖。又使随军巫师跳傩，祈日不下雨。又使军士城下裸身盆浴唱歌做种种爽状，四下泼水，可劲儿造，气城上。

围城四十余日，城中水尽，百姓为争水械斗死，少女为一口水卖身。贵人仕女最后一滴红酒喝下，浑身发臭，满嘴白沫子，嫩牛排刚煎好切开全是血，贵人干啪叽嘴一点进欲没有，有女一把舀起伸长舌舔血。

一帮贵人立城头看汉军士卒玩水，举杯一饮而尽杯中尿。曾经不能忍阴使郁成王杀车令王叔毋恤靡说都怪咱们王毋寡，一匹破马舍不得，又杀汉使，招来一场无由祸，瞧瞧咱们如今过的是什么日子，今还有尿明天不敢想，要去祸，只能杀王出马，汉兵自去。

众人始惊，继而长考，终有曾劝王阻见汉使近臣解离靡开口道：也只能如此了，一人再重未有国重。

众人即慷慨陈言：要是这样还不行，咱们一起力战而死，未晚也！

毋恤靡说那么谁去、动手呢？

众皆不语。

解离靡说这种事要做，也只能大家一起做，免得有人干净大家不塌实。

众贵人遂歃血盟：一人一刀，哪个不做，第二个就是他。各自割破小手指，自左向右挨个吸吮他人血。

是日，汉军忽发力攻城，覆盾扛梯爬城，校尉赵弟首登外城，宛军第一勇士煎靡战死，余众退回内城。

毋寡惊恐，问众贵人：康居兵何时到？解离靡说要来早来了，突抽刃刺毋寡，众贵人骑跃争上，只听噗噗噗啊呀！毋寡卧于血泊，临终吐言：恨千里马。

是夜，满城举火，汉军积薪烧城，毋恤靡俯内城手提毋寡头示意汉兵，高喊王已死，你们停止进攻，我尽出好马任你们随意赶走，还管你们饭，不答应，我把马全杀了，康居大军马上就到，我们里外夹击，跟你们拼！答应不答应，两条路你们选，走哪条？

时，康居军已至，见汉军强盛，不进，陈兵城西三十里，作跃跃欲探状，这也是汉军忽发作攻城肇因。

贰师问李哆几时可下内城？李哆说今时不行，明儿也未准行，后儿还要看情况。贰师遂奔火堆，借火光跳脚喊：应了我应了，走管我们饭马随便赶内条路。

宛人开城，尽出城中马，整车小麦粉牛羊肉胡萝卜洋葱任汉兵自取，而兵不出。贰师守诺，亦不入城，在城外大营与宛贵人团会商，订城下之盟，取上马七十匹、中马公母各三千余匹。王恢指认贵人眛蔡过往使宛遇劫落魄曾与他有一饭之恩，遂立眛蔡为宛王。

康居闻贵山破毋寡授首，军还。校尉王申生收容掉队散卒千余人，岔道，走到郁成城，向郁成王求饮食医药，郁成王佯许，化装奇袭，尽屠我病疲体弱人员，只走脱数人。贰师命搜粟校尉上官桀率强弩劲卒往攻，老账新账一齐算，郁成王亡走康居，桀追至康居，康居不惹事，将郁成王盛大篮子吊下城。桀亲手绑郁成王，顺手给俩大劈斗，问我们内金马呢？王说化水花了。众军士围殴郁成王，唾骂真特么不是东西！

王半死，桀说将军要活的。乃令止，遣赵弟以帛背缚王，并三骑士送贰师。一路王在弟背哼唧，不时吐汉语给我一痛快的，还呕吐，弟终不能忍，停蹄解缚，掼王于地，抽刀说成全你！劈郁成王，头送贰师。

66

太初四年，春，贰师凯旋回京。将军所过诸小国闻宛破，皆使其子弟从贰师入献方物鸵鸟狮子，朝见天子，愿为人质，学习汉文化。贰师部入玉门，关尉点验：士卒万余人，马千匹，余者皆殁于戈壁盐泽。

部队并不缺粮，沿途又有小国供给，战斗死亡亦不多，部队匆忙组成，人员良莠不齐，军吏临时调来，上下彼此不熟悉，管理不到位，纪律松懈，又缺乏训练，求战愿望高，对战争残酷却无基本认识及心理预判，临战手举刀落，人头落地，很多新兵吓破胆，没打就跑一半。加上路途遥远，环境陌生艰苦，很多部队没经过战斗，自己就走散了。以上诸条是造成部队大量减员物故者众主要原因。上以万里而伐，这些问题都是可以想见的，还是看成绩，故不记主将之过。

封李广利海西侯，赵弟新畤侯。任命上官桀为少府令，其他军吏九卿者三人，诸侯国相、郡守、二千石百余人，千石以下千余人。志愿军所谓奋行者得所封赏皆超过其本自期望。七科谪参加远行者，吏有罪免余刑，在逃犯免追究，商人、祖上曾从商者删除市籍，免终身役，概不另行赏赐。上门女婿没交代，下回还找你。其他士卒赏赐财帛房获杂物值四万万钱。

朝臣齐贺上：征宛军真是出干吏。

起初，匈奴风闻贰师征大宛，欲出奇兵，击其半道，后又听说汉全国大动员，转车人徒相连属万里，盖视之开往前线军队，以为又是大出击，不敢挡路。

遂改变作战意图，派小股骑兵夜入楼兰隐蔽城中，俟贰师大队过后，打我辎重，劫财劫物以自肥，还是响马作风。（马迁按：响马，典出丝路，时丝路多浮财，各国盗贼云集，其中不乏官军扮匪，专劫过路财，俱各骑马，下手时放响箭为号，故曰响马，响马子；又称马匪。）为打击马匪，保护过往汉使，将玉门关升格为玉门巡防区，管辖范围西至盐泽，日常派巡捕马队在玉门盐泽之间道路不定时临检，关尉高配与郡都尉等，秩二千石，首任关尉李哆，后由武威军正任文接。

巡捕马队夜间临检在盐泽东捕获一伙蒙面马匪，经带回拷问，发现是匈奴右方骑兵，已在楼兰城隐藏多日。任文将此事报上。上命任文下次巡检顺道把楼兰王捕来，送到长安对薄朝堂。楼兰王正搂着妃子睡觉,被汉兵从被窝里提溜出来,蒙上一黑头套夸哒夸哒上马带走。扯下头套已在长安,面前站着天子和一班朝臣。天子说你这是第几回了?上回放你回去叫你好好干,你就这么干的,把匈奴人藏被窝里。楼兰王窝囊得都快哭了,说不是,您不知道,我们是小国,您们都是大国,我不跟您们两边处好关系,得罪了哪头我都活不成。要不这样得了,我和我的国、国民一起儿迁内地搬您这儿来,这样您就不会瞅着我生气了。

上想了想,也是,小国不容易,说我就喜欢说实话的人,你回去吧,原谅你了,但是可是,有一个小请求,你既然能替匈奴打掩护窥伺我们动向,也请您劳神,也替我们打探一下匈奴动向这样说公平吧?

楼兰王说公平,总之我就是两面派当定了呗。

楼兰王回去,匈奴人找他谈话:都跟你谈什么了,怎没打你一顿阿,你小子是不是已经把我们卖了。

楼兰王说你这么说我就特别不爱听,汉天子确实比你们尊重我,我是一个王诶,人家见我就塞东西请吃饭,说理解你,处在那样一个位置,谁也不好对付,谁来了都要支应,没事,匈国人想打听我们情况你知道多少尽可以告他们,千万不要使自己为难,我只对你有一个要求,好好爱护自己身体,你一切好,就是我希望看到的,可以向我保证么,不管遇到什么情况,多糟心,绝对不寻短见。楼兰王说着被自己感动落泪，抽抽噎噎：瞧瞧人家，再瞧瞧你们，净逼我！

匈奴人被说得也有点臊，说汉人有你说的那么好么。起而离去。自此也不大信任楼兰。

自宛破国后，汉在西域威望得到极大提高，派往西域汉使也越发尽职，欺哄蒙赚之辈日见减少渐至无踪。

马迁按：这与国内深推均输法有关，西域贸易已过凿空传销阶段，正进入繁荣期，汉产丝绸逾葱岭行销安息、贵霜、身毒及罗马等域外大国，获利甚巨，桑弘羊不可能任这块肥肉一滴油入别人嘴，已将进出口货物纳入平准司统一定价、统一内外销管理，那些风尘仆仆奔走于丝路衣冠之士名称汉使，实为官商。

汉为保护这条财路安全，开始在玉门巡防区辖内也即玉门至盐泽间建立列亭，派巡捕蹲班值守，首尾相望。又在轮台、渠犁设立屯田办，文职有田郎、武有田尉，统一管理，每办有屯田卒数百，平时耕作，战时操弓，打下粮食除了自己吃，还可招待汉使胡商。

后岁余，宛国贵人又闹事，把国破王死责任推到昧蔡头上，放出谣言昧蔡觊觎王位，谄媚汉，使我国遇屠。还是内帮人，角色都没换，毋恤靡蹲兜，解离靡领头刺杀昧蔡于神庙外台阶，当时昧蔡祈神刚出来。

群贵立毋寡弟蝉封为新王，以其子姑挽入汉做人质，并告天子：汉与宛盟约不变，还是尊汉为上国。

780

上说胡人的事搞不清楚，不变就不变吧。派出使者厚赂赏赐新王，蝉封重申对汉忠诚，与汉约：每年献天马一对。

秋，长乐宫房子不够住，在后倚儿起明光宫。

冬，上重走回中道。调弘农县都尉治理武关，收取关税供守关官兵吃饭。

匈奴呴犁湖单于死，宗室贵族立其弟左大都尉且鞮侯为单于。天子欲乘破宛之威拍唬匈奴，对匈奴搞心理战，乃下诏曰：高皇帝留我平城之恨，高后时，单于写信侮辱她绝壁悖逆。昔往齐襄公报九世之仇，《春秋》给他很高评价。吾有民有天命，敢不效从？

且鞮侯，老人儿，乌维单于内一辈，经历过大出击匈奴人叫大奔散，有恐怖记忆，初立，闻汉诏，畏汉再来袭，致书上，话说得寒碜：我儿子，安敢望汉天子，汉天子，我丈人行也。

上问御史大夫李延广：这个且鞮侯也是我姐生的？延广说看这封信可能是这么回事。上说不对呀，那为什么又称我丈人，又把我姐娶了？这个太没道理了吧。

司马迁说看来单于身边汉文吏水平也下降，是燕地村人，说的都是燕地老乡话，这个儿子指的是晚辈，丈人指的是长辈，并没有被公主生还娶公主。

天汉元年春正月，上住在甘泉，郊祠太一。

三月，去河东郡，祠后土。

同月，单于尽归汉使不降者路充国任敞郭吉等，派使者入献朝上。上嘉许这届单于懂道理，事儿干得还算漂亮，遣中郎将苏武送汉扣留匈奴使节回国，厚赂单于，报答其善意。苏武与副中郎将张胜及临时随团汉匈同传水平很高通译常惠等一起从长安出发。

在草原上走了十几天，经过数个当年卫、霍鏖战旧战场，往时战云已散，狼烟不再，惟见茵茵绿草场。

到了茏城，就将上馈赠单于黄金丝帛一车车交给匈方接待人员，自己迳去客帐休息，睡不着，还与常惠对了半天，怎么用典雅汉文与单于交谈，既要让单于和他的通译听得懂又要小心不要让他内个不知哪里出身的通译带偏，大家都满口鄙语，而且最好不为其察觉侧面引导单于讲话不要那么卑微，礼敬上国态度很好，话说得大家都不好意思，不符合他的身份其实也降低了我们的身份。常惠说最怕大白话夹着乡俚。

第二天，武等觐见单于，发现单于倨傲，根本没拿正眼瞧他们，嗯嗯哼哼听武滔滔陈辞，常惠字正腔圆翻译，然后一摆手，表示笑纳，抬屁股就——走了。

武问知客官：完了，这就？知客官说完了，我们单于从来就是没废话，什么事一听，知道个意思就俩字，行、还是不行。他也忙，一天见八百个人，什么事都找他，我们给他算了，一天要做七百个决定，这也就是你们，让你们絮叨半天，搁我们，早骂了。

武很郁闷，不知往下做什么，自己这差事似乎再往下也无事可做，似乎已结束，现在回去，刚到就走似乎也、连个回话都没有，似乎也……回去该说他不会办事了。常惠说要是没我什么事，我就出去转转了，老听说茏城没来过，上街上看看有啥东西能往回带，听说皮子很便宜，一件貂才几串钱。武说你去吧。

时，茏城表面平静，私下暗潮汹涌。一些原是匈奴人，后归汉，与浞野侯一起出征被匈奴俘获，现居茏城汉老兵如故浑邪王姐之子大外甥缑王，长水胡骑校尉虞常等经常聚在一起喝酒聊天，聊起在汉过的日子，觉得还是汉好，有铜有地位，而在这里，因为曾参加汉军做了战俘，虽宽大处理没有深究，释放出来也没给任何待遇，令自去谋生，日子过得紧巴巴，有时连酒都打不起，由于穷，思汉，渐生归汉之心。

他们这个小圈子还有一些当初跟汉使卫律来匈公干汉人。这个卫律，也是祖籍长水匈奴族人，因与王温舒有关系，是朋友，受王温舒推荐做了汉使，出使期间，王温舒五族被诛，主动投降匈奴留了下来，跟他的人也一起被留下。卫律很受单于重视，封为丁灵王，国有大事也找他问计。跟他的人没人关照，也是属于自去谋生一类。这次匈奴遣返拒降留匈汉使，人家都高高兴兴回去了，他们回不去，心里难过，本来可过的日子过不了乐，简直一天都呆不下去，是积极策动、鼓吹大家一起想办法，结伙私逃回去主要分子。

这圈子里还一个神秘显赫人物，当今单于之母大阏氏，汉女，不知是二署哪一期学员，入匈数十年，如今年老，思乡心怵，想最后看一眼汉家山水，吃一口面条，叶落归根，埋骨故土。猴王与她熟，能接近她，知她心意，归汉首倡其实是老太太，决心带她走。

虞常在汉时，就与张胜好，两个人是过心的朋友，这次张胜来，就去看望他，两个人聊起往事，巨感慨。

张胜说你要是还在汉，地位在我之上，应该已经封侯了。虞常说不能提，你们回去能不能把我捎上，不声张，就作为你私人随员悄悄跟上走。胜说不好办，匈奴人对我们人数、行李都有严格检查，来几个人几件行李，出去还是几个人几件行李，多出一个人，混不过去。再说，你是匈奴挂了号的人，谁都认得你。

虞常说挂什么号，我一个小不拉子，谁认得我？

张胜说我是副使，还要请示苏武，谁知他同不同意。虞常说老弟弟，不瞒你说，我们是一伙人，一组织，我们有大计划，卫律你还记得么，当初在这儿卖了很多人，我们准备把他干掉，做见面礼，其实只是希望你配合，我们现在主要缺行动经费，将来功成算你一半。张胜说卫律呀，这是上最恨的人，正使降匈第一人，还出卖二署深耕多年几个情报网，很多已居高位老根子都被拔了，要能对他执行制裁，是件好事，很多方面会很高兴。虞常说我是做好必死准备，若我牺牲，我母亲、兄弟还在汉，希望他们能得到奖赏。

于是胜私拿金帛给虞常购买马匹弓弩，为他们设计得手后潜逃回汉路线，都是二署人员进出匈奴秘密管道，沿途有部落提供掩护和饮食。虞常说你还是二署人。胜说不是。这些事都是瞒着苏武暗地秘密进行。

虞常回去并没有打算暗杀卫律，拿着张胜给的金帛和交的关系准备他们自己的事，与缑王说卫律算什么，咱们把单于老妈带回去那是什么劲头。张胜每次问他细节、进行到哪一步了。他都说快了。

后月余，单于出去打猎，家里只剩大阏氏和一些年幼子弟。虞常等人准备发动，跟老太太也通了气，明日天儿好出帐晒太阳，缑王借口去看她，扶她往外多走俩步，虞常等人牵马带车在背静处候着，老太太一露头就赶车过去，接上老太太就走，最好不惊动人，惊动了，一帮孩子，也莫怪老子们不客气，给老太太换装扮作民妇袍子毡帽也全备下了。明日，整是阴天，早起太阳没出来，上午开始渐渐沥沥下起小雨，接着就是暴雨。虞常等七十余人已扮作杂胡老客各藏弓刀散在单于庭附近一条脏街，马集中在就近一家大车店，本来准备就着食摊假装吃早点，时机一到一哄而起，牵马驾车谁在前谁断后已分配到人，一条龙赶过去，一阵风杀出去。

785

未料赶上这场雨，卖早点的全没出摊儿，人人躲进泥屋毡房避雨，这七十来人个个站在街头沦雨就很招眼。内边缑王进去半天没出来，料也是找不着辙搬老太太出来，大伙也是又凉又饿等得焦心，渐渐凑成块堆儿，问非等老太太么现在走还来得及。

虞常说非等，老太太是咱们后半生荣华富贵基本保证，光咱们几个跑回去到了家也得提出来问咱们失军、叛逃等事，最次完城旦春。这时就见缑王一人从单于庭毡房区客马进出口出来，站马道旁抱肩东张西望，瞅见这儿一堆人，三蹿两跳穿马道奔来，差点让一冒雨疾驶马车撞了。虞常急问什么情况？缑王说还能什么情况，一直陪老太太聊天磕葵花籽等雨停。

虞常说看样子这雨一时半会儿也停不了啦，哥几个，现在就要下决心，干，现在就进去把老太太抢出来，不干，回家等明天，解散。哥几个说没家了，昨儿就吃光舔净把老婆踹回娘家了。虞常问缑王：帐子还有谁？缑王说几个小孩在翻跟斗折饼骑马打仗。虞常抹下一脸雨，说牵马！

一杆子人纵马直入毡房区，拣最大一顶足有三亩地白帐子，挑帘迳入，一眼还没看见人，二眼才见大盘干酪堆、鲜酪堆、奶油堆、黄油堆、干果堆、鲜果堆、果仁堆、羊骨堆、牛肉堆、金奶碗、金茶碗、金茶炊什么的一地吃的用的……后面，坐着的老太太。

虞常蹚着一地盘碗也不顾脚下叮乐哐啷响一脚踩奶油差点滑一跤，下手捞起老太、只有几两重他感脚，夹胳肢窝就又滑一下、趔一个、依立歪斜往外蹿，就听小孩子尖叫，出来发现袍子全扯了，大襟也耷拉了，头还出了血滴一脸，腰眼钻心疼也不知拿什么打的。

出来就喊走走走！催着赶车缑王起驾，自己上车转身放平老太，您坐安稳了，老太微笑说走不了乐。

这才瞧见帐子里小孩全拿着真家伙出来，张弓瞄缑王，嗖嗖排矢射来，缑王才扬鞭就一头栽下车去。

前面毡房区，各户半大小子妇女老人苦怜音色拉全冲出来，刀举着，弓圆着，这时雨倒停了，云还没散，太阳从乌云中射下一道光，人人指间闪闪发亮。

到大人、内些喝得半醉营区警卫驱马提刀赶来，七十来人已全躺地上，大都没了气，只有几个在哼哼，虞常脸扣地被几个小孩踩在脚下，浑身血，在哼哼。

下午，单于庭被抄，反贼皆伏诛消息传遍茏城。正在街头骑乘用品档口挑鞍靴马鞭、马佩簪缨张胜听到店主议论心头一紧，连忙放下手中马鞭转身出了店。

赶回客帐似乎也无什么异样，苏武还在帐中看《论语》。他出门只带一卷书：《论语》；说读经就读圣人原文，那是圣人真心真谛，其他易诗书礼，根本也不是圣人原创，圣人不过编勘校注加按，可着别人碗搛点小菜，也重要，总是差

787

一级;《左氏春秋》比较特殊,算合著,一半是左丘明,谈的是政治、兵道,老年人看了有教益,少年读多了也能从中不学好。余生也晚,余脑子也不够使,五经全通也不是内块料,择其要耳已矣。

张胜进帐子说老苏,我有一件事必须跟你说。就把虞常怎么找他,他怎么应了,现在听说有人闯进单于庭被反杀如此这般抖落个底儿撂。说一定是他们举事未成,如今只能祈太一他们全死,不致牵连到我你。

武说不要抱幻想了,就算人全死,循迹捯根儿也能找到你,我都见过几次那姓虞的小子没事就往你帐里钻,都猜出你们俩在捏咕事,周围这些匈奴警卫拢火送饭扫地浇花草苦怜就算没注意,回头内几位曝尸示众还不都去瞧热闹,还认不出当中一位老来找你。

张胜说我死不承认,反正谁也不知道他跟我说过什么。武说可我知道,谁让你告诉了我,他们还千万别问我,问我就不能撒这个谎,说不知道。胜说苏老!咱们读书可都为了知原委,通达变,万事可圆可抟,遇到事别一根筋,当进则进,当退则退,泰山崩于前要躲,沧海横流要跑,充好汉要看跟谁,你可别坑我!

武说我也不知你读的都是什么书,也没见你翻过书,我读的书不多,就教我仁字:主忠信!敬而信!言而信!五个字:人无信不立。从小我就认为太阳不是红的是绿的,小葱不是绿的是黄的,茄子不是紫的是蓝的,我妈这打我,我从不改口因为我看到的就是这样。胜说你是色盲?武说就说这事,我不可能为你改了为人立世的根本,你也不要担心我坑你,我现在就死让你塌实。说罢拔剑就往喉咙上抹。张胜一把擒住武手腕不使他发力旋而一个翻腕,剑哐啷掉地上。

常惠慌慌张张从外跑进来,脚下忽弹起一剑吓一大跳,说你俩干嘛呢?二人都说没事。常惠说我有一新闻告诉你们。二人都说不必了。

这时又进来第三人,獭帽插匈奴王者白孔雀翎,遍身金绣,行汉礼拱手对武、胜说二位兄长,许久不见,到茏城也不来看我。武、胜皆不语。常惠说您是?

来者说:丁灵王卫律。和你们长官是老朋友,也没分别多久,才两年,没别的事,就想和二位叙叙旧,你们不来看我,我来看你们,请你们去我府上吃饭。

苏武长叹一声:我就说嘛,事必及我,就不必非等到叫人侵犯再死,折节辱国,虽生,何面目以归汉!

旋迅拾剑倒握刃直刺下腹,正中阑尾。律大惊,一步抱住武,跪持于胸,高呼快来人!快快请巫医。

匈奴甲士一拥而入,各各控制帐中人。武血流不止,片刻律襟前袄袖亦尽染血,倾倒后坐,一屁股血。

巫医背小药筐提小铁铲急入,割开地毡,钦钦凿地,修土做成一饼铛状浅坑,又去炭盆取热灰,尽倾于坑,使武反扣，伤处近热灰，赤足蹈于背，使其大出血，曰放淤。武气绝，惠暴哭，被甲士捂嘴捐出。

至日穷，武甦醒。律命甲士出，再唤惠入，嘱小心看护服侍，巫医口嚼草药，烂覆于武腹，言三日可愈闭，五日可起，七日复如初。律命甲士收縶胜而去。

归报单于，单于壮其气节，朝夕使人问候武，送爆肚羊汤大红枣，也是以形补形以色补色同一大养生观。匈奴左伊秩訾辟谷他说单于：此汉人杰，有古义士风，或可为我用，踞中行之上。单于说我也这么想。

武伤情一天好过一天，七日虽未复初确也能按腹缓慢行走。单于使左伊秩訾与苏武交底：情况已经搞清，虞常已交代，他刺杀丁灵王几次都是去使团驻地与副使张胜预谋，资金也是张胜提供，与你从无瓜葛，素未谋面，这点也得到我方洁卫人员证实。张胜亦自供，从未向你提及，首次告知你已是事发之后，我们乐于相信你不知情。使团人员勾结既叛匈又叛汉双叛人员谋刺单于近大臣、王，冲击单于庭，是严重罪行，为审判公平见，现在我邀请你，与我一同会审叛贼。

武随辟谷他同去丁灵王府，进帐见一凌乱人形悬双臂吊于左近，旁跪张胜，看上去还好，止面颊有指痕，垂首凝思。辟谷他指人形：虞常。卫律坐中堂，请武上座，武说我就站在这里。律说单于判决已下，虞常本匈人，为汉张目，叛而复叛，欲使伏弩射杀匈王，复使兵击单于帐，杀单于子弟，劫单于母……

武惊骇怎么还有这事？辟谷他说这些事我们都没对外讲，性质实在恶劣。复听律言：……神人俱骇，天也不许我赦，斩！旁立匈奴甲士旋以高超刀术，空中取虞常人头，无伤咫尺两臂，血喷溅，头滚至武脚前，瞪眼看他。武色变。

律复言：汉副使张胜，身为汉大臣，国之倚干，出使我国，谋两国息戈缔和千年计，亦为单于所重。惟招降纳叛，出金帛以助首逆，假使成，两国元首惺惺善意谅必付之东流，两国必复见刀兵，永无宁日。天容你，单于容你，汉也不容你！今奉天诛，斩！

锵仓，甲士抽刀，胜高喊：愿降！伏乞单于开恩，赦不赦之罪，胜愿残生尽付单于，效犬马，为赎罪。

辟谷他喊：刀下留人。随令甲士架拖胜出：且听单于上谕。转对武说不好意思，使正使大人受惊。

武目瞪口呆，面涨红，潮汐喘，惟喘，不语。

辟谷他说给大人酒，同时示意卫律及甲士出，展毡于地：请大人坐，要不要请巫医？武摇头，并拒酒。

辟谷他说有什么想法？武说仅以个人对此事发生表示歉意，归国一定据实禀报我国君上，定酌以报。

辟谷他说你觉得你还回得去么，有些事当着卫律不好对你讲，单于很生气，单于可说是暴怒，你想想，一国之君，家差点让人抄了，儿子孙子可能让人宰了，老母亲被人劫走，拉到不知什么地方去，汉，法治国家，有这样的事么？武说确也出乎武想象。辟谷他说可天下都没有这样的事！在汉不可能发生的事，在我大匈国竟发生了，下犯上，暴力犯上，在汉，也是不可饶恕天罪，掉的可能就不止当事人一个人的脑袋。

武说是是，是一家，合族。辟谷他说你们作为一个国家派出的使团，一个整体，你的副使，这样高位置一个人做出这样的事，策划了这样久，又出钱又招人，还帮阴谋者规划撤离路线，顺便说一句，张胜为虞常提供的潜逃路线，你们二署秘密管道各联络点、交通站都被我们起获了，站点所有潜伏特工、线人一网打尽，克日押赴茏城，不出意外可能就在近日密审处决。——你作为总负责人，说一点不知情，我们信，贵国君上他信么？就算不知情，就没一点责任么？

武说有责任，责不可卸。辟谷他说我为大人担忧。

武叹气：真要问责，还真可能也是灭族的罪。

辟谷他说有件事我一直没告诉你，其实单于很欣赏你，武说欣赏我，欣赏我什么？欣赏我御下无能，昏昧失察，给国家捅这么大娄子，别开玩笑啦，若有地缝儿我恨不得现在就钻进去。辟谷他说哎——，你钻什么，要钻也该张胜钻，虞常钻。长生天保佑虞常游荡无归之魂，来世做个安分守己的人、与世无争的人，张胜还有机会，可怜虞常今世已了，再无机会。

武说如果没事了，我要回去了，好好想想怎么给上写这份报告。辟谷他说我的建议你会考虑么？

武说什么建议，没听你有什么建议呀。

辟谷他说我还以为你是聪明人，我国单于很欣赏你，你回国吉凶难卜，几乎肯定是凶，如果你愿意留下，我国愿意收容，愿意继续从事两国友好事业，卫律职位让给你；不愿意，不想再面对故国，匈国广大，不在汉之下，想去哪里给你封个万里之王；想留在中枢，赞襄国事，为两国永久和平献策我的职位让你。

苏武始愕然，复惆怅，终泰然，起而拜：感谢贵国单于赏识，感谢左伊秩訾大人忠言，恨不身为匈国人，不得报。辟谷他说这是怎么话说的，国籍还是问题么，没想到正使大人这么一知书明理高瞻远瞩的人，还这么狭隘，执着于族群分别，难道没听过四海之内皆兄弟，普天之下共人类这句也不是圣人言而是各国君子、读书人皆必具有的常识么？否则还自夸什么追真理、求智慧，直与乡妇村夫一个地道黑箱何谈与国君分忧，与天下共命运，彰显贤名于万邦、传万世阿？

苏武说您批评得对，武既不贤亦不慧，就是个乡野村夫，站得不高看得不远，也没读过什么书终生只翻一卷书，不过一知半解，曾经自诩君子，如今叫你一说，还真含糊，也罢,就做我的粗人,只知父母之邦不可违,故土乡音不可改,国君不可违,国事不可违,他国虽好,他国可得富贵,故土虽荒僻,故国虽有凶,再难,再凶险,回国必一死,亦必赴难受死!就这么狭隘,这么不开窍,这么村,身死名陨,乐意!

辟谷他说你再考虑考虑,正式通知你,回国不再是参考项。

归报单于:这小子是个死心眼,估计没戏。

单于说就喜欢死心眼,我偏要他有戏,随便搞一下就上手倒叫我轻看他。于是又要卫律去劝降。

卫律说你瞧,过去我与你一样同为汉使,不过役百人,往来奔驱如犬马,看上去体面,回朝谁都比你大。律是没节操,有负汉室投靠异邦,幸蒙单于不弃,大恩赐,号为王,拥众数万,马畜弥山,富贵如此你是不是觉得很羡慕呀?苏君今天降,明天就和我一样,不然的话,踢踢脚下土:不过去肥土,使草更绿。

苏武说老卫,你这套就算了,太次了。

卫律说老苏,你过来,咱们都是汉使归义将来可共图发展,我认你当哥,咱们结为兄弟,互相罩。

苏武说阿吓!谁要做你哥,回去我妈非抽死我,不让我进家门。

卫律说哥,消消气,你是真不知道这世上最爱你、最关心你的是你弟，你这么不听劝，要不是弟脾气好，跺脚一走，今世你可就想死弟弟也再见不着你弟了。

苏武说我吐！快走吧你谢你了。

卫律说一会儿想吃点啥哥，涮羊肉如何，要不要给你发一本地妞儿，出来这么长时间，嫂子不会怪你。

苏武说哎哎我跟你说阿，卫，你这么弄下去会出事，我肯定是不会降，你讲话结果就是肥土，长草，可你记得么，南越杀汉使结果是什么？国亡被分九郡；朝鲜杀汉使，结果国破，被分四郡。今天我就等着你杀我，看日后匈奴分几郡，到时候匈奴亡国责任就在你头上，汉要通缉你，匈奴遗民也要追杀你，你这区区几万人不够抵挡，吕嘉、毋寡、右渠都是你先驱。

卫律说你也甭盼我不好。回报单于：劝不动。

单于说可能是咱们对他太好了，我听说饿能把最坚强汉子饿成狗。于是下苏武大窖，不给一口水一口饭。天下大风雪，雪花飘进窖，武舔雪代饮，窖有脏旧毛毡，武撕毡以代食，数日不死，单于以为神助。单于真是没挨过饿，即使无毡无雪，几天也饿不死人。

有人请杀苏武。单于说就知道杀，不知还有一条路叫生不如死吗？于是流武北海无人处，给他几只公羊，说啥时公羊有奶了啥时放你归汉。通译常惠等随员分别流放到其他地区，使各自隔绝，不得相见。

四月，长安等地飘柳絮，史官莫名其妙，记为白氂，造成后世误解，以为异常天象。怀疑史官公羊学传人，有意造谶纬象，以呼应天人感应说。

天大旱，已是连续几年干旱。民间有闲言，年号不吉，天汉，与天旱谐音。

五月赦天下。

六月，长安忽起建房风，一家比着一家扩层增高，画栋饰楣。贫贱皆以穿绸挂丝为美，商人多佩玉。

七月，关城门大搜违制建房穿丝佩玉等过奢侈者，皆谪为戍卒，发屯五原。

八月，浞野侯破奴自匈奴逃回，形同乞丐，入城为守城军士呵叱。

是岁，御史大夫李延广不胜任，免。还是从山东调能吏，任命济南太守王卿为御史大夫。

67

天汉二年，春，上行东海，再走回中道。

夏五月，贰师将军广利以三万骑出酒泉，击右贤王于天山，斩胡首捕虏万余级而还。匈奴追击，大围贰师将军，汉军断粮七日，死伤惨重，代理司马陇西人赵充国与壮士百余人溃敌阵于东打开突破口，贰师引兵紧随，乃得归。汉兵物故什六七，充国身被二十余创。贰师奏状请功，诏征充国至皇帝行在。上在西時接见了躺在担架上的充国，察看各处伤口，嗟叹之，壮其勇，拜为中郎。

汉复使因杅将军公孙敖出西河，强弩都尉路博德出居延，会高阙北千里涿涂山，不遇匈奴，无所得。

起初，李广有孙李陵，当户子，广父子先后谢世，为家中长男，以世家子任侍中，善骑射，爱士兵，常在士兵中嬉笑打闹，同吃一灶饭。上以为有其祖广之风，拜骑都尉，秩比二千石。派他率领丹阳一带楚地健儿五千，在酒泉教习骑射，屯酒泉、张掖以备匈奴。

到今年，贰师击匈奴，上直接下令给李陵，要他带他的部队参加行动，负责护送转运贰师后勤辎重。

李陵专门乘军邮驿车跑了趟西時总提面见上，看门风大爷已垂老，还记得他祖父李广。李陵进门就给上磕头，说我带的部队都是荆楚勇士，多奇材剑客，力能掐住虎脖子，每次打靶五千人都是十环，我愿意自成一军，到蘭于山以南分散单于力量，千万别叫我管贰师后勤，给那些货车当马伕。上说你那五千人虽说按骑兵征召入伍，因为缺马，至今只练过步射，步兵单独到草原活动很危险，我现在也拿不出马配属你，这次出击派出部队很多，也没有更多骑兵调你使用。

陵说没事，不用骑兵，我愿意以少击众，以步代骑，打到单于庭转一圈。上壮其勇，说你要非这么说我还就答应了，不过还是要小心，不要走太远，单于庭就算了，几百里搞一次拉练，也算锻炼一下部队。

李陵得令高高兴兴当天就乘邮车回去了。上下来有点不放心，给驻扎居延城路博德传一道令，通报李陵将出，要他注意李陵行动，随时准备出塞接应。

路博德居居延，与酒泉李陵训练总队部一箭之遥，快马半日即到。路又是李广老部下，做校尉时随广参加诸闻泽战役，以九死一生闻名全军。广在右北平做太守，路博德接其后任，在其任立大功得侯。只是旋又因治军不严，属下两个县新兵因老乡受辱大规模械斗，死伤多人，一时轰动为全军丑闻，坐渎职失侯。

于今见老长官孙来到河西，隔不三五日就要看望一下，小聚一下，喝个小酒，关系十分密切，陵亦尊博德老叔，事事请教。得上谕命他关照李陵，博德立刻去看地图，心里还是不以为然，觉得李陵少年逞强，上不该令他孤军出塞，还是步兵，新部队，没跟匈奴交过手，连胡角都没听闻过，这几年与匈骑交手，深感今日之匈奴绝非昨日之匈奴，打仗越来越狡猾，每集中重兵突袭我孤军，浞野侯就吃了大亏。他这里守备任务也很重，贰师出征又把他几个最能干校尉抽走，万一李陵遇重兵，他这几个人几张弓能不能救回来也还两说，没准儿把自己也搭上。越想越不塌实，连夜上奏，奏曰：今时已近秋，匈奴马肥，跟他们打仗占不到便宜，不如等到来年春，我和李陵一起出击。

上这里是一盘棋，知博德言之有理，但是可是，不能采纳，心里也不认为李陵敢跑多远，就在家门口转一圈谅也不会出什么麻烦，于是索性撤销路博德援陵命令，改使他出居延，向戈壁阿尔泰以北涿涂山方向搜索前进，去配合公孙敖将要开始、会师目的地同一的行动。但是还是，暂时搁置了给李陵的出动命令。

说这话时是五月末，贰师很快……说败退回来也可。孙敖、博德两路出击，梭巡月余，千里无功，六月末、七月初也各自返回出发地。

博德回到居延，李陵还在等出发令。酒泉驻军各单位为博德举办洗尘会，会上陵酒后问博德听说老叔不赞成我的兵出塞，给上写奏阻拦。博德一瞪眼怎么啦，有这事，你小子别不知轻重，出兵不是围猎，匈奴也不是虎狼走兽，只有牙，任你射杀，没有骑兵伴随，各部队协同，现在问我，我还是内句话：不妥！

小李陵碰一鼻子灰，回总队部生闷气，心想加幻想，什么特么骑兵，还别叫我出去，别叫我遇上单于，我万箭齐发，一次齐射就是五千骑，两次就是万骑，每人三十发，匈奴没兵了，匈奴问题解决了，到时候拿酒去敬老叔，看他怎么说。想到这儿自己也觉得好笑，洗洗睡了。第二天继续投入步射训练，喊出动员口号：大伙好好练，晚上有肉吃，骑兵瞧不起咱们，咱们可要给步兵争口气，看他们马快还是咱们箭快！

秋九月，河西屯区一片麦黄，训练总队的兵分散于广阔田野帮助同样也是兵的屯田卒收麦子。除上门女婿小商人包括犯罪分子多数兵在家也是农人，只是种的是稻子，脚经常要插在水里，腿会爬上蚂蟥，好多兵割着麦开始想家，总队各曲屯连续会餐几天，吃着新麦蒸的馒头烙饼掉眼泪。命令下来了，著令李部即日携全部装备向居延塞遮虏障集结，前出龙勒水实行域外跨沙漠、戈壁、干河、草原不同地质条件机动实兵实矢演练暨武装侦察、巡边，熟悉战区地形地貌，了解掌握民情敌情。你们须对敌右方兵保持极高警惕，遇小股扰边马匪坚决打击歼灭。敌骑多，有主力样子，则以保全部队为首要务，坚决转进我边强弩射程内，依托我边与敌交战或迅撤入塞。绝不可浪战！绝不可渡龙勒水！著叫李都尉切记，切切！！！大汉皇帝印玺。

李陵迅速收拢部队，未等秋收人员全部归队即征调运麦草大车数百辆装载士卒二千轮蹄化向居延城开进，余者令随集中随跟进。抵居延已是次日夜，路博德出城相迎，见李陵虽疲惫精神尚饱满，说你行动很快呀，我这儿刚接到命令你就到了，以为怎么也得明天到，营帐正在布设，大批正在出库，恐一时安排不下全部。陵说不麻烦，我部入夏即全员拉出野外露营，入冬才回营房，住宿可以自己解决。吃饭也根据总提要求，隔月吃冷食，平时就储备有干肉干馍，这次出动已全部分发至个人，所以一切不劳地方，只要告诉我们水源在哪里即可。博德说你现在这些人是你全部实力么？陵说我一接到命令就出发了，其他各部将在今夜陆续到达，明天完成集结。博德说你准备什么时间出塞？陵说现在是丑时六刻，我准备辰时六刻出发。

博德说两个时辰以后就走，不是明天才完成集结么。陵说我先走，在塞外等部队。博德说嗯，我辰时六刻来送你。

陵说其实也不必，我只是简单休整一下，也许还提前走，我们回来再叙吧。博德说也好，皇帝命令你也看到了，老叔就不多说什么了，眼下秋熟正是匈奴积极求战季节，出去多加留意，我会派骑兵一直与你保持联络，狼粪多带一些，必要时可升烟报我，我的部队也从今夜进入戒备，随时可出动为你后援。

陵说老叔放心，我会结阵宿营，远放斥候，不越龙勒一步。博德说一切顺。遂与陵击拳撞肩作别。

博德回到营中，夫人随军也还未睡，说见到孩子了，一直想出去今天遂愿了。博德说口气很大，已经管我叫地方了。年轻人，热情高，想得很周全，困难估计不足，把步兵当骑兵带，什么都背在身上，我观察了一下他的单兵全部负重，刀弓矢弩加上二十天口粮水囊其他零碎，至少七十斤。这个天虽说已入秋，白天走起来还是很热，背这么多东西体力消耗很大，我看他也走不了多远。夫人说年轻人，哪有不热情的，周全就好，你年轻时不也这样，睡吧，再不睡天亮了。

博德躺下刚睡着又醒了，还是放心不下，一个人上了城，天已由黑变灰，闪耀星河反倒暗淡，天边渐露鱼肚白，一队军人兵器铿锵疾步攒行出城北去。

李陵率部至龙勒水，沿河流走向曲折迂回，忽西忽东，忽退忽进，演练各种情况下遭遇战，全员始终保持临战姿态，弓挂弦矢在握，刀戟横于前，徘徊眺望莽莽北方，除隐隐似卧浚稽山，那是浞野侯兵败的地方，余概无所见，连一只羊、一匹马也没瞧见。

二十天拉练结束，向东返回受降城，只有几个脚打泡的，在那里放士卒歇脚。公孙敖设五里烤全羊犒劳李部全体士卒，陵欣然入席，说与孙敖：我亲眼所见，龙勒以南无匈奴一马，可放心出入，我要向上请求，再走远一点，到浚稽山，祭奠殉国将士。其实我以为我们可以把障塞再往北放，放到龙勒水，那才是我与匈奴自然国界，天生屏障。我要找几个会画图懂勾勒的人与我同去，把那里地形绘回来，你造城有这样的人吧？孙敖说有，我手下一个叫陈步乐的人一直负责工程，回头我叫他找几个人，工匠就可以吧。

李陵回营给上写奏状，报告太平无事，上也很愉快，回书嘉勉李陵办事小心，不但具乃祖之勇兼具程将军审慎，未来可期。将边障北移数百里，不是一个点的事，是一条线，一个面，要动都要动，不过可以先把地势画回来，再议。

陵蒸馍晾肉，积极准备二次出塞。这边居延城路博德终于松口气，部队秋后一直戒备，很多家在乡下军吏秋收假没放，现在可以放回去看看了。士卒也辛苦，夏天远征涿涂山，回来又为李陵备勤，神经一直绷着，虽说改元，把年挪到冬至后，大家还是习惯十月是年，九月心气儿就散了，部队养的猪羊也肥了，到日子不宰，伙房菜单要改，很多曲屯根本没预备十月料草，猪羊嗷嗷叫。行吧，就算秋收祭吧，在家为民，这日子口也要锅里有肉，肚里有油，就给部队放了大假，许喝酒。

十月，陵出受降城，一路西北行。浚稽山距居延、朔方各千十百里，受降城只是一半之程，陵部下皆为步卒，急行军十日可到。绿洲之上，满目秋阴，出戈壁干河，胡地草原蜡黄如梳，人行其中，似闻牧歌长调，风向一转又失音了。倏尔面颊一凉，胡地已飘雪。

陵行二十日，至浚稽山。

浚稽山，远看似卧女，近觑乱石堆，山不高，大概是燕然余脉，且风化严重，在内地只能算个峁，一道梁子，中间有隘断，宽阔可列兵，东为东浚稽，西为西浚稽。梁上无树木，止乱石中生出簇簇丛丛荆刺矮草，时已秋深，皆枯败。

陵在两山间连大车扎营，一部驻水上。与部众登东浚稽，极目四眺，所见皆天极，浮云若腻脂。

陈步乐将所过山川戈壁绘青绿山水画，展长卷与陵通观，陵觉上佳，命步乐乘马独返，尽快送图画回国，面呈君上。自己则与部卒拣碎石，聚砾为塔祠，洒水浇奠，合十向北遥祭，祝曰：战友们，我们来看你了，今四夷皆平，四海安宁，你们可以安息了。礼毕下山。

步乐马上数日，至西畤，面呈戈壁阿尔泰形胜图，报曰：陵率得力之众登浚稽山，死效天子国家。天子甚悦，拜步乐为郎。

就在步乐返国二天，部队晨起跑操，陵领跑，竞登东浚稽。几个战士脚健，中途超陵，先一步登顶，上顶皆木立。陵喘淋后至，笑说你们傻看……后半句没出口，人亦木立，昨日荒邈无垠广大空天地，眼下遍布牛羊马，只只白帐到天边，女人弄烟，孩童狗在跑，男人牵马持弓在集合，有数十骑已向浚稽山驰来。

陵急返身，挥手低喝欢腾笑跃迎头奔来漫山徒手卒：全体！下山！准备战斗。

士卒蜂回营，持械列队毕，断隘北已烟尘蔽日，马蹄如鼓，匈骑大入，源源滚滚。单于将三万骑至。

陵引卒沉着出营外，横列简易李牧阵，前行持戟盾，后排持弓弩。匈奴见汉军少，直冲过来，陵为首持戟搏击迎战之，千弩齐发，千骑倾倒；二发，再倾千骑；三发、四发，无不应弦而倒，顷刻积尸如丘，余者纷走避，前急退后更后退，各各掉不过头挤成一疙瘩，旁溢四上山，悬梁走马数千骑。汉军连击鼓，全队扑出向前，戟戮刀砍，顿刻斩首数千级。单于大惊，说左右：汉兵凶强如此，万骑不足当。乃召左右方兵八万骑，往浚稽山，会攻汉军。

陵且战且南行，连日连战，卒中矢伤，伤三处乘车，伤两处推车，仅得一创，持兵器战。打得单于不敢近前，只在一箭之外，勒马招摇紧咬不舍。数日，陵退无名山谷中，左方兵至，复与大战，射杀三千人。

引兵出山谷，转向东南行，循小茏城故道，欲往受降城退。四五日，失道入大泽芦苇中。苇密多泥沼，匈骑不得入，数千人隐于内，马上观不见其踪，失去前进方向。单于乃命上风纵火，陵亦令军中纵火，烧出空白地，其踪乃现。匈骑主力机动，结阵东南。

复南行入山下胡杨林中，为匈奴围。单于立南山上，命其子率甲骑冲击陵，陵军步卒绕树与甲骑斗，复斩数千人。发现单于白旄白马显著目标，瞄白马发连弩远射之，单于惊下山。当日麾兵，捕得匈奴骑将，供曰：单于动摇，说这是汉精兵，久击不能下，日夜引咱们南行，别是有什么埋伏。有退兵意。诸王当户大将皆不甘，说：单于您亲率咱们大伙数万骑击汉数千步卒不能灭，这要传出去，以后没法再拉音色拉去汉边打仗，汉也会更轻视咱们。现在距山口还有四五十里，再加一把劲，实在打不下，出山到平原，再撤。

匈军吹角联络，催促各军加紧进攻。匈骑攻势如潮，一日涨退数十波次，复遭杀伤二千人。匈军各部势颓，已有失去战斗力裨王自行退出战场。这时陵军内部出了叛徒，曲军候管敢丢弃伤员受部校尉成安侯韩延年拳击，威称归汉必交军法治罪。管敢畏诛，乘乱伏身尸堆作死状，部队远离，起而降匈奴。尽告军情于单于：这个部队不是正规部队，原是驻酒泉训练总队，全是新兵，指挥叫李陵，是李广的孙子，小孩子，军崽儿，靠祖辈功劳才得到这个位子，自己也没打过仗，就知道蛮干，才使我们这些倒霉跟他的人落到这步田地。这次出来是也不是什么作战行动，只为窥伺贵国边境绘地形图，本来已经打算回去，碰到你们，也没有什么援兵策应，就区区五千人，打了这些天，大部分兵已带伤，勉强行走，而且箭已经快用完，只有李陵所带八百人及成安侯韩延年内个王八蛋手下还剩八百人，能战斗，二人并为军先锋，以黄白旗相识别，应派骁骑神射手专打黄白旗，汉军即破矣。

单于得管敢复振，又得右方兵数万骑新至，皆生力军，使新军全部投入战场，占据两面山，迂回南向鞮汗山口阻断陵军归路，居高临下，四面急射，矢如雨下。并使叛徒管敢至前沿喊话：李陵、韩延年快投降吧，单于优待俘虏。成安侯韩延年，南越死国事韩千秋子，因父功封侯，脾性劲头也像他爸，不在家里当小地主享福，偏要追随好哥们儿李陵出来打仗，属他能咋呼，敢骂敢罚，带兵也确实需要这么一个人，听出管敢声音不敢相信自己耳朵，与李陵说：完了，都喊出咱俩名字了，咱们这点情况匈奴已然了然，也只能追随我爸，来年让我儿子祭我周年了。说完仍奋力格挡，带队冲杀，未到鞮汗山口，出受降城全军所携一百五十万箭、人均三千箭皆尽。四围匈军见汉军不还射，山呼雷动，皆欢曰：汉兵矢尽！围攻愈踊跃。

陵即命弃车，士卒连伤员尚存三千余人，刀皆卷刃，拆车辐直木为武器，军吏持所佩尺剑逃入峡谷。单于从后面杀来，匈军从两壁悬崖推巨石落谷塞汉军去路。士卒尤奋斗，不敌劲弓快刀，仆伏多死，部队寸步难移。天入黄昏，陵便衣独步出队，令左右止步，说：不要随我，大丈夫独取单于耳！消失暮色中。

良久，乘月独还，叹息说：兵败，就剩一死。于是下令烧毁所有军旗，部队所携用于赏赐士卒收买外国边民金帛、军官所佩勋绶、扣、勾、挂及射决等金玉骨器、都尉银印皆掘地深埋。再叹曰：要是再多三十支箭，我就能打出去。赤手空拳，再打下去，天亮只能坐等被人绑起来。现在做鸟兽散，分头突围，也许还能有人侥幸逃出去，向天子报告我军最后情况。

于是令仅存军士每人分二升干馍，山间早寒，夜间温度下降可使血凝，溪流沼池皆存冰，各取一片冰，约定丑时一刻各自入山，如能突出去在遮虏障集合。

夜半荒鸡，击鼓叫起床，鼓破不响。陵与韩延年俱上缴获胡马，壮士跟从者十余人，踏石逾垒出鞮汗口，向南疾走，匈奴数千骑追赶，近塞百里，为匈骑复围，里三层外五层千层饼一样包得严严实实，皆引弓待。延年怒与壮士共赴之，万箭穿身马倒死。馅儿中只剩陵一人，陵三叹：无面目报陛下！遂下马降。

后经步量，鞮汗口距遮虏障百八十里，那里发生战斗，塞上可见半边阴天。分散突围陵部军人逃还障者四百余人，皆报陵与成安侯战死。博德以战死上报。

上甚悼之，亦深怀之，赞曰：两个人都是祖孙、父子相继殉国，两代英雄。正酌定如何恩赏后人，匈奴内边祝捷消息铺天盖地而来，闻陵独活，降匈奴，怒甚。问陈步乐：你说的死效天子国家呢？步乐无以对，自裁以谢。问群臣，群臣皆云：当以叛国论罪。

太史令司马迁挺身出，放言：陵事亲至孝，与同样地位朋友交往也是诚实有信，人品没问题。常奋不顾身以殉国家之急，万死不辞，这是他素来以往给人的印象，像他祖父一样有国士之风。今为国远征，为贰师分兵，解贰师之患，独孤求败，丧五千子弟，身陷胡尘，此军人之大不幸也。而全躯保妻子之臣遂群起而攻，构诋夸大期陷重罪，无外欲使其人不仅身败而终名裂，被扫进历史狗屎堆，诚可痛也！让我们来看看事实：陵提步卒不满五千，深入蹂躏戎马之地，抑控格当数万之师，匈奴救死扶伤应接不暇，不得不悉举引弓之民，倾一国精锐共围攻之。陵转斗千里，破单于师，丧单于胆，矢尽道穷，士张空弩，尤冒白刃，俱顾北，争死敌，这是什么精神？这就是伟大的战士精神！能使蛮乡之民，上门女婿、小商人、犯罪分子、朴讷短见视野不出老婆孩子一头牛惟图小收坐丰年之世代农人一变而成死士，国之大腿，虽古名将不过如此也！今其人虽身陷，然其所摧败、所建之功，亦足彰表天下，当兵就要这样当，打仗就要这样打，只会打胜仗，优势之下乘其危席卷其师不是好将军！其实我跟他不熟，只是同在侍中点头之交，我也看不惯年轻人张狂拿性欲强当有豪情，臣今虽为文吏，班列卜祝，祖上也曾使军，也曾有光荣和耻辱，深知军人不易，战士尤危，今天鲜花笑脸，明日钳发枷身，哪个军队不打败仗？哪个战士不曾忍辱求生，万矢阵前，求死易，求生难，若军败即为叛国，被俘不死即为失节，那就等着看吧，陛下百万雄师，皆是今日之干城，明日之叛贼！在家蹲着当然好说硬话，遥指千里当然用兵如神，臣万般能忍，实不能忍往军人头上扣屎盆子，千罪万罪，罪不在军人。踌躇再三，不得不出来说几句公道话，虽然明知讨人嫌，请治诬妄。

马迁话音甫落，群臣叽叽喳喳前仰后合皆戟指忿言：你你你我我我这这这那那那……

上说都闭嘴，我来回他。老马，你今儿算是把所有人都骂了。你为军人说话，很好，但也不能理都让你一人说了，先让我们讲清楚，这事无关军人成败、战士荣辱，不要上来就扣大帽子，好像我们不为军人着想，不知军事万难，只有你一人为军人鼓掌，为军队喝彩。我们只摆事实，看你说得在不在理，你说李陵独孤求败，乃是救国之急，解贰师患，我且问你，贰师五月出兵，李陵十月远行，中间隔着小半年，贰师早就回来了，奖也奖了，罚也罚了，分兵解患从何说起？你们家打仗头半年出一起，后半年出一起，后半年是为前半年铺垫？你根本是不了解情况，李陵出兵之时，贰师无患，国亦不急，纯是练兵再有为匈奴浚稽龙勒地区绘地形图，自己强烈要求。这个屎盆子扣不到任何人头上，只能扣你自己脑袋上。此其一。

二，兵无常势，胜败唯其常。敢打败仗，败而不馁，屡仆屡起，也无关好将军坏将军，每个人既决心从军，拿军事生活做一辈子事业，都要过这一关。打败仗也分情况，执行上级指示，按上级命令行动，面对优势之敌不动摇，坚决打，丧师亡军，全部打光，好样儿的！他们家老爷子几次遇到这种情况，比他打得还惨，我说什么了？你也不要讲人家是以优势之兵乘其危席卷什么，人家内个优势是自己打出来的，拼出来的，没有几个硬仗，流血牺牲，身被重创，全军残破，就没有最后你才看到的席卷！永远打败仗的将军在你眼里就是好将军吗？为败将讲话，勇气可嘉，其心也可对天地，昭日月，那也不能踩一个抬一个，就事说事，就人论人，别扯别的，在你们为什么就嫩么难！此其二。三，别人都是全躯保妻子，就你不是，满朝小人，就你一个大公无私，就你公道，就你光荣，连我这个皇帝都是只会用小舅子，拉别人做垫背。

马迁说我没有这么说。

上说这还用说么，还要怎么明说，你就别不承认了。李陵打得顽强，以一己之勇对匈奴全国之兵，身陷重围，力战不屈，屡围屡出，以步斗骑，不落下风，确是战争奇迹，老实讲，比他爷爷打得好，卫霍遇此也不会比他做得更好。我都看到了，我不是睁眼瞎，坐在家里讲大话用兵如神，使军如数钱，只看赚赔。

马迁说我说的真不是你，你老往自己身上扯别人还怎么讲话。

上说但是可是，一码说一码，功是功，过是过，功不掩过，过也不是一无是处，我从来就是这么看待事物，看待自己，和对人。李陵的行为在这里我先不评价，兵败不可耻，被俘亦不可耻，可耻的是什么，你我心里明白。不是你一人对李家有感情，我和李家关系比你深，我、不说了，说了伤感情，换你，嘻！也不要光我们俩说，大家都说，把问题讲清楚，对事不对人，谁也不要蒙混过去，最后又是一笔糊涂账。

马迁说我以为李陵不死，是为了将来适当时候，还是想以什么方式、用他的方式回报我汉，他的故国。

上说喊。

群臣说：喊！请下廷尉。

上说这时下廷尉，好像不让人说话。

68

十一月，下诏禁止在道路上烧符、摆树枝、石子阵等巫术。关闭城门，在京师大搜奸人。

渠黎六国使来献，没有请他们吃大宴，参观府库。

泰山、琅邪群盗徐勃等占山攻城。东方盗贼蜂起，吏民益轻法，巨匪群至数千人，攻城邑，夺官府武库兵器武装自己，开牢释死囚，绑缚郡守、都尉游街示众，杀二千石。小贼或百人，掠掳乡里，不可胜数。

关东水旱路一时不通，漕粮、均输皆中断。初使御史中丞、丞相长史督导郡县派吏清剿，弗能禁。乃使光禄大夫范昆及曾任九卿张德等著绣衣，持节、虎符，发野战军击巨匪。斩匪首等下万余级。为贼坐探、提供饮食住宿等通贼连坐者，贼情严重州郡也诛杀了数千人，著名匪魁皆伏法。小贼顽匪窜逃险山僻泽复聚党，群居盘踞肆出打劫，则无可奈何，剿不过来。

于是出台《沈命法》，其中有法条：群盗起，不发觉，发觉而不去追捕，超期才捕到，未能尽捕有走脱网漏者，二千石以下至小吏，所有承办人员皆处死。

此法一公布，小吏皆畏诛，虽有盗不敢报告，怕捉不到，坐科触法牵连到郡州，郡州亦并坐不敢说，隐瞒不报。故盗贼益多，上下相瞒，以文辞避法焉。

上委派暴胜之等为直指使者，著绣衣，执斧杖下各州郡逐捕盗贼，杀坐法瞒报刺史郡守二千石以下尤多，州郡震动。济南人王贺亦为绣衣御史，在魏郡捕盗，因许多盗贼原是良民，生计破产铤险走为盗，虽不是犯法理由确也有值得同情案由，故每轻纵，违规释放一些人，以奉使不称职免。贺自嘲说：我听说活千人，子孙有封，今我活万人，后人看来要发达了。

下诏关都尉：今豪杰多远交，依东方群盗，其谨查出入者。

日磾报太史令求见。上说请他进来。马迁本来消瘦，如今憔悴。上说怎么样阿最近。迁说还能怎样，压力很大，饼妹家里天天抱怨我乱讲话。哭，不愿见人，觉得街上人都在议论她老公，议论她们家事，我说我没那么重要，不听，夜里不睡觉，也不让我睡。

上说该讲的话还要讲，夜里不睡，是睡不着还是不想睡？迁说睡不着也不想睡，一合眼四壁浮动，说这个家眼看要散。上说这个要重视，睡不着有可能是焦虑，要不要我推荐一个方子给你，本人亲测，有效。

迁说邻居介绍了一个道士，推荐了一道符，化水喝了能睡一会儿。上说你告诉饼妹，问题不大，能解决，我给她打包票，脑袋掉不了。迁说最好你亲自跟她说，我说什么她都不信最近。上说行，乃天你带她来，我当面跟她说，整好小卫想问她，烙葱花饼面到底是用温水还是清水，她胡弄几次效果都不好，不是咬不动就是不起层。马迁说不起层是没刷油，一半清水一半温水这个我知道，面要软。上说最好当面示范一下，否则永远学不会。下个月，还是再下个月，你定日子，就咱们几个，到我这里来，任安你认识吧，北军护军使者，说跟你很熟，再叫上一个他，没别人。

迁说叫谁都行，我跟谁其实都没什么见不了面的事，都挺好，我现在也想开了，干嘛呀。上说不叫别人，人多不好讲话。迁说能不能就最近呀？上说最近我比较忙，你大概也听说了，关东出了一点事，大部分已经解决，还剩一个尾巴。迁说我这次找你，其实也是饼妹逼我来，就想问一件事，我的事到乃一步了？

上说最近真是没再谈这个事，你干什么了，王卿怎么对你嫩么大意见。迁说我都不认识他，朝中见面只是简单打招呼，底下都没喝过酒。上说按说这个话我不该跟你讲，没

815

想到这么多人不喜欢你,坚持下廷尉,我都很意外,原来以为你碍不着他们,当然我都给挡了,下廷尉,好人也要问出事,暂时留廷议。

迁说只能说我自己很多地方原来做得不到位。

上说只跟几个人好,合得来就往一起凑,合不来就不搭理,可能也是问题。

迁说是是,没想那么多。上说我意思还是再放一放,当着人都讲了,不许混过去,立刻就收回,好像也不太好。可能我主意有点馊,你现在去走走,上人家里去看望一下人家,给人提点东西,我也不太懂这些事,没干过,不知怎么叫合适,是不是会起点作用。

迁忽有点忸怩,说我写了点东西,想给你看看,当面实在不好意思,说不出口。说着从袖子里拿出一卷竹简,放在上面前:你抽空看看,行不行,意思到了没有。上说给我写的?什么东西还要写不当面说。

迁说你先看,看了再说。我告辞,还要买菜,最近做饭都是我。迁未出司马门即被日磾唤回,说上有话说。迁复至,上面前摊着内排竹,说这算什么,自贬请谪书?我还没见过这种文体。马迁说是我对问题一点认识,算是对自己言行剖析、检视查举发微书。

上说检查?迁点点头。上说也是饼妹叫你写的?

迁说我自己也想写有这个冲动,感觉苦闷,写出来也等于梳理一遍。上说首先说写得好，文采斐然，自马相如后，未见如此好文章，金句琳琅，"人固有一死，或重于泰山或轻于鸿毛"，名句，可传于百世；"究天人之际，通古今之变"，金句，传百世；"士为知己者用，女为悦己者容"，金句，百世；"猛虎在深山，百兽震恐，及在槛阱中摇尾而求食"，银句，十世；"勇者不必死节，怯夫慕义，何处不自勉"，铜句，三世。再者说、哎呀，我都不敢说了，一说好像是待你苛严，挑剔你，我们俩的关系现在很不正常，话出口就变味。

迁说你说，我愿意听。

上说你是很顽固的人我发现。迁说哪里有，我都做了检讨，自己毛病也都提到了。上说是啊，"绝宾客之知，忘室家之业"，这其实也没什么不好，我倒希望你们全这样呢。"一心营职"，这个大家都看在眼里；"亲媚主上"没觉得，我也不需要。我说你顽固你也不要往心里去，内件事其实还没定论，也许你说得对，我也从未怀疑过你出此论全系公心，暂时先放下不做处理我已经决定。迁说我的事么？上说李家的事。我们这会儿全都是就事论事阿，把未来想得太悲观了，已经跟你交底，不会不可收拾，你可以继续完成你的伟业，顺便问一句，已经完成本纪十一，是不是就差我这一纪？世家二十、列传五十，你打算写多少篇呢？

迁说看情况，能活多久，才最后有多少篇。

上说必须活，你不活我也要生拉硬拽逼着你活，大家都等着看呢。你千万千万不要往心里去，我们私下讲的话只是对文理摘句即兴评论，决不代表我对你个人评价，我现在说话也忒么够累的。迁儿说你说。

上说我发现你人生观还是有问题，特别不喜欢"古者富贵名磨灭而倜傥非常之人著称""一个人最重要的是不辱祖先""取尊官厚禄，以为宗族交游光宠"这几句。还是太想出名，还是有人前显贵之想，这和"藏诸名山，传之后人"其实有一点冲突你觉到么？

迁说所谓传藏其实也是为出名，臣确实这点俗念不可免。上说我好像是跟你还是跟谁聊过，百世又怎样，万古又怎样，万古之后嘞，人类不存在之后嘞？

迁说你到处讲，不止一次听过。

上说我的意思是人活着是要有追求，当世出名那就基本等于逐利，今世无名传之后世，略高级，也没高级到哪去，都不属终极既往。何谓终极，今天不展开。文章重精魄，辞句再精淘亦不过俏饰，吃饭交游有味道，无外故人隽语，灶台油烟；长者气短，用字俭省，不著一字尽得风流没那回事，不过庸人外行捧场。精魄以壮阔见稀，愈阔愈致远，远到旁人无从下嘴，是以文章立，咱们说的是技巧，马相如代有而你不世出，你以为如何？迁说除对某谬托，不能再同意了。

你大爷！上转而怒喝一小黄门：叫你绕廊子走，别从窗下过，你非从这儿走是么？

是岁，以匈奴归义介和王成娩为开陵侯，领楼兰兵击车师，匈奴右贤王数万骑救之，成娩见形势不利，全楼兰兵返。

69

天汉三年，春二月，御史大夫王卿有罪自杀。以执金吾杜周为御史大夫。（刘彻按：执金吾即原中尉，太初元年我把名改了。）因对马迁抱怨：你现在也不加按了，都得我自己写，你写史还是我写史？迁说都写。

因催上：王卿死了，杜周任命刚下，还在熟悉情况，赶快趁这个空把我内事办了行不？上说马上办。

未几日，兴冲冲把马迁叫去，说妥了，辩穷诬罔，殊死。可赎。比李广。怎么样，赶紧回家叫饼妹把攒的私房钱拿出两万五千铜子儿，这事就算——平了。

马迁面如墙灰，半晌说：没钱。

上说怎么会，这点钱拿不出来，你比李广还穷，他们一大家子，你们家没老人，孩子都大了，出去了，就你们两口。

马迁说李广二千石，月俸六千五，我六百石，连他一半还不到，他还有其他进项，我清水工资，我们还得吃饭呢，两万五，我这辈子都没见过。

上说你新令，老爷子三十年老令，加上年资，十年前我记得就涨到八百石，就你一个儿子，没点积蓄？

马迁说我们还得修房呢，我们还得穿衣裳呢，还得娶媳妇聘闺女，还得换衣裳，还得买被褥，买鞋、买帽子，还生病，买药。我不交朋友就因为人家请我，我没钱请人家！饼妹多少年了想再要个孩子，不敢应。

上说没想到太史令这么穷。这样，我想办法，你别管了。

马迁说如果你的办法是你掏钱，这钱我不能要。

上说算我借你的。

马迁说借也不能要，请你给我留一点自尊，我就这点可怜的不值钱的东西了。

上说自尊重要还是你的大著重要？

马迁说我翻来覆去想过了，如果这点可怜的自尊都不许有，什么史记，大著，传之后世，可以不写。

上说你说了不算，你回去跟饼妹商量，我听她的。

马迁说我们家小事听她的，大事我说了算！

葱花饼局说了几个月都没下文，上对卫后说你去请饼妹马迁两口子，明儿我就要吃葱花饼。后说任安叫不叫，原来定的有他。上说不叫了，就咱们两家。

821

明儿，马迁两口子来了，饼妹眼皮子浮肿。饼烙得很成功，层多焦糯，话题很沉重，上把二斤八两黄金，两整块一半块，码小饭桌上，说拿走，一风吹。

饼妹瞅了眼金子，没伸手，说我们不能要，昨天我和迁儿唠了一夜，我同意他，别的钱能拿，这钱不能拿。后说我不是太明白，这钱和别的钱有什么不一样。饼妹说不一样。上说这钱拿了就欠别人一条命了。

饼妹说也不是，他的命早就是国家的。上说那就是士可杀不可辱，无功不受禄，可以封，可以赏，低头讨要，拿钱打发，不受，拿这钱就算侮辱他了。

后说这不是打发呀，这是借，有借有还，我还是想不出有什么不一样。上说换你你拿么？后说当然拿，拿得理直气壮，换你呢，你拿么？上说我？啧儿，不好说，可能也拿吧，我没那么跟自己过不去。

饼妹说你让他自己说吧。

马迁说也没什么更多的，就是觉得一无所有，没有什么可坚持的，就挑了这二斤八两金子坚持了。

上说秦人阿，咱们都算秦人，我妈是，就特么死倔，不知碰到他内根筋了，这弯儿就转不过来，什么利害关系都不讲了，把自己将呢儿，要不叫倔驴呢。

后说听说楚人也这样，叫倔骡，两个楚人对面挑担走在一条田埂上，谁也不让谁，就这么挑担站一天。

上说这是优点么？问马迁。马迁也微笑，不语。

上说这是蛮气不散。你到底要怎样，非要当街去挨内一斧？这我可以帮你疏通，不给祖宗丢人，密室处决。

饼妹说我们这次来，就是想问您，还有什么法子可想除了拿钱买。

上说还有更寒碜的按你们内古怪观念，我特为你老公开后门，单赦你老公一人。要是这么做，我当初干嘛不拦着他们不让他们判呀，任谁都可以咆哮朝堂。

饼妹说这个我们也想了，不接受。朝纲要维护，我们有这个觉寤。迁儿愿意承担责任，作为他太太只是希望能轻一点，咱们还有什么刑罚人不死，他内个小身子骨还能受得了的？

上说我给你数阿，死刑之外最高徒刑是髡钳城旦，上茂陵挑砖头五年，完城旦四年，也是挑砖头……

饼妹说挑砖头不干！别说四五年，四五天他就得死，还不如一斧头痛快。剃发也不干，我老公头发多好阿，随他奶奶，这岁数一根不白，黑得跟染的似的，丢不起这人。上说那就剩砍柴了，砍柴可以不可以，砍三年柴。你们家平常柴谁砍？饼妹说我们——买。

后说不是还有一个附加刑么，可免死。拿手在裆下一横：宫。上说那叫骗！你别胡扯了，骗人早在文皇帝时就废止了，我都不知道你知道。

后说我胡扯什么,我就认识被骗的人,你也认识,李延年,因为偷东西坐死罪,自己主动请宫,得免。

上说湿妈,从来没问过他,看上去很自然阿。

后说我们从来没有那个当啷挂,我们不也很自然。

饼妹说不早了我们回去了。于是起而告辞。

俩口子走后,上说后:你这话有点伤人。

后说你们在呢儿说这说那,我不过随便一说。

上说这事在你们女的呢儿是随便一说,在我们男的这儿,比掉脑袋还严重。

后说喊!黄门嫩么多啥也没有的,不都活得好好的,还能扛米包上房捉贼呢。问你要脑袋要当啷挂你要内个?上说你们是不是就瞅着我们这当啷挂有气阿。

饼妹马迁睡到半夜,饼妹捅马迁:睡着了么?马迁翻过身说没。饼妹说不是不能考虑。马迁说嗯,我在想,砍柴三年也许能熬过来。饼妹说三年,你今年四十六,是不是还瞒了岁数我也不知道,已经算老年,文皇帝、景皇帝你这岁数已经宾天,你还有几个三年?谁呀?平常每天不涂几个字就嚷嚷虚度,三日不写就说手生,两个月不摸笔到处喊失去语感,写出东西自己拿不准好坏,竟日抱怨记性不如前,进厨房呆立忘了来干嘛,常用字提笔忘字,东西就在眼前找不到,拿这个当借口什么活儿都我干。如今三年,说不要就不要了,又不是去学习增长见闻,是去服刑,当犯人,犯人你知都怎么当么？你就是孙子的孙子，见狱卒你都要磕头，让你冲墙蹲你就不能冲门跪着；你知天天跟你挤一起睡都什么人么？杀人抢劫强奸个个二百多斤，翻个身就能压死你，听说他们还自我强奸。你再砍三年树，你撅过一根筷子么？三年过后还是你吗？

马迁说那我去搬砖头不是一样么？饼妹说这就是个长痛和短痛的问题，短痛和长痛之后也废了的问题。

马迁说你说什么呢？饼妹说我说你要哪个废的问题，身废还是人废！

马迁说内个不考虑，你不要打它的主意。

饼妹说其实你已经废了，从孩子大了，它就在呢儿干呆着，不晒太阳还挺黑，瞅它就一肚子气，要它干嘛，你说你留内没用玩意儿干嘛？谁爱要谁要！

马迁说你混蛋！

饼妹说我一点不混，我都替你想了，实际损失最小还真是这个，不占地，不耽误工夫，耽误工夫同时你还能写。其实你知你最需要一什么吗？你最需要栽一大跟头，你还是太顺，看过你写的东西，平！谁呀？老羡慕屈平孔子，孔子厄而作《春秋》、屈平逐而赋《离骚》挂在嘴边，羡慕人家人生有坑，痛苦不能使人升华也能使人深刻，深刻成圣贤。你生活平淡，娶了我这么一个不给你添事老婆，每天坐班，不愤怒无意外，天天差不多，一日看一生。如今你的坑来了，老天给你机会深刻，说到哪儿，比谁都不次，听起来骇人，其实代价并不高，四体五肢让我挑，我还就挑这个不挑瘫痪失明。大痛之后是大起，你笔力不涨头割给你！

马迁下炕摸索。饼妹说你嘛呢？马迁忽立起手举鞋帮子：我抽你个败坏娘们儿！

之后几天，家里小的都知道老俩打起来了，饼妹住闺女呢儿去了，都知道老人摊上事，但不知道事多大、晴节在哪儿。儿子媳妇都去看妈，说得也都不在点儿。姑爷杨敞家里是个侯，跟官场有交集，认得霍光，从他呢儿听到点信儿，知道大概其，跟杜周儿子杜延年也是饭局常见外围酒友，端起杯就认得，从杜延年口中打探些杜周动向，去跟岳丈说：死改徒现在从严，基本办不了，必须天子批，批就是赦，让你去跑天子赦。饼妹也去找卫后哭了一场，托后去给上说，让上劝迁，我们认骗。上说这事儿我怎么好劝人家。

但是也同意饼妹理论，说你对痛苦理解比我深。饼妹说这个就是女人性别优势，男人不吃亏不知痛，我们每月痛一次，痛不欲生，熟；看到男子每常小痛呼抢，笑。上说哦这样啊，痛苦本人。后说你再生一回孩子试试。

还是找了个托辞，让霍光去石渠阁借孤本《尚乐》，孤本出馆石渠阁有规定，须史令亲自送到借书人那里，再检查完好抱回来。马迁来了，上拐弯抹角跟他扯了些别的，其实人器官有很多是多余的，譬如阑尾扁桃体都是可以割的，留着可能是祸害。五脏六腑重要吧，除了心肝肺肾不能动，胆、脾都是贮存器官，一个贮胆汁，一个贮血，其实胆汁是肝分泌，而造血胎儿时期是肝，生出来就是骨髓，所以这俩脏器说摘也就摘了，功能都可由肝、骨髓代偿。你不会是身体发肤受之父母，头发指甲剪了都要留起来，牙不刷内种人吧？

马迁说我还真就是内种人。上说好吧。没再说什么，乐经也没翻，让马迁抱回去了。

可是但是，张蜜来给上拔罐，透露一个消息，马迁前几日去她一个老相好专看男科卖大力丸江湖骗子呢儿挂过号，做了回体检，问诊内容检查结果骗子都没说，但是给开了一堆专治阳痿不举、举而不坚假药卖了个好价钱，而且说再不来就是没效，再没来。

上征询饼妹意见是不是可以揍他一下。饼妹说揍！

隔日，迁正坐小板凳喝粥，杜周及众吏昂入，使吏收繋迁，下廷狱。半碗粥及陶碗破摔在地，饼妹拾碗茬儿，坐地怅然，继起，收拾地，收拾屋子。姑娘姑爷带孩子来探望，拒开门。夜独寝，闻饮泣声。

这个月，初次实行酒类专卖，禁止民间私酿。

三月，上行幸泰山，修坛台，祭天，祠列祖前四帝于明堂，审计各郡国呈递租税钱粮簿账。公孙卿复言海上仙山，巨人足迹，见上厌恶脸色，退下。

这期间，驿车传邮，有杜周书，止二字：从了。

丁巳日，返长安，路祠常山。（马光按：即北岳恒山，避文帝讳改。）始悔，快马加急传诏，赦司马迁。快马还报：手术已矣。

马光按：司马迁为武帝朝宫刑第一人，终武帝朝止宣帝后许平君父许广汉步后，广汉少为昌邑王郎，从武帝上甘泉，误取他郎鞍以被其马，吏弹劾从行而盗，当死，有诏募下蚕室。也即刑余人所住热不通风密闭室，形同育蚕室。再无来者。

自孝文废五刑，宫或曰腐，作为大辟附加刑与赎同为可减等不死救济之措，以汉法论当属恩刑。适用范围极有限，据当下信史西汉二百年止司马迁、李延年、许广汉、石显、弘恭五人受此刑。除前三人，后二人坐何罪，史无载。孝景中四年，赦徒作阳陵者死罪，欲腐者，许之。也就是那些被判死罪的人愿意以宫代死，恩准允许。也许石、弘二人受刑在此年。李延年腐亦在孝景年，坊间有传说，坐盗求腐为虚，实为阉割后嗓音高丽可拟女，为执念献身，姑妄听之。

辛酉日，入未央，派遣使者慰劳颁赐李陵余军得脱还塞四百卒，这些人大多已伤退回丹阳，找人很费劲。愈自怨：当初李陵出塞就应该还让路博德迎他。

夏四月，大旱，赦天下。

秋，匈奴入雁门，太守坐畏怖弃市。迁司马迁中书令，每日当值在天子书房，掌朝中大臣、各郡国、使者密奏封揭并皇帝私人书信及内廷全部文书档案，少府掌传宣诏命谒者尚书令张安世亦归其属吏，故又称中书谒者令。秩比二千石，权漫浸近丞相，一跃居内朝三令尚书、掖庭、内者之首，有内朝相之称。

这个职位秦曾设置，亦为内朝官，宦门中人领掌，汉设中书令自司马迁始。故朝野有阴谋论者以果导因不当论，上特为马迁设职，欲令其就位，发李陵事使就刑。其论至乖谬，颇见小人心。亦至恶毒悖逆，密友至亲局偶有人言，座中客皆掩耳不敢听，离座叱之欲使同席者灭族。其实内朝官亦非盖由宦人出掌，尚书令张安世非宦身，其父张汤，或可称世家子，后继马迁接掌中书令，任谁不任谁皆决于皇帝一人心意是实，内朝吏亦可由外朝官出任亦是实，其论不攻自破。

70

天汉四年，春正月，诸侯朝于甘泉。

三月，发天下七科谪及勇敢士，大出击。贰师李将军广利将骑卒六万、步卒七万出朔方；强弩都尉路博德将步骑万人出居延与贰师会中道，掩护其西向左翼；游击韩将军说将步兵三万出五原，因杅公孙将军敖将万骑、步兵三万出雁门，并为贰师右翼强大屏障。

匈奴且鞮侯单于闻警，悉将牛羊辎重转移至余吾水北，亲率十万骑走马余吾南以待。贰师兵至，出万骑与汉前军战，挫汉军兵锋。贰师见匈奴军容盛大，俱各骁勇，自己带的这帮人，昨天还是老百姓，今天换张皮拉出来还是老百姓，赴阵像赶集，乌秧乌秧，行不成队，列不成排，手中兵器亦杂乱，长短锈钝不一，勇敢士只是不怕死而已，又不是叫他专门来送死，人虽众，不堪用，大打起来十人未必抵得过匈一骑，恐遭屠军，小接触即引兵还。单于发动追击，贰师骑卒断后，皆老兵，交替掩护，日暮短促出击即回，缠斗十余日，互有死伤。单于见贰师东西各有大股汉军，亦不敢深入，近朔方百里即停止追击，贰师全师还。

游击韩将军无所见，亦无所得，全师还。路博德全师还。因杅公孙将军遇左贤王，小打不利，引兵还。

此次大出击，兵力规模不及卫霍一半，斩获折损可忽略不计，当兵的吃饭，按新标准提高到每月三石，日人均一斗，所费粮米超过卫霍。司马迁把统计上来总耗粮数报上，上郁闷：仗没见打，吃得比谁都多。

马迁说这种情况很普遍，一般农人平时吃饭量入为出，当此时节春荒更是数着米下锅，冬春征发入伍新兵到部队，每放开肚皮吃，头三个月口粮都超标。

上说能吃不怕，就怕只会吃。孙敖老矣，博德亦不复当年之勇，韩说一直平平，贰师打胜仗是他，打大败仗也是他，今世恐不复再得卫霍辈。马迁唯唯。

自马迁复健入职中枢以来，精神固不比前，行事唯小心，谨遵臣本，每日梳理文档，据实报奏，事或有态度，对人从不发论置评。上亦小心，二人皆避言李陵，日供干鲜果品，渍李子为杏干桃脯代；茂陵、阳陵事凡提及以茂邑、阳园指称。君臣之分于此定矣。

起初，浞野侯甫逃回，上未与之见，只派谒者优抚，令归家休养，来日方长。有司请治失军，皆驳回。

此次出击前，特召浞野侯至西畤，详问陷匈遭遇及脱逃经过。浞野侯言：匈奴自乌维单于起即改变凡捕获汉人皆掠为奴旧法，对我军历次作战被俘人员一般卒概采取给药食宣慰就地遣散令自去，认为这样的兵即使重回汉军为卒，再遇匈军气必馁，亦不惮复降。对军吏、材士、有特殊技能职业兵则多安抚优待，期为匈所用，为匈练兵，增匈对汉军战法战术熟悉应对认知。不能用也不勉强，以示单于大度，实为胡天子。

儿单于不是草包，能汉语，臣浚稽山寻水遇擒，捉逮至儿单于前，儿单于当场喊出破奴名，对臣是哪里人，从军履历，打过什么仗，军中评价如何了然于胸，看来匈人对我情报收集也很到位。破奴在匈期间一直受到礼遇，并无恫吓拷掠问军情事，只令臣独居，其间有匈国贵人探望，略问愿否降，出任匈国吏，为臣严拒，也就无人再提。每日照例供给肉脂鲜奶，划定活动范围令不许出。初，帐外尚有守卫，儿单于死，且鞮侯单于立，一时间乱哄哄，守卫亦不见。匈奴风俗，单于并不时时居城中，每月大多日子在外行猎，或居别处行在，每出必携众，亲贵侍从俱出。单于不在，茏城几无军骑，多为平民妇孺、外国人。臣见奶食酪浆日供缺稀，有时几日断供，料匈人已不再视我为重要，也许把臣忘了，几次有意出指定区域多走几步，一直走到脏街，吃烤串烤馕,与胡客搭讪闲聊,也不见有人干涉。便决意出走。择一日单于不在,偷出城迳往南行,晓宿夜行,观星指路,如此这般,走归我汉,其间颠沛饥劳,时以为命将绝,不提也罢。

上说就是说有意归汉,还是有办法。破奴说办法多得很,首先一条不要让匈奴人太重视,太重视,围着你转,也没空隙。再就是要会找时机,臣的时机还不算上好,其实很悬,早一天从茏城出来,第二天就发生虞常攻单于庭劫大阏氏暴动,我是不知道,再晚一天全城戒严大搜捕,也就出不来。臣以为最好时机是边境有警,单于带走者就不止是亲贵近侍,举国引弓之民即全部能骑马男人都要带走,就更容易脱身了。

上说明白,你回去休息吧,养好身体是第一要务,需要什么,找司马迁要。

总提召各将军部署出击匈奴事,会后留下公孙敖,只上、孙敖二人谈。上说你这次出去还有一个任务,打听李陵下落。李陵降后音信全无,二署起动所有关系至今也未得些微准确消息,很不正常。我已命灌疆派一小队壮士随你行动,你送他们到弓卢水,他们自己走,你在弓卢水南等他们,他们安全回来你才能走。

孙敖出雁门,在弓卢水等二署小队梭巡不去,才遇到左贤王万骑,摆开大打架势心中万分焦急,所幸战斗才开始,二署小队归来，左贤王兵力不占优势亦左顾右瞻，未全力攻击，孙敖得缓，引兵还。小队取得何种情报也未与孙敖讲，直接归报上，说与卫律身边人接上头，据此人听卫律讲：李陵深得单于宠信，以汉军阵法为单于练兵于余吾北，以备将来应对汉。

上大怒，语马迁：咱俩全错了！遂下令族陵家，其中有陵母，当户夫人及其数子。

不久传来消息，茏城发生轰动刺杀案，李陵于单于母大阏氏寿宴席间亲持刃刺杀另一汉降将李绪，而这个李绪正是为单于汉法练兵于余吾北内个人。大阏氏怒，欲令左右杀陵，单于挡驾，说儿子带回去处理。

连夜送陵至郅居水北近北海荒僻处藏匿，对大阏氏说已经杀掉埋了。大阏氏年衰，贪食奶油肥羊数十载，体瘦血脂高，激动过后中风，寿宴过没几天，睡梦中二次中风升遐，终未再见故土，埋骨草原。有人说她因寿宴被搅当其面杀人而怒非欲置陵于死地。也有人说老太太始终厌恶汉降将有一个算一个，虞常事变后尤不能见汉人面目听汉语，觉得他们都不是东西。

而李陵杀人前日，汉族其家消息传到茏城，有人见陵终日泪长流，南望长拜叩首不起。

大阏氏升遐，单于迎陵回，以女妻陵，立为右校王，贵比丁灵王，陵三拜南，受之。由是自此，单于大事小事卫律常在左右，陵居外，有军国事乃入议。

二署消息说前次为行动小队提供消息者实为卫律指使，小队入茏城一举一动皆在卫律掌控中，保证小队安全入，安全出，提供那样的消息是反间计。

上说马迁：你也不拦我。旋又改口：算算，与你无关。遂问杜周：卫律在汉还有亲属么？杜周回答：皆已伏法。

或闻陵藏匿北海时，曾百里走马去探苏武。四月北海，尤千里冰雪，武与羊俱卧地穴拢火依偎取暖。

武四年未见人迹，未闻人声，几不复能言人语，口齿反应皆荼迟，与陵在汉亦不是很熟，差着辈份，也不是一路人，只是彼此知道有这么个人，今见陵裘服胡帽而来，大概心知是怎么回事，也无话可说。

陵亦无话，只在火前默默相对，后出刀笔竹坯，各自刻诗数首，互表心声。日暮雪大，陵即离去。

后诗传入汉，马迁检视，语上：苏诗四首恐是出使前留作，与妻、兄弟、友别，无一与内个人有关，好事者附丽耳。内个人三首确是斯情斯景，诉苏武。

其诗一云：径万里兮度沙漠，为君将兮奋匈奴。路穷绝兮矢刃摧，士众灭兮名已隤。老母已死，虽欲报恩将安归。

其诗二云：良时不再至，离别在须臾。屏营衢路侧，执手野踟蹰。仰视浮云驰，奄忽互相踰。风波一失所，各在天一隅。长当从此别，且复立斯须。欲因乘风发，送子以贱躯。（马光按：一片化机，不关人力，此五言诗之祖也。音极合，调极谐，字极稳，然自是汉人古诗，后人摹仿不得，所以为至。唐人句云：孤云与飞鸟，相失片时间。推为名句。读"奄忽互相踰"，高下何止五倍乘五倍！）

上说不念了，剩下一首留下自己看。马迁说还有别的事么？上说没有了。马迁长揖退下。

夏四月，李夫人产子产褥热薨。临死说最后一句黑笑话：以后族我们家这孩子就可立嗣了，没外戚。

上说你胡说什么呢？李夫人已宾天。上痛哭，怀抱襁褓，泪滴婴儿脸，为取名：髆；肩膀的意思，或寄望年老可靠一肩？立为昌邑王。夜梦李夫人，哭醒，作《李夫人歌》：是耶非耶，立而望之，翩何姗姗其来迟。（班固按：后世多误会此歌为齐少翁设迷局使上睹亡者逝魂所作，谬传李夫人早死。其实另有《王夫人歌》，歌云：幻耶像耶，目之所及，心中所忆。）

秋九月，因赎死价格太便宜，大富人家两万五千钱拿出来跟玩似的，中户人家咬牙凑一凑也能拿出来，有败坏子弟数犯死罪数赎出，越来越不把法放在眼里。

下诏一人一生只能赎死两次。又提高赎刑价格二十倍，掏钱五十万，减死一等，完城旦舂，并不释放。

中户以下人家教育孩子：这回可不敢犯罪了，把你爹你妈卖了也救不了你。

836

71

太始元年春正月，因杅将军公孙敖因明知妻子下蛊害北阙甲第街坊李夫人之母，致李母沉疴不起，不举发，事后还串供隐瞒，湮灭证据，坐妻为巫蛊腰斩，不许赎。妻枭首。

上说不像话！自己人之间搞这个，把鬼招到家里来。给几个担儿挑打招呼：管好自己家属。又请卫后约其家族姐妹妯娌来吃春饼，给她们开会，说你们几个特别要注意呢，不要再搞巫术，养小鬼，一经发现，谁也救不了你们。卫后说你看我干吗，我又不信。上说那最好。卫少儿说我们都不信。上说就你搞得凶就你不信，不要将来连累你一家。

三月，迁徙郡国吏民豪杰于茂陵。

夏六月，赦天下。

是岁，匈奴且鞮侯单于死。有两子，长为左贤王，次为左大将。且鞮侯发丧日，左贤王因连日暴雨河水上涨不得渡，未及时赶到。宗室亲贵诸王大将大当户以为国不可一日无君，以左贤王吃肥豚鼠染烈性传染病，病势沉重，无望践临单于大位，变更继位顺序，拥立左大将为单于。左大将不受，说不要陷我于不义。

左贤王绕行至茏城郊，听说宗室拥戴他老弟做新单于，不敢进。左大将使人请老哥入，说他们是有这意思，可我没答应，爸留下这位子还是你的，你快来我让给你。左贤王更不敢进，辞说我还真病了，虽然不是传染病，也没吃什么肥老鼠。你当就你当吧。

左大将不听，说必须你，咱哥儿俩谁跟谁呀，他们都是白扯，你要心里真有弟弟，将来你死，再传我。

于是亲自出城，赤手空拳，来迎老哥，怀抱老哥手，相携同入城。宗室亲贵列班欢迎，送上热笑脸和深深致敬。左贤王遂立，号狐鹿姑单于。让老弟接左贤王，也就是储君位子。后来，狐鹿姑单于遵守了自己承诺，死后没有传单于位给儿子，而是传给了弟弟。其子先贤掸不得单于位，去西方，另立为日逐王。

太始二年，春正月，重走回中道。

三月，铸麟趾金、马蹄金以协祥瑞，班赐诸侯。

秋九月，还是旱。去年颁布赎死新价后，民赎死人数陡降，京师、各郡国执行死刑大增。今年眼看要入冬，又到死刑季，各郡大狱待决犯数量可观，杜周桑弘羊进言：是否可降赎价，或临时给个折扣，本来是项收入，现在基本收不上来，贫穷即罪恶，犯罪的还是穷人多。上说已经定了事就不变了，提高赎价本为使人望法生畏，为钱枉法不能从我这儿就开口子。

因问杜周：你是不是已经应了什么人了？杜周说绝对没有。考虑到可能不止他二人有这个想法，也知狱吏有多么胆大包天，为不使远地边郡徇私授受，黑开口子，于是再下诏严申：募死罪赎钱五十万减一等！吏有私议不足数，坐同罪。

杜周睡梦中猝死。次日，任命光禄大夫暴胜之为御史大夫，令查近年死赎旧案。

中大夫赵白公上奏说等老天下雨不是办法，还是自己动手，解决一点是一点，请开渠引泾水。上曰可。

于是发罪人数万挖渠引泾水济渭中。渠道首起谷口，尾入栎阳，凡长二百里，预计灌溉农田四千五百顷，当年动工年底完工，渭中久旱地区明年可能得丰收，人民很期盼，管渠叫救命渠，恩渠，白渠。上问为什么不叫赵渠？白公答不是臣无耻自我命名，是老百姓白得了好处，乱叫的。上说哦是这么个白呀。

太始三年，春正月，天寒，滴水成冰，伸手生冻疮。上猫在甘泉宫被窝里不起床，没举行任何祭祀活动，说我也烦了，年年说拜年话，年年旱，天地不通人性我信了，公羊学破产了。起而宴域外黄毛碧眼髯须客,有司说这谁谁谁,内谁谁谁。上说爱谁谁。

让天下百姓饮酒五日。

二月,还是坐不住,往东海巡游,射海鸥得赤雁,作《朱雁之歌》:绝空临海,振摇万里,何以为归。

复去琅邪,登东莱成山,当地人说这是俺们拜日的地方。上说你们还拜日阿,天下大旱是不是就你们拜的?当地人惶恐。马迁说跟你们开玩笑。

登芝罘山东望大海,雾锁不见。说我这辈子没坐过船,要坐一下。令东莱县找来渔船,与马迁手拉手走跳板登舱,坐船中,说遇到仙儿先别说我是谁阿。

艄公跪磕,起而摇橹,船无风起颠簸,上晕而合眼,更晕,睁眼见马迁泰若,说你不晕阿?马迁说也晕。东莱县怀抱一大嘟噜渔网踢跶拉迈步俟问您撒一下么?上说我不是来打鱼的。马迁喊艄公:差不多行了。艄公猛一通又掏又拽骚操作,渔船画了个圆,咯噔,触底搁浅。七八只手搀上落地,上说没意思。

赏赐所经过地每户五千钱,鳏寡孤独帛一匹。

驿车传邮,皇子弗陵生,母子平安。上说真生了,以为是个瘤。弗陵母河间赵氏,年少入宫,有姿容,初为夜者,侍甘泉。上夜不成眠,要水喝趁幸之。须臾有孕,连提十三级,子未诞,已成赵婕妤,视上卿,爵比列侯。这是去年的事。孕十月预产，没动静，该吃吃该喝喝，十一月还该吃吃该喝喝；十二月还没动静，十三月，还没动静；十四月，也就是本月，上等崩溃了，所以出来游东海。前脚走，后边开始宫缩，惨叫如揭皮，闻者莫不怀疑人生，死去活来一夜，生还是很顺利，遂快车报喜。半道驿车翻了，这也是很少发生的事，邮差摔背过去，荒郊野外，被瞎眼跛足无牙老独狼嘴痕一只脚往更黑暗处拖，遇一伙劫道歹人惊走狼，搜走邮差身上汇款邮包，邮递员都没醒。

俄而天将晓，一趁夜赶路奔丧孝子路过，见路边有伏尸，一摸人是温的，摇醒邮递员，邮递员才觉得脚疼，才喊出口：快背我走，我是官差，有天大事要面呈报上。孝子说我家就在前面，我爸死了，我哭得没劲，要不你等我喊人来背你。邮差说你不背我，你们家还得死人。孝子无奈，只得背上体重有自己俩的邮差走，只够紧紧抓住邮差袍子，脚全拖在地上，邮差喊疼——，你成心是么？奋力往上一蹿，袍子扯了，光不出溜单腿立地上，孝子卧于尘埃。这时第二辆驿车驰来，发现前车翻了，人、邮件失踪，疑似遭人打劫，绕过去赶了几步，见路当间一裸体男，一弱男昏死道旁，似曾发生撕打，抽刀在手尖叫：什么情况？裸体男喊老宋，是我，小王。这才各自从容。老宋搭上小王继续赶路，孝子置于身后管他死活。三折腾两折腾，本日，今天，皇子诞生囍帖子才叫上——听到。

回京师路上，上喜滋滋问迁儿：你就没兴趣打听我这岁数怎么还能一马得子？马迁说有兴趣，你说。

上说有的方子还是很灵，长生不知道，简单解决一下刻不容缓亲测有效。马迁说你……上说我什么，往下说。马迁说吃药对身体不好。上说这话说给年轻人听吧，我身体已经不好了，没有的东西还怕损失么，吃点药等于诈尸，建议你也……内什么，你说十四个月有什么讲头儿，老秦始几个月？马迁说好像十二个月还是多少，没你多。上说我听说唐尧十四个月。

马迁说谁跟你说的？上说瞎看书看的，这小子不会是个异数吧？马迁说还能怎么异，正常十个月全成不对了，为什么对不正常那么大兴趣。上说也不是，就是好奇，不相信世间就是眼前看到这点事。马迁说还是不相信局限性，希望自己是那个跳出规律的人。

上说还真是，这算妄想吧？马迁说有妄想的人有福了，我们是望妄想兴叹。上说一直想问你，你是儒家分子么你自以为？马迁说自认为不是，儒者还是书生论国，空有人道关怀，一方面迷信好的制度，从头到脚管起来，一方面确信人心可教，又只强调表面，以为表面做到了，内里也跟上了，则社会问题都不成其为问题。落到实处，具体政策就是一个与民休息，与道家无为无不为同出前国家世代记忆，一时可行，长期推下去，国家不是靠道德正确运行，人心无底，费力不讨好。但是他们列君臣父子之礼，序长幼夫妇之别，我是赞成的，到什么时候都是重要的。积极进取的态度，明知不可为而为，我是赞成的在此之前。

上说现在也可以。公孙弘你还记得吧，对你有一个评价：唯有德名忘不了。

马迁说他？死人为大，我就不说他什么了，做丞相六年，我想多收录些他的政绩，找来找去，只两条：强烈要求杀了几个人，把自己一批小老乡带进庙堂。

上笑：这才是你，前些日子不像你。

马迁说名，确是我俗念，一时半会儿克服不了，也许再老些会看淡些，不会急得做梦。德，如果不是指获得，而是指对自己行为负责，只行善事不问回报，思来想去，是我愿意坚持的，不能放弃，也放弃不了，这纯出乎于我内心对我绝对要求，我乃自愿或说受自我强制遵守道德，而没有其他目的。不这样我难受，活不了，哪怕因此受制、遇损也没办法，拗不过内心内杆秤。从前我不知道我是这样人，也做过为公序良俗不容事，做了，表面占便宜，身体合适，随后日日夜夜才知有多难受，几乎全盘否定我这人。是的，我是一个有道德、守道德的人，也尊重那些公认史有大德先贤，尽管我不愿用尊崇这个词，实际是这个意思。

上说但是，道德标准可以与时俱进，相机调整。

马迁笑：是的，高古生吃人心肝，三代以前血亲交媾都无关道德，现在不可以。

上说你笑起来明朗，不显得那么苦，你应该多笑。从前单身母亲很普遍，殷有简狄，周有姜原，人们不以为怪反而把她们记载在史书上，毫不隐讳谤讪。今天一个女子未婚先孕就要受到众人鄙视，乃至群起而攻不给活，你不觉得这不是道德进步而是退步吗？

马迁说我说的德是我自己的坚守，而你说的那个是所谓公序良俗，那个是另有所谋，为维护所有家庭血胤纯正不被污染、不为外姓人分得家产而采取的基于维护家业完整的集体行动，至少不在我的德范畴。

上说未来有一天，也许所有女子不再受父母之命媒妁之言，而可以自由和任何男子交好，发生男女关系，哪怕是头天黑才见面，谁也不知谁名字，聊得挺好，就睡了，而当时的人都不以为意，你能接受么？

马迁说未来，乃一天啊？

上说就是未来，也许还完全倒过来，女的娶仨俩的，男的都得在家守贞，要不就给轰出街，像高古，女人当道的时候，那时的道德是那样，你能接受么？

马迁说到时再说到时的，如果大家接受我也接受。

上说所以呀，你的道德、你的坚守其实受公众态度影响，会发生偏移，也没那么绝对，说什么绝对，不过随大流，您内个坚守不是来自内心，是习得。有人以神名义规范道德，我看也不出公众偏好，是衡平社会、确保公私利益举作。道德不可靠，我从来都这态度。你说只行善事，却连何为善还没搞清，彬彬有礼，到处施舍点小钱就算善？无私利他，史家毛呢都没做到，尽管他舍一切布施，你们这些佞世之人又何称对自己负责？太古，人皆无德，只赖循本能生活，是互相红眼狗咬得互相都活不下去一齐灭亡么？看看猫狗就知道，人家自有界限，你活我也活。我看你还是随便挑一别的什么坚守，哪怕就是两万……不说了。

马迁说你太虚无。

上说虚无有什么不好，坚持没有的才叫虚无。无知人常以为虚无者人生就是吃喝等死，而真正虚无者非常严肃。犬如你听说过吧？就是一种度世态度，近似但又不是采菊自耕养鹤种梅高山隐士陆沉者流，不避闹市，游街狗一样生活，放弃所有世俗美、诸神圣追求及人所称品位、道德，藐视其传统。但也不意味甘居下流偷鸡摸狗胡整乱来，只不过不跟你们玩，财富、社会地位、名望、翔受，不存在！只在最低水平维持生存，不接受施舍不拒绝捡破烂，过不下去就死，饿死、冻死、穷死！是我心中最彻底、最无畏善行者。禽兽一样如果你了解禽兽就知那是极高评价，或可称有德。而就因为我做不到，望而生畏敬，那样的人才是我所尊重、仰望的，就像你仰望、尊崇史有大德者。

马迁说你在哪里见到这种人？

上说七科谪当逃犯悉征入伍，不肯军训触刃，军法坐畏懦，都斩了。顺便说一句，你真认为德如日月，不但自己发光还可泽被子孙，今天富贵安逸者能过上好日子封侯燕居是因为祖德余荫在其中起了作用？

马迁说我这么说过么？

上说你老说，上回灭东越你就说过，大禹余烈什么的。

马迁说我不坚持，如果你说本人努力更重要，贵人提携赏识尤关键，祖上余荫在其次，我不能反驳。

上说但是你承认德是人获得正当体面生活咱就不说多发财了，的根基或叫托底。无德之人可能也富贵但是不体面。赫者把正当改叫正直，德是正直压舱石，无德之人如公孙弘——开玩笑阿不是说他真无德只是打比方——即便说话做事被认为对，符合事实，对朝廷有利，如他建议杀内几个人，当杀，也不能叫正直。

马迁说我不能反对。

上说也就是说你对德看这么重，这么坚持，尽管出于不可遏制、发乎内心善良且被这善良所强制你讲话，其实也多少抱有一点期许过一种正直体面生活这里一点不包括钱、车、大房子、到哪儿都有人巴结什么的阿，哪怕三顿不继，破衣拉撒，也清清白白不怕鬼敲门到哪儿都昂着头，的内种干净体面，和正直带来的普遍尊敬——尊敬也不要！就是自己问心无愧。

日磾转过头说：马上到甘泉了。

上说哦。

马迁说差不多。

上说那我要说所有人的生活都不干净、不体面，包括你这样有德自甘清贫者，和内些无德瞎造譬如我这样，这是咱俩私下说阿，都不正当，谈不上正直。以人类千百年过往，到今日仍在继续生活方式，回头看，无一例外，都是深陷罪恶，无一例外！你同意么？

马迁说倒是听过这么一句，在无道社会发财出名都是不道德的。

上说有道社会也一样，不发财不出名也一样，因为你之为人，生活方式本身，哪怕再穷苦哦不！穷苦不能做例，如世之谚贫穷即罪恶，穷人都在渊薮里；哪怕再本分，再节制，洁身自好，傻缺修身养性，也是罪孽深重，人活着，就是犯罪，人，万恶之源。

马迁说这个，嗯，实不能表同意。

上说这就涉及立场问题了，如果你站在人立场，那当然，一目了鹅，罪恶者是内些强取豪夺杀人放火坏逼，平头百姓老实巴交受尽欺压，无辜。可你要放大一些，挪一步，站所有生命立场，老虎狮子犬马牛羊立场，再回头看，人干过一件好事么？祖祖辈辈，有一个算一个，我说动物祖祖辈辈，有一物种算一物种，受尽人迫害、杀戮、奴役。还有万物界，草木土石，江河湖海，天空，招谁惹谁了？人长那样非给人掰成这样，人埋山里非给刨出见天日，冲天放烟，冲海滋尿，有这么不讲理的么？人每一次进步，对万物都是一场塌天大祸，每一次，全是灾难。还不够叫万恶之源么？人反对下犯上，首先应反自己。人不是万物之主，人是大自然僭越者，干犯者，狂悖不道阿！

日碑说：到甘泉了。

上说先不下车，再聊会儿。过年进各家厨房看看，最普通老百姓，梁上挂没挂新腊火腿，锅里有没有爆炒腰花剩的油，那都是动物惨遭杀害不得全尸铁证。

马迁说吃素的算么？

上说全素是吗？也破坏环境。草刚发点春芽就叫你揪了吃，好好的豆子磨得人不人鬼不鬼。只有罪轻罪重，没有无辜。住的是房子吗还是露天，树哪儿砍的？你妈吃没吃过鲫鱼，喝过你妈妈就算喝过鱼汤。

马迁说就是没好人呗。哎，内些人接你来了。

上说让他们再等会儿。一个好人没有，全是罪人。什么叫罪？未经他人允许，以暴力或软暴力手段剥夺他人生命、财产及自由。这就是人干的事，对其他动物，千百年以来。你能说只有养猪的、养羊的、屠夫、厨子有罪么？他们所作这一切，都是以人类名义进行，故而责任也应当由全人类承当。柳絮飞满天，每一棵柳树都不无辜。故而所以，天地不仁眼全睁着,你所有善良,积的德,哪怕什么也不图,不成立!

马迁说十四个月的来了。

上朝窗外招手:嗨,我在这儿。拍拍马迁膝盖:聊得很高兴。就抬屁股下车了。

72

起初,赵国人江充,原名齐冲,妹子善歌舞,结欢于赵太子刘丹,后给刘丹做妾。齐冲因此得以出入王府,给赵王刘彭祖留下印象,在其门下做宾客,在彭祖面前扯闲篇儿是个能说的,后来话说冒了,把妹子呢儿听来刘丹什么事当他爸说了,爷儿俩尴尬,刘丹准备弄他,只身逃往长安,落魄街头,改名江充,在北宫门喊冤,被当场拿下送中尉收容递解回原籍。

将近邯郸界介绍吏嫖娼,趁不备撤身脱走潜回长安,继续踟蹰街头,转向小西门、南宫门俟时阻街拦贵人车马呈情,为禁军驱赶。后道逢同为赵人黄门监苏文,与攀谈,苏文告充上在上林苑,为引见,语上:有赵王宾客欲举报赵太子丹不法事。上正在逗狗,遂准予犬台宫见一阿秒,充请穿自个衣裳来,上说行。

及充至，身被绉纱襌衣，曲裾后垂，交掩如燕尾，黑发束帛顶禅缅步摇冠，斜插蓝鹦鹉飞翮，一步三摇，似仙儿似面首，身材魁伟眼神迷茫也不知哪儿有点像小霍，面容精致嘴唇单薄阖阖欲吐时有羞怯掠其颊似相如初见。上心说怎么遮勾搭我来了。神态不由变得慈祥，身子也略倾，亲切说什么事阿瞧你把你愁的。

充小嘴儿吧嗒吧嗒一通叽叽，把刘丹与同胞姊及王后宫妃妾奸乱，交结郡国豪杰、刁猾之徒，攻商旅，剽取财货，赵吏畏其势管不了有的没的一股脑端给上。

演绎能力很强，讲述吠影吠声，代入感很强，不由上正义感不起，嗔怒：搞什么搞！即令马迁草诏，派谒者传诏魏郡守发兵入邯郸围赵王宫，收捕太子丹，移送魏郡一处廷尉自管监所羁押，与廷尉杂治之，共同办案。基本事实清楚，初步审理意见，法务死。

彭祖知事不好，上书代子讼冤，曰：江充是逃亡小臣，决心编造苟且谰言激怒朝廷，以确保万乘相信他，从而报私怨，日后受烹煮、剁成肉酱计尤不悔。臣愿选赵国勇敢士，从军击匈奴，极尽死力，赎丹罪。

上意稍平，也觉得死刑太过，时，上已春秋六十有二，过耳顺之年，年少峻急、眼里不揉沙子气血稍凉，时念及身后事，连年赦天下，兄弟子侄独不赦，或被认为寡恩。不许彭祖击匈奴，赦丹死罪，废赵太子位，圈禁王府，非有诏不得出。尤视充燕赵奇士，令从行甘泉，问政于彼：你觉得当今政治还有什么可改进的地方？充说我觉得都挺好，就是匈奴搞不定。

上觉充蛮天真，因笑问你有什么办法搞定他们？

充说我愿意入虎穴，看看虎子虎妞有什么纰漏。

上说那太好，现在就是没人愿意去匈奴。于是赐充节，派他出使匈奴，简单礼节性拜访一下，问他你见了单于怎么说呀？充对：因变制宜，以敌为师，将计就计，没去不知道。上笑且去将计就计。充旋一阵风而去，也不知怎么糊弄了一下孤鹿姑单于，没有为难他，安全返回。回来对上说匈奴不足虑，一塌糊涂。

上喜欢他说话没头没脑，胆大敢混不晓得厉害的样子，也没什么可笑的一听就笑，由是有宠。拜充直指绣衣使者，督导缉拿三辅地区盗贼，禁止纠察贵戚、近臣违反制度、过分奢侈行为，为肃正社会风气仗绳。

时，奢僭风气尤盛于侍上左右贵戚公侯子，上班一副样子，下班一副嘴脸，充检举弹劾无所避，见一个劾一个，奏请没收车马，犯者皆令去北军待命，有警随时出发攻打匈奴。上批复他的奏请。充即发文给光禄勋中黄门，捉逮侍中、近臣违制应当送北军者入营，其中不乏巨室贵子弟，并把弹劾文书移送各门守卫门候，禁止受弹劾者再入宫。各子弟惶恐，还是有办法见到上，叩首求哀，愿出钱赎罪，不想离开上。

上也只为给这些孩子一点教训,并不真打算送他们戍边,就同意了他们请求,准按个人级别把钱交到北军值班室,就可以回家了。值班室一夜收钱几千万。

上以为充忠直,执法不阿,所提出处理办法宽严相济,也颇合上意。

充专盯只许皇帝銮驾通行快驰道,看有无违制上这条道的车。馆陶长公主刘嫖自女陈氏废后势微,出入小心,走驰道被充拦下,喝问你怎在禁道行车?

长公主说我有故窦太后诏命,许我走此道。江充说:只许公主走,随从车骑违规。遂将随从车马尽没收并弹劾举报。上住甘泉,卫太子每日派人问候起居,有时其他道堵,图快也走这条道,被江充抓到,把太子家使、车马一并扣留。太子使人向充道歉:并不是舍不得车马,实在是不想上听说此事,以为我平时对手下人不知管教而多烦恼,希望江君宽大处理。

江充不听,连太子求情事,一块抖落给上。太子受到批评,大窘。而充得上表扬:人臣当如是矣。

在上那里再增信用,迁水衡都尉,秩二千石,威震京师。公府侯邸一片交头接耳:又一个韩嫣,瞧着吧,这面首长不了。

果没多久,在其职权所指范围,任用私人,大力提拔亲朋故交,还是个仗义人儿,受弹劾,坐法免。

上因叹：不争气。

太始四年，春三月，出行泰山。壬午，祠高祖于明堂以配上帝。审计郡国租税账簿。癸未，祠生父孝景帝于明堂。甲午，修坛台。丙戌，禅石闾山。

夏四月，又去琅邪东莱，登不其山。在当地素称灵验村庙交门宫拜神，好像神位真坐着个神，作《交门之歌》：巍巍峙峙，拜之嘻之，献之纳之，求之不应。

五月，回到京师，入住建章宫，大置酒，宴宗室。赦天下。

秋七月，邯郸有大蛇逾城墙爬入，与城中蛇群斗于孝文帝庙下，城中蛇死。

冬十月，甲寅晦，日有食。

十二月，出行雍，祠五畤。西至安定、北地。

征和元年，春正月，自北地还，入住建章宫。

三月，赵王刘彭祖薨。谥：敬肃。彭祖娶故江都易王遗爱淖姬，生男，号淖子。淖姬兄在建章宫为宦者，上召问：淖子这个人怎么样？回答：为人多欲。

上说多欲不宜为君，临子民。又问彭祖另一子武始侯刘昌，对曰：无咎无誉。没人说他好也没人说他不好。上曰：如是可矣。这样也就行了。遣使者立昌赵王。

夏，大旱。

上居建章宫，大而无当，风声鹤唳，树影成疑，每于静中闻屋瓦梁栋嘎吱噼剥响，屋大压人，帝气亦不能支，睡一觉特别累。一日午睡起沿堂中路散荡，晴日有风，太液池柳枝纷扬，水生涟漪，一圈套一圈，天上云竞走，奄忽互相踮，一会儿阴一会儿阳，地上物影忽杂沓忽俱隐，人迷离，见一男子带剑入中龙华门，服饰穿戴不似宫中人，甚至不似本朝人，不像人！

上问马迁：你看到那儿有个人么？马迁张望：哪里？眼睛看向玉璧门。上说反了，那里。继而惊叫：有异人持剑入，还不快拿下！霍光、金日磾拔剑四顾，皆茫然，上尖叫手指：中龙门！中龙门！霍金冲向中龙门，未几又止步，张望茫然。中龙门候见一帮人慌张过来，出门阴行礼：见过陛下。上惊魂未定，问刚才是不是有一男子入内？门候说没有阿，臣一直站这儿，无人经过。上怒：难道是我活见鬼！我诬指你？

此言一出，门候还未来及下跪求饶即被左右架走，南军军法处问斩。上又问其他守门士：你们看见了么，一男子，还带着剑？士皆惶恐，说看见了，臣等欲阻，男子扔了剑跑了。上说你们也是废物，没把他阻在门外，倒让他钻进园子跑了，还不快关门搜捕。于是闭建章各宫门，大搜，每一扇门后都看过了，没有人。

冬十一月，发三辅骑士入上林苑，人挨人，马挨马，拉网大搜，把上林苑周回数百里，所有鸡脚旮栏过了遍篦子。继而关长安十二门，入户查户口，搜了十一天，抓了数百在逃犯，才解除禁令，重开城门。

上语马迁：你相信眼睛不会骗人吧，我确实亲眼见有人仗剑向我走来。马迁说我以为你是有幻觉经验的人，知道眼睛也会无中生有。上说那是在规定场合规定条件，即便见人、物，也与晴天白日有所差异，正因我有经验，所以不会搞混。马迁说你还记得文成将军么，叫你生见王夫人。上迟豫：你是说有人给我下蛊了？马迁说我可没那么说，我是说不能太信眼睛。

见上不语，在呢儿琢磨，又说：一向不信的东西，不能小有遭际，就倏尔推翻自己，反倒比谁都信了。

上说不会，还没那么愚直。

上年老，机体衰退，各种不适找上门，先是眼花，睁眼有飞蚊，闭眼有频闪，看什么都带着一簇簇小黑烟儿。继是浑身浮痒，花香猫走过，胳膊、背、大腿一片片起红疹。脚趾生足癣，一层层蜕皮，痒得钻心，拿手挠，传染至十指，指甲生霉，剪一次厚两层，酥若黄齑粉，闻若臭奶酪。四时交替，秋入冬，冬入春，咳呛至无眠，血鼻涕，怀疑肺癌。躺下两腿皆断，起要重整骨骼。撒尿久站不出，出似断流溪，一股截儿一股截儿，总有一滴潴留不出，堵膀胱眼儿似的，放弃欲去，滴脚背。血脂高尿酸高血压高，吃肉脚红，喝酒脸酱紫，肩背蹿疼，手常麻木，忽一阵眼前起雾，有手在脑仁画圈绕毛线。这都没有特效药，都逮自己耐受，赫者喝七虫八草黑药汤子。宫中太医大不过整个行业水准，也就内点见识，拣难得稀有之物喂饮。

既然都不贴谱，还是信用私人，至少张蜜什么都不瞒他，本事不大，胆子不小，没事还能逗个咳嗽。

张蜜尽献秘方，自制小膏药，哪儿痒贴哪儿。亲煎小砂锅，说你这就是阳衰，湿太大。小膏药丝丝拉拉拔得上红肿热痛如揭皮，黑汤汁喝得上喷呕厌食。

上说你也别给我瞎整了，就让我不咳不痒，夜里能睡觉，其余病根、固阳去湿、养收之道，去他妈地。

蜜说那就只能解表了。上说就解表，本不管了。

蜜说解表容易，但求速效，不是没狠药，只是伤肝肾，你肾还行不行？上说我明儿就死了，还管肾行不行。蜜说也对，肾就是拿来用的，很多缺临死还留一副好肾舍不得用，本医家赞赏你这种物尽其用大无所精神。遂取洋金花，研末煎水浴手足，内服。果收痒止咳，背疼亦解。天尚明昏昏欲睡，沾席入梦，见静水深流，舒舒长草，上喟叹：原来你们还在阿，可怜我世上竟走一圈，忘了还有另一世外。大恸，睡梦中啜泣不止。自此愈加沉溺，居甘泉不出，终日抱着药罐子。后药性转，安神镇定服下反兴奋狂躁，连日不睡亦精神矍铄，眼炯炯如灯。命马迁去石渠阁搬数车《三坟》来，每日服下，只拣此中数卷翻看，时而大笑，时而大悲，必以伤怀涕下继以长坐静思，人极萎靡。对马迁说你不是一直想

857

看么，看吧，随便看。

马迁随手检索，说原来你都是从这里得道识，怪不得。上说你说，能给一般人看么，看了还不全疯？

马迁说一般人民还是要给希望，君上一人知悉根论也就够了，或少做无益之事。我倒觉得五经和三坟是一对搭子，一是臣道，对下；一是君道，对上。只有君道而无臣道，若颈断四肢瘫，人民昏噩噩如檐下风雨铃，谁摇谁响，难得万世之安。我听说域外有神之国，也是上诉诸神，下诉诸德，完整一套驭民术，在咱们这里，讲德讲得丝丝入扣，可操作，也就非五经莫属了。上呲牙一乐：你说得也有道理。

丞相公孙贺夫人卫君孺，卫皇后姊也，与妹子走得近。子敬声，与表妹阳石公主是情人，代父为太仆，骄奢不奉法，擅自挪用北军军费千九百万给公主买首饰珠宝，年终审计发觉，下廷尉狱。是时，有司诏捕阳陵大侠朱安世甚急，安世匿河东郡霍仲孺接壁儿街坊亦是霍家故交曾同为平阳县旧吏别宅深院中，故各处求索不得。霍光偶得线索，私语孙贺。孙贺遂上书自请逐捕安世以赎敬声罪。上许之。后果得安世，破门而入按繫安世时，安世昂首笑：丞相祸及宗族矣。

遂从狱中上书，告曰：敬声有婚与阳石公主私通，畏上知降罚，与巫谋，作偶人，恶鬼相，埋于甘泉必经驰道，诅咒上，有恶言，卒不忍听。巫是我找的。

上见书对马迁叫喊：他们都希望我死，他们都盼着我死！

73

　　征和二年，春正月，下公孙贺狱，案情得到验证，贺父子掠死狱中。合家族。以涿郡太守刘屈氂为丞相，封澎侯。屈氂，中山靖王刘胜子，刘家人。

　　二月，浞野侯赵破奴坐巫蛊，族。

　　夏四月，大风，摧屋拔树。

　　闰月，贺父子同案阳石公主、诸邑公主及皇后弟卫青子长平侯卫伉皆坐巫蛊诛。暴胜之报送殊死议决至甘泉，马迁进言：或可睡一觉起来，明日再批。上正在劲儿上，以一种可怕平静冷漠说：现在就批。

　　暴胜之走后，上说她都不在乎你了，你在乎她干嘛？你和你闺女关系怎么样？马迁说还好，平时不住在一起。上说你内姑爷我看不错，平时见人很有礼貌，管你叫爸么？马迁说还行吧，嗯，我们俩都尽量躲着，不叫内迎头撞上非叫人不可场合出现。上说不是亲生的叫起来是麻蝇,不知你做到做不到,我是做得到,你不理我,我还不理你呢,你心硬,我比你心还硬。

马迁说你情况比较特殊。上说姑娘就是贼。停了会儿又说:现在她们都恨我,包括皇后。马迁说不能那么说。上说我知道。马迁说没道理。上说她看我眼神我就知道,我无所谓。马迁说这个不能猜的,怎么说是一家人。上说什么一家人,她们早把我摘外头了。

马迁说你还有儿子。上说儿子和他妈是一头的,儿子早瞧我不顺眼。上又去弄药,自个研末,自个沏水,摇晃玛瑙小盅使其均匀,手法极纯熟、老道。

马迁说你别再弄了。上说医生让我弄的,我是遵医嘱。没事儿,我头脑清醒得很,醒得跟王八蛋似的。

马迁说要不我今晚不走了,让他们谁去跟饼妹说一下。上说你别,我真没事,你还是回去,别回头饼妹再恨我,她是不是已经有点恨我了?马迁说真没有,说起你都是感激,替我们想办法,我们内都是自找的,现在想,还不如听你的。上说其实我早就想跟你说了,老没机会开口,真是觉得对不起你,想跟你说声对不起……说着抽抽噎噎哭起来:请你原谅我,太不给你台阶下了。马迁忙说这是怎么话说的,是我不给自己台阶下,台阶您都给我铺好了……上哇一声哭出来:太混蛋了我!今天你必须让我给你磕俩头,你要不许就是不原谅我。说着就往地下趴。马迁比他还快，嗖一下过去架住他：我原谅，我没不原谅，我早原谅了我根本就没生你气，你要磕我也磕咱们对着磕你这不要我盒钱么？（马光按：盒钱，汉俚，指棺材板钱。）

霍光日碑听屋里闹起来，忙按剑冲进来，见老俩一个往地上坐，一个费劲往起搊，都快坐地上了，拿眼看马迁，马迁摇头闭眼意思没事。上坐地上大骂：谁叫你们进来的，出喊！霍金欲走还留，继续拿眼神征求马迁意见。马迁无声张大嘴说没事有我呢。上一只拖鞋拽过去：还不走，等族呐！霍金左右一闪，敏退出，带上门。

日暮，马迁从屋里出来，一脸灰，说已经睡了，五天五夜没合眼。霍光说您还回去，我叫车。马迁说我回去，早上再赶过来，今晚上有什么急件都先别送进去，留我早上过来再处理，人也别往里放甭管谁，让他好好睡一觉，我先上趟次所。

起初，上年二十九生卫太子，甚爱之，只是不常、不惯流露。及长成，性仁恕温谨，随其母。上嫌其材能少，只知读经，受儒者影响过深，不像自己兴趣广泛，什么都搞一下。转而偏爱内几个小的，王夫人生子闳，李夫人三子旦、胥、髆。皇后、太子感到宠衰，加上卫家内几个女的都不是省油灯，没少敲边鼓，渐生不自安。上亦有所察觉，对当时尚健在大将军卫青说：汉家建政，万事草创，很多法规都是

861

临时应对举措，加上北南不靖，四夷侵凌中国，我不修订调整制度，后世无法可依；不出师征伐，天下不安；为此不得不劳请民众。若后世像我这么干，是重蹈秦亡覆辙。太子敦重好静，必能安天下，不使我担心事发生。欲求文治守成之主，谁又能贤于太子呢？听说皇后、太子有不安意，岂有此邪，去跟他们说，什么事没有。

大将军顿首谢。天子当晚回家，后给他烙葱花饼，满脸是笑纹：老公，辛苦了。上说：瞧把你开心的。

太子数谏，请停或缓征四夷。上笑说这些劳累得罪人的事就让我替你做完，你坐享其成，不好么？

上每出行，必将政事交付太子，宫内付皇后。每次出行回来，太子处理决定的事情，比较重大都会向上汇报，上一般无异议，有时汇报也省了，不听。

上用法严，多任深刻吏，已决未决案到太子手里，太子宽厚，多所平反，虽得百姓心，而用法大臣则很不高兴，就显得我们是坏人。后担心日久三人成虎，常叮嘱太子，应该多听你爸意见，不应擅有所纵舍。

有时当着上面就数叨，上支持儿子不同意皇后，说儿子需要攒人品，我其实也不是非要哪个人死。

群臣宽厚长者多阿附太子，而深刻用法吏皆败坏之，毁称其无明。谄佞多结党，尤善布手脚于上左右，深耕于宦者中，故上每日入耳，太子誉少而毁多。

卫青薨，太子在朝臣中失去重大娘舅支持，那些对太子不满的人竞相在上面前说太子处置失当事，有些平反人后来证明确有罪，也不是所有案子都是冤案。

上久恙不愈，日见孱弱，深居甘泉，几个儿子闳早夭，旦、胥外放，髆尚幼，而太子又在长安主持政务忙得抽不开身，膝下只有一个婴儿弗陵，赵婕妤每日抱着在上眼前晃，以作承膝欢，在外人眼里看来，是与诸子疏远。

皇后居未央，长乐改作太子宫，娘儿俩也不是每时每见面。太子忙完朝政，好整以暇，抽空过去展一眼，后就紧着给弄吃的，叫喝的，拉着太子手眼睛全在太子脸上身上，问这问那，絮叨起来没完，早走不高兴。后也寂寞，与上会面比太子还少，娘家亲戚死的死，法办的法办，两个闺女杀了虽不是自己亲生，看着长大，也伤心，亦心寒，老头子心太硬。还一个二妹少儿，曾受上点名批评，亦为近来事胆战，素常无事也不大敢往宫中行走，就剩一儿子还能把在手中。

一日太子过宫去见妈，在妈屋里慎了很久，喝了妈熬猪肝粥，吃了妈蒸蜜汁藕，老太太问起太子一家媳妇良娣、皇孙皇孙女就没个完，惦记长孙小刘进婚事，听说也是和家里舞女叫个王翁须的好上了，姑娘俩月月事未来，可能有了。后很兴奋，说有了就扶正，咱家不讲内个，只有抬举人，别人想跌咱家份儿也没处丢，家养姑娘知根底，说起来也是老刘家传统。

太子进未央是日三竿，出来日影斜，有心人给掐漏刻数着呢。黄门苏文给上浴足捏脚搓趾时说：有人看见太子临朝不办公，上未央找宫女玩下午才回。上说湿妈，他不跟女的玩还跟你玩么？看来我给他宫女少了，从我宫里挑好看的给他凑够二百，女底有滴是。

苏文也是臭不要脸，挨了啵儿该给太子上眼药照上。还他几个好基友，小黄门常融王弼等给上倒尿盆、放洗澡水，搓泥擦胳肢窝轮着给太子扎针，说太子虽好，比您可差远了，您玩都是正经，太子正经像玩。

上气乐：滚蛋！我们家儿子我瞧着好就行，等你们下辈子有儿子再操内蛋笔闲心。这帮孙子说我们，内什么，不是把您这儿当家，把您当自家老人了么。

皇后在上跟前也有人，话都传后耳朵里，后切齿，牙关咬得非捏腮帮子才能张嘴，跟儿子说这帮人留在你爸身边早晚坏事，你跟你爸说，把这帮阉人都宰了。

太子说我怎么说，好像手伸到爸身边管起爸的事了，我自己小心不犯过，为什么要怕苏文？爸多聪明阿，小人想糊弄他太难了，用不着担心，你认为苏文能得好报么？后说你爸是看着聪明，没少让人糊弄。

上一日忽然头晕眩，平地摔一大仰巴饺子，头差点磕床框，抬床上缓着，闭眼捯气，自我感觉没大事，旁边人吓得不轻，小常融、小王弼都吓哭了。马迁说你们不要在这儿哭，速去通知太子皇后要他们马上到甘泉来。小常融小王彇分头通知太子皇后，话儿带到赶紧回来，进屋见上已无大碍，坐起来跟马迁说这说那：……同意你的想法，臣有臣道，体系才完整。我们不提，人家也在那么搞，自汲黯去后，九卿等下文吏无不出胡毋子、董子门下，很厉害，兴教五百载，从一乡一地抓起，抓到遍天下，上一篇策论，就敢说我尊他一家，到处说，我还不好声言没这回事，一说就打击一大片，一张嘴说不过他们百千万张嘴，那么好，我们就借坡下驴，与其人家提，不如我们自己提。本来有意廷辩，去浮见，取凝华，如今名老硕儒凋零，跟学生辩，也没意思，不如咱俩鼓捣鼓捣，五经全部修订也没那个精力，听说苏武只看《论语》，同意他的方法，咱也择其首要，把《论语》调整调整，你意下如何？

见小常融鬼头鬼脑进来，说你见着太子了？小常融说见到了，没敢说您有大不好，只说跌了一跤，没爬起来，现在有出的气没进的气，太子闻听有喜色。

上笑骂：这还叫没大不好，你理解的大不好逮有多不好？你小兔崽子狗嘴里吐出太子从来不是象牙。

马迁说真有必要调整人家已成旧著么？《礼记》《春秋》易调整个别文字一般人注意不到，《论语》早已深入人心。

上说哟，退考三代礼，修《左传》而制《春秋》不是修订阿？韦编三绝来回翻还不是调整？仲尼之言，子舆述之，子夏传公羊高，高传地，地传敢，敢传寿，寿乃共弟子胡毋子著于竹帛。几百年口传，口传之挂一漏万会聊天都知道，其中还没损益呀？公孙寿胡毋子使得，老刘司马使不得？二婚新妇见姑婆还要再开次脸，旧坛装新酒是不是还要刷刷坛子？我不是桃，他也不是李；他那里就算是个雀巢，我这个鸠，自己有窝。你有顾虑你把关，总要老黄瓜刷漆，才好出去见人。

班固按：汉俗：新妇出嫁，娘与女以丝绞面部汗毛，以求光洁，曰开脸。后转喻面子，曰开面儿。不给面子曰不开面儿。

外面马嘶轮轧砂，太子急匆匆进来，眼皮红肿脸蛋有泽似曾涕泣，见他爸好好坐呢儿，谈笑风趣，才收步，面露欣欣然，说您没事啊？上说事儿是有，你老爸身子骨硬朗，没能咋地。说着下床伸胳膊蹬腿：要不要给你走一趟八爪拳？小常融忙上前搀扶哎哟诶，您老可慢着点，见了儿子高兴。上问你妈呢？太子说出门听见内头正在备车，许是在路上，应该马上就到。

上说都别说啊，我还躺回床上，咱们吓你妈一大跳。太子说那多不好啊，回头我妈再有什么不合适，我这当儿子的两头急。上说对对，不能给孩子找事儿，整好今儿咱们三口都在，晚上就在我这儿吃道食合，新来个北地厨子，匈奴人，过去给单于做饭，咱们也尝尝单于家饭。老马不走了，一起吃,咱们内事还得聊。常儿,去告诉呼韩师傅,石头烧起来,今晚一、二、三、加上皇后,四个人吃羊。常儿欢快应:好嘞。

班固按:道,匈奴语石头;食合,烤。

小常融出去,上一个眼色把日磾叫过来,附耳低语交代几句什么,日磾随后跟出去。

晚上吃羊肚口袋闷烤羊,上眉飞色舞,太子亦快乐,赵婕妤还抱小弗陵来凑热闹,上张罗给添双筷子。

皇后有点拘着,上亲撵头块石烫肉布后碗中。

专吃剩饭小黄门内桌未见小常融,小王弼苏文都有点丧,垂眉搭眼。马迁问日磾小常呢?日磾说埋了。

74

自公孙贺父子案后，朱安世接连于狱中揭出涉巫大案，他这个侠，不过大流氓，别的流氓把持粪场、殡葬、码头装卸、建筑用沙用土，吃佛爷（班固按：佛，动词，有收、迅速摸拿之义，举例：把人东西佛了。直喻三只手，佛爷，道上专指窃贼），倚门挨户收小菜贩、小商户保护费。他控制医巫卜祝街头算命打卦猜石子下残棋者流，凡到长安撂地挣钱口儿犯，必须在他指定地点行骗，挣不挣钱一天抽地租八十铜子。

自文成将军、栾大兴妖禁中，短暂辉煌迅疾陨落，各地方士群聚京师，其中不乏身兼神巫淫祝，率皆左道惑众，变幻无所不为。（班固按：汉俗：道尊右，人行皆靠右。军行右为上，贵者居右。闾里巷列，富户居右，贫户居左。谚云：右贵左贱，右贤左愚。故正道为右，不正道为左，若巫蛊及俗禁者。）能登上宫门者寥寥，迷倒贵妇贵小姐富婆贱丫鬟者盈街摩接无以计。女巫终日往来北阙甲第公府侯宅，渐侵入后宫，教美人度厄，每屋辄买木人祭祀之，因妒生忌微恚小罾，移过芳邻闺蜜。都以为自己搞得很机密，不为人知，哪知巫者皆受控于安世，从根儿上把她们摸得一清二楚，今陷大狱，杀头是免不了，就是哪一天绝命问题，拖一天是一天，每举发一名媛，就能混几天，狱吏也奖以酒食，吃两天好的。贵妇贵小姐事败，拖入秽圊，初上公堂，更相告讦，互无限上纲，竟指诅咒上，非拖好姐妹一齐落水，万劫不复。株连父兄，按大臣、后宫良人少使数百人，皆坐无道，殊死问斩。

一时丑闻满天飞，空气中充满邪恶诡秘味道，不晓得巫蛊的人也能街头坐论埋木偶扎小人，亦产生强大暗示，很多人夜梦被鬼追，巫虽铲受魇者反巨增。

上于梦中亦见木人数千持杖欲围殴，惊寤醒。由是躁狂症愈甚，语多颠倒，日见幻影，忽忽觉身处异境，记性大减退，见马迁竟结舌喊不出名谁。马迁私与张蜜正色谈不要再给他内些药了。蜜遂断供避不见上。上既知药名，遂命太医寻进，尤痛服不止，受迫害妄想日添，看人侧目，闻树响疑伏寇，心病重重。

一日马迁惊见江充复现甘泉，活语快言与上论病，说您这焦虑不适明显巫蛊所为。心症还得心医治，我就是心医，

869

专克妖巫。上只是笑，见迁至，充自请退。

马迁说你怎么还招这人阿？上说无事听他胡扯闲着也是闲着，上回说哪儿了？二人各自展开手中论语。

马迁说上回就在头一句争执不下，后来暴胜之来了就没往下说。上说我说什么来着，你坚决不同意争执不下？马迁说你说学而时习之不亦乐乎，有朋自远方来不亦乐乎，可以抽象为人逢喜事精神爽，我坚决不同意。

上嗬嗬：行吧，我不坚持，听你的。这话也就是大家都是文盲，普遍不爱学习听起来珍贵，是句话。

马迁说你觉得现在还不够文盲么大家？还是乐游走马逗狗者多，把那当喜事。

上说人不知而不愠，人不关注也不生气，不亦君子乎。像对小孩子讲话。

马迁说民众可不就是小孩子么，为求关注出洋相，求关取辱互相取关这些年还少听说了？

上说热锅别摸，这样的忠告很必要，但是隆重推出净是这样内容我不愿意与此有关。其为人也孝弟，而好犯上者，鲜矣。不好犯上，而好作乱者，未之有也。孝弟也者，其为仁之本与。公孙敬声事君孺至孝，母未食不食，母未寝不解衣，结果把父母一道送入忘川。不犯上专犯下踢寡妇门挖绝户坟乡间无赖子优长。

马迁说咱们不是给人挑掌儿、按注人家来的，这点我想我们一开始就已讲明。

上说没有按注,是补憾,附丽以续貂:虽鲜矣,亦偶有闻。而好作乱者,唯乡间无赖子也。孝弟也者,为仁之本,本之所本,爱人,恭宽信敏惠。都是他原话,咱不把他没想过的强加他,这样就全了。我以为世传本编辑有大问题,因人见论东一嘴西一嘴支离破碎,应以话题定篇,如仁篇、礼篇、君子篇诸如此类,一个问题讲深讲透,不要撅下脑袋抬起脚,两手还在乱扎猛,循环起论倒叫初习者左支右绌,你以为如何?

马迁说再议。回头说哟,太子来了。太子与张安世一前一后,微倾上身频送致意含笑而来。自上跌内一跤有惊无险后,太子每日亲来甘泉问安,再忙,留中饭,父子把欢。有时工作未尽,带着兼理中书令之尚书令张安世,饭前饭后拣便处理,有疑难处面询上。

上指安世说你瞧这孩子,与他父完全不是一个人,恭谨内敛,与人为善,可见血胤也不全起作用,处境经历可得其反。

马迁说三年无改于父道,可矣。

上说我看这孩子可也一天没像过他爸。又说老啦,儿女不跟进,是最大糟心。又怕太子吃味儿,连说你没有,你特别好。太子、安世皆尬笑。

上又叨唠一遍:老啦,始觉人伦交关重大,老人家用心良苦，公道讲，他讲的内些话，为老人著想多，年少时读之无味，老来如饮陈皮汤，愈品愈见滋味。

未几日，忽闻江充重被起用绣衣使者，专治巫蛊狱。以剧毒攻毒，将收捕胡巫老辣资深者及江洋名盗飞贼数十人释出，任为左右。夜间飞贼上房，蹿墙蹓垣，倒挂金钟窥伺百姓家院，见有人掘土倒花盆，提灯逮蛐蛐及夜深不睡，妻为夫手帕舞，夫击掌助兴，忽妻出，再入面具扮鬼吓夫等事，即立于房上尖嗓匪哨传信，吏及胡巫寻声赶到，破门而入，收捕小夫妻、逮蛐蛐少年、倒花盆老伯入狱以夜祠、种蛊、视鬼坐验。大刑伺候，烧铁钳灼拔指甲，莫不屈服认罪。再究其党，即告街坊。民转相诬以巫蛊，吏辄劾以大逆不道。数月内，自京师、三辅连及郡、国，坐而死者前后数万人。一时百姓夜不敢出，天黑就吹灯，大小便置马桶解于室内，闻瓦上猫过，瑟瑟抖。充即命飞贼，夜侵入民宅，自带偶人刻咒诅语埋房前屋后树下，奠酒以标方位。复上房含指吹嗓哨，吏及胡巫破门入，四嗅掘发为证，收捕屋中人诣狱受刑，莫不屈服。

到后来，老百姓房前下夹子，屋后挖陷坑，树上蹲孩儿守夜，街坊四邻联防，有飞贼上房辄敲盆举火呐喊，闾里家家户户男女尽出，人人抡棍舞钉耙放狗，争上房围堵，颇有飞贼遭撒网落网，为市民痛殴，虽吏力救，保住一条命双腿俱残，骨节尽粉碎，骨郎中妙手接不上也不敢接，闾里传檄贴门上，谁接抄全家。

充后来也丧了心，近污者染说的就是这道理，且又是自污，染人清白，比谁都黑，黑到临深渊不自知，一脚踏将下去。每天转腰子，长吁短叹，就怕无事可做再撤了差事。复去诏狱找朱安世，要他报几个人，一个人名一只猪头五斗酒。朱安世说缺德的事也有底线，弄弄差不多得了，我只举发确败坏有阴损自陷之人，黑吃黑，纯构陷他人，无中生有，对不起，我这个坏人还真做不到，猪头我也吃腻了，再不想见猪头，你馋不着我，没见过坏人有底线吧，今儿你见到了。

充夹起安世，烈火烹钳拧他奶头，说不报，撕下来。安世大笑：操你妈！老子恶贯满盈正不打算好死，背着罪孽受阴间火烤油炸，今儿你不撕下来你都是我孙子，你撕下来还是我孙子，替爷免一回阴间滚油锅。

充遂热钳现揪，每揪下一丸肉，安世必大笑：痛快！又遮五秒油锅。至身上凸起皆拔下，安世已成红糖葫芦，奄奄不语。狱卒说哥你别给弄死阿，这我怎么交代？充扔下钳子掉头出黑牢，脑中深嵌安世内句话：你怎么都是我孙子。到底是奸佞小人，不是血腥暴徒，肢解人也是头一回干，弄这一身血，蹲阳沟哇哇吐。

回队泡了个澡换几缸水还是粉的，指间人油搓不掉，恶心，闻伙房炖肉欲吐，中饭晚饭都没吃，坐院子里乘凉过风,指戳众巫说:我撤了差也就回家歇着,下次有事再去上那里卖乖讨个便宜,你们却要回狱中等杀头,一个跑不了。胡巫檀何因进言:有鼻涕不怕找不到地方醒,有曲别针不怕钓不上虾,现有一大虾,就卧你眼跟前,就看你敢不敢下竿。充说没爷不敢的我还告你,虾哪儿呢?檀何遂说:宫中有蛊气。充一拍腿:明白了,你看我敢不敢。明日即入甘泉,语上:根儿找到了,我司专家夜观长安,见蛊气如吐信赤花蟒十数丈起于城南,频频西北顾,作欲啖人势。上说城南,具体方位搞清楚没?充说臣不敢说。上说到我这儿还有什么不敢说的,说!充说只怕是两宫当中。

上说两宫当中,上回就牵出数百人,看来还没起干净,这帮女的疯了,就因为见不到我,就对我这么下家伙。充说您定,怎么弄?上说怎么弄,刨地三尺弄,不管牵涉到谁,再搞不干净,别来见我。

这回没什么好说的了,响晴白日,什么也没弄,饭后俩时辰,小憩才起,才跟马迁聊过巧言令色鲜矣仁不如改作鲜矣所有,吾日三醒吾身除了改作业、朋友约吃饭正点儿到、帮别人做事替别人想还应加一醒:今天你为国家做了什么?头脑很清楚,后果应预知,虽然事后与马迁说料到会有事,没料到出这么大事。一世圣明,成住坏空后人可评可点,基本还属事出有因,利弊两说,有不得已,有代价过当,总在掌握衡平中,临了临了,还是在清醒状态下放出一大昏招,生命难以承受之痛。过往成也罢,坏也罢,代价总在别人身上,疼不到自己,这回到底轮到自己钻心了。

充说擎好吧您内。就一溜烟儿跑了。

充带领胡巫,昂首入未央,先撬了皇帝座,把座儿掀到一边,挥镐刨基,掘地三尺。宫中大乱,有无数车奔甘泉,求见上,要当面亲听御口,说这是真的。

上说是我让他去的。遂又命按道侯韩说、御史章赣、黄门苏文:你们仨,去协助江充,人家不认他,说是我的意思,一切听他的,不得阻挠。

充遂转战后宫,拣长期不受待见尹婕妤、邢夫人等年老妃嫔许舍开挖,家具全挪出去,土攘得哪儿都是,问还没好脸,挖出一偶人,即瞪眼拍唬:等着掉脑袋吧。三大员跟屁股后头,护驾一样,也不嗳嗳,只在有人求证时,点头说是,是上旨意。邢夫人怒而悬梁,被韩说眼疾脚快一把抱住腿踩凳子解下来,说姐,别呀,还不知谁先掉脑袋呢,等水出泥再死不迟。

尹婕妤搬个胡椅坐外头看这帮人忙活,翘着二郎腿嗑瓜子说我是什么都想到了,没想到有今儿这么一天,太不像明白人干的事了。江充满身臭汗举一偶人过来问尹婕妤这是你的吗?尹婕妤说我的妈?你的妈送我的,赛墩布送我的。你不就是江大腚眼子小儿子二坏么,你妈靠卖大炕供你们全家,外号赛墩布。你内点坏我还不知道,跟我来这套,插我赃，你还嫩点！你爱给谁说给谁说去，我还告你，二坏，你好不了，你全家好不了，你信不信，这事我能过去你过不去。

江充撅嘴啐，朝地下吐口痰，搔墨大眼回工地。

一巫探头喊大妈有墩布么，归置完了，给您擦擦。

充一脚蹬巫后腰上：我去你个墩布大爷！

江充等辈接着去了皇后许舍，把皇后屋里挖得跟地道似的，纵横交错，再把床抬回来想放平，都没四条腿一边齐整块地，只能三脚落地，一脚悬着，一坐就往一头倒。江充对皇后还相当客气，给找点碎砖头垫上，说不好意思，奉命而来。皇后没拿正眼加他。

进了长乐宫，太子一家太子妃史良娣、皇长孙刘进、孙媳王翁须手里抱着刚生没几天皇曾孙和几个更小皇孙皇孙女及众宾客几百人都院里站着，冷目横对。

韩说紧着上前给太子行礼，说一会儿就完一会儿就完。太子还礼没说话，还是一路盯着江充。江充不与太子眼神相对接，进了屋喊：给我挖！

把几个殿掀起来，逮用筐把土一趟趟抬出来，堆成一座小山。日沉月出，从殿里出来，手握一把桐木偶人：高喊：就数这儿挖出得多！另一只手抖落着一张皱巴巴白帛，喊：都是不道之言，这就去回皇帝！

太子少傅石德新月之下见太子脸比月色还白。太子问石德：怎么搞？德说无法搞，前丞相父子、两公主及长平侯都坐这罪名不赦，今巫与使者掘地得这么些可作证据玩意儿，不知是巫插赃，还是什么有心人埋的，廷尉狱不是讲理的地方，真搞到那里无以自清。

太子说那就是坐以待毙了，那就坐以待，不信我爸杀了闺女接着又杀儿子。石德说你以为你和你爸近还是你爸和他自己近？还记得前秦扶苏事、今上之兄临江王的事么？太子不语，又说我现在就叫车，去甘泉，当着我爸面和这贼人对质，没有的就是没有，不能变成有。石德说上能派这贼人来，把你这儿等于抄了家，就说明上信他不信你。上最近精神状态你比我清楚，这是到了这会儿，有些话我不得不说，上已经严重不正常，正常不能干出这事，我以为上已被这些坏人控制，丧失判断能力，或说丧失理智，你去跟一失去理智人讲理智，你自己说胜算能有多少？我怕你去了就回不来。太子说说来说去就是没办法。石德说也不是全无办法，还有一下策，反正上在甘泉，与这里地理隔绝，皇后请安都不正经回一句，群臣、三公九卿、我等不见上已久，都快忘上长什么样了，就这几个贼人来来去去，说上已不在，这几个坏逼隐瞒不报，假传诏命，我也不敢信也不惊怪。太子说上在。

石德说我知他在。可是你说您今儿不在了，昨儿刚走，我也不敢说没这回事，还就没理由不信。既然我都这样，别人、离你们家远的，可想而知。与其去甘泉自请其罪，不如矫节——咱宫里有阿——发兵收江充等下。我敢向你保证，宫里朝内，有一个算一个，上到三公下到站岗把门的卒，没一个不讨厌他们，说讨厌都轻了，是特别讨厌，没一个向着他们，瞧把这宫里弄成什么样了？咱们就打这时间差，上是不是得晚上睡觉阿，白天才能找这几个坏逼，就说他们亲，每天不见面难受，咱就趁夜间，先抓了坏逼，哪儿也不送，就摁咱这大土堆后边严刑拷打，我亲自打，不信问不出奸邪诬枉欺上，问不出也生把这帽子扣坏逼头上，打得他肝胆俱丧说不出整话，真急我把舌头拔了十指剁断，让坏逼说不出写不出，诬枉死罪坐实；真急，惹毛我把坏逼打死算毬，省得日后费事。追究下来我去，我顶这缸，大不了杀我一人，谁都不用记念我，将来你有一日登上大位，记念我，给我追授一忠怼侯，九泉之下，我一家老小感激您。

太子说真行么？我人家儿子，怎可以不经过上擅行诛杀。

石德说你要这么说那真没办法了，您歇着，我回家洗脖子，作为你老师，估计我这脖子也够呛能长肩膀上了，今儿、明儿，不出半拉月，就得一挥两断。

石德摸着脖子往宫门走，快到门，太子在后喊：老师老师。老师一回头，太子手有力往下一挥：留步！

说这话就是秋七月，天还很热，夜黑较晚，太阳落山，月牙渐显，天还亮着。江充还在长乐挖宫，非把每个殿刨个底朝天不算完，上回内是唬太子，那些桐木人帛书自己身上一直掖着，真拿去给上看，也含糊，上不是傻子，多少骗子文成、五利将军全栽上手里，上今儿对你好，明儿就可能翻脸，挑拨人父子、皇帝太子啊！的关系，可逮真加把劲，至少假货里有一真的，才有的说，至少自己掉脑袋，不至连累全族。

辰时四刻，人渐模糊还能看清脸，韩说在院里随意溜达唉声叹气，这倒霉差事，帮这么一坏蛋坐镇，有家不能回，有炕不能睡，这么大岁数还得天天陪着熬，不定招多少人恨呢，皇后现在见他都不说话了。

一行人摸黑走过来，刚才面对面还能看清脸，现在只能看见眼睛嘴。领头的脸生，也不是全没见过，大概有印象是太子门下客，经常鞍前马后跟着，此人手持汉节、另一手拎一张帛，说：按道侯接诏。韩说心说什么情况，宣诏不是谒者，什么时候轮到太子门客宣了。门客说：按道侯任命解除，可以回家，钦此。

韩说乐了，说哎，兄弟，我不是头一回接诏，忒不讲究了你这也，自个跟家想的？你这是矫诏，死罪啊。话说到这儿突觉得不对，伸手拔剑，已被对面冷光一闪，砍翻在地。门客附身说对不住，本不想这样。

一行人迅速跑向工地，两个抬筐往外倒土小巫忽然扔下杠子筐分头跑，旋僵立，各自软面条倒下。

殿里发一片喊，人影晃动，火把摇曳，没多大工夫，一全裸浑身油汗脸上淌血汉子被双臂反剪扭出来。

太子、石德站在阶下，汉子被扭至太子面前跪下，太子指骂：赵虏！害了你们国王父子还不够，又来害我们父子，今天你的日子到头了！旁立人举刀，太子说刀给我，今儿我开杀戒，不亲自宰了这小子不解恨。

遂接过刀，兜头带脑抡过去，江充哎哟一声，挺着脖子一通呼喊爹呀妈呀，众门客乱刀齐下，充仆倒在地，没声儿了。石德说把头割下来，别没死透。

一队带伤被缚胡巫驱赶过来，门客说这帮货怎么处理，埋哪儿？太子说别脏了这块地，带他们去上林苑，烤熟喂动物吃。

当夜，太子舍人无且就是刚才领头内侍，持节夜入未央宫长秋殿，与长御倚华你一言我一语把才发生经过原原本本跟皇后讲了一遍，皇后说事已至此，还有什么好说的。于是持皇后印玺发平时担任皇后车驾护卫中宫马厩车载射士百名，打开中宫武库搬出兵器，武装太子宾客舍人，调动长乐宫卫卒，关宫门上墙守。

长安一片混乱，闾里哄传太子反。黄门苏文趁乱逃蹿出城，强夺民车马，奔甘泉。上已睡，被叫醒，告太子杀江充起兵反事。上初还镇定，一言定性，说不是反！一定是江充掘宫，太子惧，又忿恨江充所为，故有此变。不用发兵，父亲攻儿子像什么话？我派个人去，一定平息。遂派宦中使者去长安召太子至甘泉。

这个人也属小常融一党，来到长安，见老百姓都家门口站着，街头水泄不通，皆兴奋议论，眺望两宫方向，城南似火光冲天。及到宫前马道，见两宫门皆紧闭，卫卒墙上持械，各擎火炬。不敢入，掉马头回车，归报添油加酱：太子反已成，欲斩臣，臣逃归。

上始怒。丞相刘屈氂居家闻事变，挺身逃，印绶在办公室也不敢去拿，赤脚徒步走到长史李某人家敲门，叫老李快去甘泉报告皇帝。长史赶自家小马车到甘泉，向上报告长安生变。上问丞相在干什么？长史答：丞相怕事传扬出去不好，正在设法把事压下去，在找人。

上说找什么人，为什么不发兵？他内颗印事急是可以找北军护军使者共同发兵。长史说印在办公室，没去拿。应该也是畏太子，不经您同意未敢擅自请兵。

上说事已闹成这样，还保什么密？丞相一点没有周公胆气，周公当年不是不请杀掉管叔、蔡叔了么？

于是取出备用丞相印玺，另下诏书一并交付长史，令回去给刘屈氂，交代事无巨细，诏曰：捕斩造反者，自有赏罚。以牛车掩护进攻，多射箭，尽量避免短兵相接，使士卒少受杀伤。关闭城门，毋令反者得出。

太子这边也向群臣发出文书，宣言告令百官知晓：皇帝病困甘泉，疑有变，奸臣欲作乱，故我接管中宫，俟事清，归政皇帝。令俱各居府自安，毋惊扰从乱。

城中更加混乱，吏民莫衷一是。苏文跪请上：您必须亲去长安处理事变，现在谣言满天飞，有说您被臣等扣押，有说您已传位太子，还有说您已崩。太子发通告给各大臣，说他已接管政权，百官也得不到您真实消息，各在观望。丞相发动的军队不敢作战，进攻据守两宫反叛分子。您再不露面，事将不可收拾。

上于是备车马，亲往长安来，亮相建章宫，在那里召见群臣，连下诏令，发三辅近郊县兵，各部队二千石等下，俱归丞相统一指挥，围两宫，敉平反叛。

太子亦遣使者矫诏赦长安中都官囚刑徒，组成军队，命少傅石德及宾客张光等分头率领。使囚徒中曾为军吏亦是胡族人如侯持节，往长水、宣曲发动驻扎那里精锐胡骑，携带全部装备到长安会合。如侯赶到长水，上派来发动胡骑侍郎马通也整好赶到，马通在中尉处任吏时曾参与追捕犯罪在逃如侯，认识他，立即对胡骑校尉说：他内个节假的，此人是罪犯。遂抽剑斩了如侯，引导胡骑入长安，加入丞相围宫队伍。

上又发渭水、漕渠两河漕船楫棹士，给大鸿胪商丘成，命他将这些桨手组成陆战队，上岸入城作战。

既往，汉节纯赤，今太子亦持赤节，故以雄黄染牦牛毛编穗加上以识别。

天明，太子亲驱车往北军，立车北军南门外，召护北军使者任安，给节他看，令发兵。安拜节受命，入营闭门不出。太子引兵去，威逼驱赶东西南北四市踞街看热闹人民，凡数万众，发给兵器，以壮己威。

饼妹亦在街门窥伺，见太子兵沿街抓人加入叛军，忙退回，推上门栓，又拿木棍顶住门闩得紧紧的。

外面鬼哭狼嚎。马迁在院里说叫你不要看热闹，不听。饼妹说抓老百姓顶缸，太子要败。马迁说你快进屋吧！人家的事少多嘴。饼妹进屋说太子身边没高人，杀江充立刻去请罪，没多大事，现在收不了场，你什么见解？马迁说没见解！你让我多活几年行吗。

太子杂牌军数万会长乐宫西阙下，逢丞相军胡骑、郊县兵、水兵至，合战五日，大砍大杀，死者数万，血流入道两旁阳沟，脏腻为之红，愈恶臭。人民皆云：太子造反，儿子打爹。故附太子者日少，而丞相军新加入部队一支接一支，细柳、棘门驻军也陆续赶到。

庚寅，太子兵败，南奔覆盎门。丞相司直田仁闭城门守，见太子至，叩门叫城：城上人听着，我父子一时误会，旁人不要借手，今不开门，一头磕死。

田仁语门尉：倒霉！左右是祸，死太子终不免，赌一把老人怜子。遂开城门，走太子。刘屈氂引兵至，见田仁放走太子，欲斩仁。御史大夫暴胜之说丞相：司直，吏二千石，当先请示，奈何擅斩之。屈氂释仁。

上闻之，直问到胜之脸上：司直放走反叛，丞相斩之，法也，大夫何以擅止之？胜之惶恐，扭脸自裁。

诏令宗正刘长、执金吾刘敢奉策书收皇后印玺。卫皇后自裁。黄门苏文、姚定汉停后尸于公车令空屋，盛以小棺，葬长安城南桐柏亭。后追谥：思。是史上第一位有谥号皇后。初，卫氏显贵，一门五侯，长安有无子多女小市民眼眶子浅，作《卫皇后歌》自勉：生男无喜，生女勿怒，独不见卫子夫霸天下。今一门皆败，复改歌词曰：生男生女浑等闲，还是人家天下。

上以为任安老油条，见兵起，坐观成败，胜者合从之，两心，与田仁皆处腰斩。此二人皆马迁友，任安于狱中待斩曾投书马迁，希望为之缓颊。马迁延宕多日，始回书，卑言报惭，援李陵事，以身残处秽，稍有举动便会引起注意，本来帮忙可能帮倒忙，刑馀之人大的德行已亏缺，即便怀才，像许由、伯夷那样与世不争，人家看你还是个笑话，不值得重视。谢托。

上以马通斩如侯，长安男子景建随马通参加巷战捕获石德，商丘成力战擒欲水遁张光；封马通重合侯，景建德侯，商丘成秺侯。诸太子宾客，只要进出过宫门，皆坐诛。追随太子发兵者，坐反，族。被太子裹挟参加叛军吏士不论是否参加战斗，一概发往敦煌看边。因太子还在外逃亡，长安各城门开始屯驻军队。

长安残破，九户一户破家，最爱凑热闹围观内批闲汉暴死曝尸渠沟，街道畅通似空城；两宫亦被发掘兵燹，奄如弃战场，八子少使脏脸脏手苦哈哈如难民。

上怒甚，群下忧惧，进退失据，不敢讲话，不知万钧雷霆之怒哪天炸响自家脑壳，马迁嘴如缝上也似。

上党壶关县三老令狐茂上书曰：臣闻父者犹如天，母者犹如地，子女犹如万物，故天平、地安，万物茂成；父慈，母爱，子女孝顺。今皇太子为汉嫡嗣，承万世之业，体祖宗之重，亲则皇帝之宗子也。江充布衣之人，乡间之贱臣耳，陛下抬举而重用，衔至尊之命以凌迫皇太子，造饰奸诈，群邪错谬，是以亲戚之路隔绝而不通。太子进则不得见上，退则困于乱臣，独冤结而无告，不忍忿忿之心，起而杀充，恐惧逋逃，子盗父兵，以救难自免耳，臣窃以为无邪心。诗曰：营营青蝇，止于藩篱。快乐君子，无信谗言。谗言罔极，交乱四国。往者江充谮杀赵太子，天下莫不闻。陛下不省察，深责怪太子，发盛怒，举大兵而求逮之，三公亲率兵，智者不敢言，辩士不敢说，臣窃痛心之！唯希望陛下宽心慰意，稍微关心一下亲人，不要老想着太子不是，立刻罢甲兵，不要使太子长久逃亡！臣不胜拳拳之忠心，出这一席唠叨，待罪建章宫下。

上见书，始感寤，继感慨，对马迁说：平定叛乱需要勇敢的年轻人，安抚天下、收拾人心还要老年人；老年人经历过、见过，是后半截人，对人的了解，是前半截人哭也想不出。你最近老不说话，我连你声音是粗是尖都快忘了。马迁说家有一老，如有一宝。

终感伤：太子这一害怕，不知躲到哪里去了。

太子这时走得不远，带二幼子躲在京兆湖县泉鸠里一户姓张人家，也不认识人家，就是走到那里，随从散尽，又饥又渴，上门求食，老张知他是落难人，并未多问，即留食宿。张家贫穷，穷得娶不上媳妇，只老张及老母二人，平日以打柴编织为生，今骤添三张嘴，老母纺布，老张打草鞋，夜不成寐供养太子三口，太子或以日后富贵相许，遭老张冷对。后有好事者评说：这是个义人，今王法如网，唯僻远旷地稀复得见，见尤不免夷其家，终绝迹矣。太子有故人在湖县，曾为宾客，往来有共语，亦常出希言惊世，太子以为贤，有点田，有点钱，退隐泉鸠水上做终生闲。

太子久困，吃不上肉，粟米粥饱腹胃，放下碗就饿，尤怜小儿女，天天哭闹，隐忍日久，终于憋不住，商请老张找老朋友借几文钱割二斤肉，谅不至遭拒。

老朋友给举报了。八月辛亥，周遭几个县县吏围捕太子。太子自度不得脱，即入室闭门上吊自绝。山阳男子张富昌为卒，一脚踹开门，新安县令史李寿一步上前抱解太子，解下来人已没气儿。老张格斗死，母、皇孙二人皆遇害。太子妃良娣、长子进、子媳王翁须俱在日前兵乱中遇害，惟襁褓子病已幸存，坐收系狱。

葬卫太子于泉鸠里。后十三年，其孙病已立，是为汉宣帝，置园邑，设长、丞等官，周卫供奉守护，岁时祀，赐谥号：戾。谥法曰：不悔前过曰戾，不思顺受为戾，知过不改曰戾。后八年，增戾园采地民户满三百家。（班固按：戾，曲也，从犬出户下，戾者为小人所抑身曲不得展也，故"戾"应取蒙屈意。卫太子死于湖，戾加三滴水为涙。）

上为太子一家落涙。封李寿邘侯，张富昌题侯。

癸亥日，地震。

九月，任命商丘成为御史大夫。

十月，立赵敬肃王小儿子刘偃为平干王。平干即冀州广平县。

匈奴入上谷、五原，杀掠吏民。

75

征和三年，春正月，上出行雍，至安定、北地。

二月，匈奴入五原、酒泉，杀二都尉。

三月，派遣李广利将七万骑出五原，商丘成将二万步卒出西河，马通将四万骑出酒泉，击匈奴。

夏五月，赦天下。

孤鹿姑单于闻汉兵大出，悉徙其牛羊辎重郅居水北。左贤王驱其牛羊人民渡余吾水北六七百里，在兜衔山设帐。单于自将精兵南陈姑且水，以备汉军。

商丘成抄一条牧羊人小道到达浚稽山，不见匈骑，军还。匈奴使左大将并李陵将三万骑追击丘成军，转战苦斗九日，至龙勒南蒲奴水，近我塞，军完整，杀伤胡虏甚众，李陵未见出色表现，左大将引兵还。

马通军至天山，匈奴右大将偃渠将二万骑邀战汉军，见我军倍于其，未战即成半围势，未接兵急引去，通无所得失。

是时，汉恐车师出兵遮马通军归途，遣开陵侯成娩将楼兰、尉犁、危须等六国兵共围车师，陷其国都，尽得其王、民众、珍宝牛马还。

贰师出塞，匈奴使右大都尉、卫律将五千骑邀击汉军于夫羊句山峡谷。贰师大破之，乘胜北追至范夫人城，右大都尉、卫律竟奔走，莫敢拒我。（班固按：范桃，本汉将，韩王信骁将，随韩王信亡入匈奴，筑城于此。桃卒，杂胡来攻，妻率部众完保之，因以为名也。后范夫人率部众归汉，城湮废，有牧人帐。）

起初，贰师将要出征，丞相刘屈氂在城外为之饯行暨祓山川道路神，送至横门外渭桥，广利托付：愿君侯早请昌邑王为太子，如立为帝，君侯日后何忧？

屈氂说行。昌邑王，广利外甥，广利女嫁屈氂子，二人儿女庆家，故这事儿聊得来，有共同点。会逢少府内者令郭穰，也是一宦人，也不知从谁呢儿听说，俩人私聊，道旁有耳？应该还是夫人那里走漏消息。

出头告丞相夫人祝诅上早死，及与贰师共祷告邪神，欲令昌邑王为帝。江充虽死，巫蛊狱未息，还是一股风气，要毁谁，就告这个。廷尉换的都不知道是谁，江充之乱后，满朝新人，按丞相及夫人廷尉治。

按验。口供、旁证、物证全部取供合法，所供属实，丞相、夫人、贰师三人形成闭环。坐大逆不道。

六月，用野战厨房辎车载刘屈氂游街示众，腰斩于东市。夫人枭首华阳街。贰师妻儿老小亦收系狱。

贰师在外，麾下三辅战士率众，多人从家乡军邮书信得此消息，不但贰师有闻，其下长史、校尉亦各有闻。贰师忧惧，其掾吏胡亚夫亦是负案在逃，避罪从军，久怀叛意，说贰师：夫人、家室皆在吏手，归汉，稍错会意就将与夫人狱中相见，到那时，即便想一睹郅居以北风光还能见得到么？贰师说不要胡说，我不是李陵那样人。驱军继续北上，深入匈奴境，饮马郅居水上，卫律等辈已不见踪影。贰师遣护军及各大校将二万骑渡郅居水，遇左贤王、左大将将二万骑来战，汉军急与合战一日，杀左大将，捕获杀伤匈军甚众，自己也伤亡不少。军长史与决眭都尉煇渠侯雷电私议：今将军陷巫蛊案，家人收狱，心思早不在部队作战上，拿战士生命冒险，为自己求功免罪，这样下去，浞野侯、李陵就是咱们前车。应立取消他指挥权，扣押他，递解回国，军队、咱们也能安全到家。

煇渠侯不置可否。军长史又与多人说，图谋为军正得悉，告与贰师。贰师斩军长史，引兵还至燕然山。

狐鹿姑单于知汉军劳倦，就在等这个战机，亲率五万骑遮击贰师军。两军战于燕然，互相杀伤甚多。

入夜，汉军疲极，尽入睡，哨兵亦困乏不警醒，匈奴虏获汉降卒及农人组成工兵营持锹潜入汉营前土方作业，掘堑壕，深数尺，长数十里，汉军哨兵竟无一人觉知。天未晓，匈军以有力一部自汉营后急击之，汉营传鼓，兵懵懂紧急上马，出营列阵，纷纷跌入堑壕。军大乱，司马找不到军候，军候找不到什伍，无法组织有力抵抗，各据车与匈骑战。天明，匈主力长骑纵入，践踏我失马卒，最后一道防御圈被击破，各卒步行四散突围。匈骑环伺马刀指贰师隆中，贰师降。

单于素知贰师汉大将，心向往之，今得贰师如宝，大加笼络，以女妻之，尊宠在卫律、李陵之上。

匈奴释放战俘陆续归汉，破军消息野火般传遍长安，朝野震动。上已没有力气发火，说浞野侯已失我精华，贰师今朝将我数十年练兵家底一把赔光，国势枢转就在须臾一错那间。遂族李广利合家。

九月，前城父县令公孙勇，与门客胡倩等谋反。倩诈称光禄大夫，言使督捕盗贼，来到淮阳，诳入淮阳郡守田广明府，坐在堂上大言不惭，封官许愿，为广明觉知，当场拿下，斩于阶下。公孙勇衣绣衣，乘驷马车至圉县，冒称直指使者到各乡亭听汇报，付不出租车马钱，为车夫告到县，圉县守尉魏不害以谋反诛之。其实就是俩缺心眼，骗吃骗喝攒大事，不聚众不举旗身无寸刃，没听说这么谋反的。封不害

891

当涂侯。参与扭送公孙勇围县二小吏，江德封寮阳侯，苏昌封蒲侯，小史姚二嘎关内侯，食邑都在围县遗乡。

时，吏民多以巫蛊、谋反相互揭发举告。商丘成主御史，既不刻峻也不宽平，审慎唯谨，大小案必反复考验，并不轻信口供，务求旁证充分，物证闭环，一连串要案问下来，多不属实，太多拿这当发财升官捷径挟私报复。上亦深知太子案前掾江充等所告俱不属实，到太子诛充、发兵这段亦疑点重重，有人其中有手脚，自己受煸惑不在事发而在之前众口毁谤太子其刻，那些蜚语还是在自己心里栽了刺，深为自己无明痛悔。可毕竟太子是反了，发兵数万战于市，吏民血流浮渠，矫诏是实，矫节是实，这个坎儿横在这儿，轻易说误会，一风吹，向天下、自己这儿交代不过去。

这个夸说心硬老人，如今合眼即见儿子、儿媳、孙子孙女成行，皆血迹斑斑，不得好死丧尸样儿。

大难过是酵面，不在当时起多大，而在日后一天天、一夜夜于心里涨个，旁人看你是无端泪下，其实你已被伤悔撑得喘不过气。真正熟悉还是儿子，一夜夜入梦，刚出生，小脚丫；第一次迎风跑，头发飘飘；依偎母亲腿间小手紧攥母亲手，羞怯一掉脸；在笑、在哭、在痛哭；一遍遍演给你看，都是活生生样子。午间小憩也来，好像唯恐生怕你忘记他曾活过。

天人永隔感觉很奇怪，他那里是黑白你这里是彩色，这黑白与彩色同框，就像天忽阴忽晴。他是那么像你，你其实早已不是自己，而他，才是那个清晰版的你。远远站着，嘴一咧，法令纹，笑时眯大的眼，眼中含所指，虽不知斯情斯景斯面对，但你知他在笑什么，因何笑，就像记忆中你自己一次笑。他突然一副告别的样子，什么也没说，但你知道他要走，拦不住，有势不可挡的东西在等他，再看你时一脸无情。

高祖寝庙卫郎田千秋忽上急件，讼太子冤，曰：子弄父兵，罪当笞。天子之子过失误杀人，当判何罪？臣一日梦一白头翁教臣这么问。

老头崩溃了，痛哭一场，大感寤，知太子冤在哪里，罪罚不相当，无论如何罪不至死，中间任何阶段若有人点这么一句，收一下缰，哪怕事后及时追发赦令，祸不至如此惨烈，不可挽回。

召见千秋，极感激，说父子间情感综错与公私之别，一般人难以分清，讲明白，公一句话分得清清楚楚，讲得明明白白，谁哪里不是。此高庙神灵使公教我，公当留下为吾辅佐。立拜千秋为大鸿胪。启孝文废百年夷刑，夷江充父母妻三族。焚苏文横门外渭桥上。泉鸠里加兵刃于太子、二皇孙名陈广文者，初为北地太守，后族。

法理疏通，首恶者族，情感还在那里，孤零零，与外力救济无涉，谁痛谁知道。上骤老，走路颤巍巍，流口涎，每用上唇裹下唇。乃于甘泉别业辟室名之为思子宫,置太子遗物,日间常去独坐。又在湖县泉鸠里太子殒身处张家茅舍废址建台,曰归来望思台。秋春独上台四望,见荒川趣野,炊烟耕牛牧童,唯不见太子魂魄。天下闻而悲之。

76

征和四年，春正月，行东莱，临东海，执意入海。群臣谏，不听。而大风晦冥，海水沸涌，留十余日风不停，楼船不能靠岸，乃还。

二月丁酉，雍县无云，响三声炸雷，掉二陨石，划过天空，四百里可闻巨响，黑如痣。

三月，耕于巨定。还，登泰山，修封。庚寅，祀于明堂。癸巳，禅石闾。见群臣，乃言：朕即位以来，所为狂悖，使天下愁苦，不可追悔。自今事有伤害百姓，靡费天下者，悉罢之！

田千秋曰：方士言神仙者甚众，而无显功，臣请皆罢斥遣之！

上曰：大鸿胪言是也。于是悉罢诸方士候神人者。

是后，上每对群臣自叹：过去愚惑，为方士所欺，天下岂有仙人，尽妖妄耳！节食吃药，少生些病而已。

丁巳，以大鸿胪田千秋为丞相，封富民侯。（马光按：千秋无他材能，又无伐阅功劳，特以一言寤上，数月取宰相，封侯，世未尝闻也。）

起初，江充乱前，搜粟都尉桑弘羊和当时的丞相、御史曾联名上书，言：轮台东有可灌溉土地五千顷以上，可派遣屯田卒，置校尉三人分别管护，广种五谷。张掖、酒泉派出骑兵拓通往轮台之路，沿途绥靖有敌情及时报警。招募内地人民壮健敢远徙置产兴业者到屯田所，扩大种植。同时兴建列亭，从酒泉城到轮台栉比一线，以威西国，也可收连通友邦乌孙，必要时施以援手之便效。久之，西陲如秦中就像内地一样了。

上今时始回书，深陈既往之悔曰：从前有司奏请增天下民赋每人三十钱，以补助边饷度用，听上去不多，实际推行下去，却加重了老弱孤独者困境。而今又请派卒屯戍轮台，轮台西于车师千余里，前时开陵侯击车师，虽胜，降其王，以辽远粮食不够吃，死于道途尚数千人，何况再往西那么远呢？从前，欲取西域马，打算派贰师将军远伐，匈奴亦以马绑住四蹄置于城下，诱使我出兵，说秦人，来赶马吧。古者与卿大夫谋国，尚不敢专决，还要参问蓍龟，不吉不行。乃以缚马为图谶广泛征求丞相、御史、二千石、诸大夫、郎、为文学者，乃至郡国都尉见解，请他们言凶吉，皆说匈奴人自缚其马，兆应在匈奴自己身上，不祥甚哉！也有说弱者示强，不足视有余。意思匈奴弱，才那样炫耀，装作无惧，其实内里空虚。又下公车方士、太史、治星、望气及太卜龟占蓍数，占《易》得卦《大过》，爻在九五，匈奴困败。皆曰：吉；匈奴必破，时不可再得。又曰：北伐遣将，于釜山必克也。给每个将军都打了一卦，贰师最吉，所以我才派贰师领军，叫他不要太深入。今天回头看，卦兆皆反缪。

匈奴人常说：汉极大，然不耐饥渴，失一狼，走千羊。意思是我国太大，饮食殊异，士卒都从天各一方百姓中征集而来，南人饭稻羹鱼北人饭粟饮浆，一旦少了粮食，失去军吏带领，就像群羊各自走散。果如人言：浞野侯败，贰师败，军士或战死，或被俘，或离散，这些景象悲痛常在我心，今又请远屯轮台，欲起亭燧，是扰劳天下，非所以惠民，朕不忍再听。

大鸿胪又出怪主张，请招募亡命死囚冒充使者派往匈奴，行刺单于，这种事春秋五霸都觉得可耻而不肯为，真不知道出这种主意的人心里是怎么想的！

当今刻下，要务在禁苛征暴敛，停擅增赋税，与民休息，大力扶助农本。亭马制度还要落实，现在很多地方空有亭而无马，也只是补缺，保持边防基本武备有马骑而已。各郡国二千石要把养马计划报上来。

马光按：此为《轮台诏》，言辞恳切，历数前非，后世多以为开皇帝罪己滥觞。

由是自此，汉不复出兵伐四夷。而封田千秋富民侯，顾名思义，是申明国策，思富养民也。

又免去桑弘羊搜粟都尉职务，改由农科专家赵过担任，从搜粟入府库一变教民增亩产。赵过懂得轮耕代田，尤善改良耕耘农具使其便巧，把这些方法技术推广民间，用力少而得谷多，民都说好使。

与马迁坐谈：这些事本来打算留给太子办，如今只能我亲办了。

秋八月，辛酉日，日有蚀。单于母大阏氏病，卫律指使胡巫言：先单于显灵，怒说：从前我国出兵，坛下告神，常誓言生擒贰师祭，何故不用？又说大阏氏有恙，是神怪罪。单于畏天罚，遂收贰师，裸缚仰置于坛，贰师骂：我死必灭匈奴！遂开膛剖心祀神。

77

后元元年,春正月,上居甘泉,祀太一,出行安定郡。

昌邑王髆薨。

二月,赦天下。与马迁坐谈:今日始知觉寤是一条路,非一夕醒,醒无非开门,开门见路就会走下去,先走回头路,镜观往日之非,一件件览过,知其非,才得向前之勇。自此亦非坦途,还有岔道无数,须一趟趟辨迹认踪,走岔早回头。旧我如影,紧紧追随,亦须时时回身格挡,才不致如新如旧。周而复始,周而复始,哪里是一世之功,遑论一夕一际,此路无方便。今世我就这样了,不要说向前,旧祟未清理完只怕人已下世,哪儿说哪儿了吧。

马迁说《论语》不调整了?

上乐:就那样吧,那样挺好,我也是多余。我这岁数,基本道理,算了,就是文盲,这一路跟头把式折过来,也了然了，谁是我老师呢？做人很重要，未做事先做人，同意。人正，事也未必成，两码事。我是看不到了，希望未来之贤把万事成因捋清楚，老讲做人没意思，个人比较悲观，只怕万事败有根据，而成，一时之想矣。

这些话马迁都默记回家抄录于简，藏于卧寝床下，每就寝辄以足尖探试，物在才放心上床。一日探之一虚，惊附身，床下空荡无余物，似被清扫墩布擦过。怒回首，饼妹泰然面对，说：我都给烧了。

夏六月，御史大夫商丘成坐代丞相巡行陵园，祠文帝庙，醉歌堂下：出居安能郁郁！出来玩就得高高兴兴。大不敬，自杀。

起初，侍中仆射马何罗与江充是好朋友，及卫太子起兵，何罗弟马通以斩如侯，力战太子封重合侯。

后上夷灭充宗族，究其党羽。何罗兄弟惧祸及，共谋为逆，做就做个大的，惊天动地，阴图刺上。

如此一念生，心自狂荡，虽强守亦不免色异。侍中驸马都尉金日磾其实也是个胡巫，从小习法术，能读人心识，深藏不露，视何罗眉宇间晦黯有煞气，陡生警觉，刺主上，我们这里罕闻，匈奴那边虽不说家常便饭时也偶有，日磾父休屠王即遇刺于军帐，故有这根弦儿。从此格外留意，一个人私下观察何罗动静，每出入必偕行共进退。何罗亦觉日磾疑他，也不止日磾了，疑所有觊觎其之眼，惟小心隐忍，久不发。

时，甘泉宫重新粉刷装修，上就近移往复建旧秦林光宫暂住，警卫措施不如甘泉森严、制度化，外紧内松，身边止几个随身侍卫，往来进出宦人近臣也少。

何罗以为天赐机与他，近日上视他目光也越来越冷，简直一刻也混不下去，遂决意动手。

一日，日䃅感冒咳嗽，怕传染上，自去许舍卧床喝热水休息。马何罗马通及小弟安成矫诏夜出，共杀甘泉禁军护军使者。马通、安成发动禁卒，俟何罗得手，围捕甘泉林光诸臣、宿卫郎等。下一步干什么，没想，走一步看一步，或挟持重臣，拖队伍投匈奴。

何罗匆匆返林光，平旦，上未起，何罗东绕西绕不知从哪里冒出来，近上寝殿。会逢日䃅正在蹲次所，不是一般感冒是肠胃型感冒，感冒引起肠胃功能紊乱，腹泻，这会儿已是连着第四趟了，听到软木地板吱呀、吱呀响有脚步贼溜溜，这也是防刺客手段，特别铺的会叫地板，光脚走上去也叫，就是这吱呀、吱呀踩了活耗子也似声响，心说不好！屁股没揩一步蹿出去。

见何罗赤足高抬腿、轻落脚、慢动作正向上寝门摸去，闻声疾回头，脸色一变，出袖中白刃一头向日䃅扎来。日䃅没地儿没地儿闪，直要被他刺中，孰料何罗宽袖一扫，先拨壁上悬陈宝瑟，铮一声，二人俱僵，何罗心差点没跳出口，再把心咽回肚子，前襟已被日磾双手揪牢，先一拉，再一推，右腿入裆勾左腿，一个大得合，送何罗入数尺开外高阶殿下，一溜滚，日磾亦是匈奴摔角黑带高手，随高喊：马何罗反！

上惊起，执衣架颤巍巍敞怀出，何罗已被宿卫数人叠压身下。

穷治，何罗拷掠死。骑都尉上官桀单骑入禁军，诛马通、安成。

秋七月，地震。

九月，上初次中风昏迷，以大活络丹撬牙灌服急救醒，左半身不遂，继以白花蛇、乌梢蛇、虎骨、全蝎、黄连、天麻、人参、龟板、麝香、犀角、牛黄、朱砂、安息香日煎服。渐能起坐，行走须搀扶，右目失明，左目视力微弱，视物模糊，语言功能无碍，从此不再临朝、阅奏章。各大臣、郡国上奏留中书令，急特件听马迁或张安世诵读，转田千秋照章酌办。

燕王旦自以为兄弟排行，该轮到他当太子，上书求入宿卫，言在此意在彼，上怒其跟失能老人使心机，斩其使于北阙。又坐藏匿亡命在逃犯，削良乡、安次、文安三县，由是嫌弃旦。旦有口才，小聪明冒烟儿，读书不少，什么破事都知道一二；其弟广陵王刘胥，有勇力，脑子不够使，两兄弟法律观念都很淡薄，行为多逾界而不自知，也不赖他们但是，上皆不立。

时，赵婕妤之子弗陵，年六岁，个儿不小，看着像七岁，多知，热锅不能摸，跟妈要不来跟老父亲要，必得；躺地上蹬腿，爹妈俱服。上奇爱之，心欲立为太子，以其年幼，母少，犹豫久之。欲以大臣辅之，察群臣，唯驸马都尉日䃅、光禄大夫霍光，忠厚可任大事，乃以黄门丹青妙手画周公背小成王朝诸侯图以赐光。后数日，赵婕妤吃饭没洗手染时疫卒。

上终日独坐，绕膝、坐膝皆猫咪，抚猫若抚幼子。喏嚅自语人皆不解其意，惟猫知。

78

后元二年,春正月,上朝诸侯于甘泉,摆了一席酒,日䃅搀扶出,与众亲戚见面,拱手贺新年,未发一语,亦未动箸,坐了一坐就回去了。

与马迁仰卧谈,口齿已不清,需费力倾听:……世间无神,人死有景象,今生带不走,再来亦非故人,如此而已。

二月,忽然说要回未央,走到盩厔二次中风,紧急就便在五柞宫下车,再进药,无大益。

上病笃,久昏睡偶醒,霍光涕泣曰:如有不讳,谁当嗣者?上曰:君未理解前画意邪?立最小的儿子,君行周公事。光顿首让曰:臣不如金日䃅。日䃅亦顿首让:臣,外国人,不如光,且使匈奴轻汉矣。

乙丑,口授诏立弗陵皇太子,时年八岁。丙寅,以霍光为大司马大将军,金日䃅为车骑将军,太仆上官桀为左将军，受遗诏辅少主。又以桑弘羊为御史大夫。皆拜卧内床下。

丁卯，上崩于五柞宫，寿七十一，入殡未央前殿。

戊辰，皇太子即皇帝位。帝姊鄂邑公主共教养于禁中。霍光、金日䃅、上官桀共领尚书事。

三月甲申，入葬茂陵，庙号孝武。

起初，百物模糊，就像平地起雾，望向哪里，哪里生起一片障，好像世界有意拒绝你，把你当作不可接触物，隔离你。特别清楚事情将这样下去，从前内种奇迹，睡一觉起来一切不适云消气散再不会发生，睡一觉起来还是这样，这就是现状，只会更坏。听闻已久，几经猜测，或说一直等待那一天正在赶来，终于轮到自己。是整个世界先一步远去阿！渐渐晦暗，把你圈禁在原地，人身咫尺之围，是久病老人之福吧？与这样一团混沌不明作别，好像更容易一点。并没有感到恐惧，好像很熟悉呢，这样一个人被隔离在世外，默默地存在，心里的内个人醒了，一直是这样，与自己在一起，而派到外面去说、去笑，去扯的内个人，只是他的遗蜕物，像蛇蜕或蚕织起的茧。腿上的皮又在痒，像蚂蚁爬；头昏沉沉有点疼，是没睡好还是想太多；胃满口恶逆，满口臭，这身体已衰朽，像沤糟的老木头，潮的乎的发臭。他好像从来也没爱过自己的身体，从小就感到这身体的负累，要吃、要喝、要拉、要撒，稍有不满足就给你出洋相，使你极不舒

905

服，为此不知多少次不顾脸面向别人求索，大哭大闹，为此给别人添的麻烦现在想起来一直是心存惭羞、并不视之为理所当然，大概是太不好意思，无法自我面对，才显得冷漠、喜怒无常、拒人千里的吧。那个瞧不起、藐视，是藐视、瞧不起自己。长大也如是，为身体各种内需驱赶着跑，生出那样一张厚脸皮，一直在设法麻烦别人，好像就是为了麻烦别人才出来活这么一世。

如今身体这个坏人终于扑腾不动，趴架、自顾不暇了，可以松口气，自尊自爱地活一会儿了。突然对别人没有生理请求真的很清闲，很自在，哦或可说得更重大一点，自由，也莫过如此。老木头开始自己折腾，过去犯的坏，使的浊劲儿，现在都来找后账，哪儿都堵，哪儿都在杠油，哪儿都缺榫，哪儿都在噼里啪啦掉渣儿，折腾吧，一想到这架车马上就要散架，就觉得可熬，难受到底有个头，差一点就算幸灾乐祸。

活着变得毫无乐趣，没有比这更好的谢世心理准备调适期了。正乐着被打断不免愕然不甘，叫回来问一定痛不欲死。已在痛痒辛苦挣扎不堪中打断不叫打断叫了结。信仰赖活的人只是还没赖到那份上，天天给他上刑看他还赖不赖。看着别人很赖还叫人活不是东西。生命有无价值活人说了不算，垂死于兹可证。

亲友最好远点，不要过来以幸运者同情者姿态表示廉价关怀。打算活下去的人没资格在这事上说三道四，除非你对死亡、灵魂、来世有了解，哪怕全是荒信儿，胡几把扯淡。此时方知大家都是偶遇，今生带不走，再来亦非故人。已成大事都不重要，谁耐烦旁人历数你留下什么什么，死亡面前人人平等，信哉斯言！待办未办之事都可以不办，我这儿都要死了，你来跟我说这个，怎么把小日子再往滋润了过，谁要听此世蝇营狗苟，鄙视！两重天，人未去已成两世人。

之后就是一阵醒一阵糊涂，醒也不过是很厌恶地听懂了周边人废话，糊涂只不过人不在这儿，醒在往事中，往事如花车载哭载笑一趟趟开来，好像一生漫长，其实也不过几件事，要紧的几个人。哭的都是你在乎、最心疼，也曾对不起的人。笑的是欢乐时光同在的人。还有一些面目不清的人，是你忽略的人。结交认识的人太多，结果是对谁都不好。还有更多黯淡如鬼魅的人，是你殃及、祸及，或因你失去生命的人。

这时蓦然发现这一生竟无一人对不起你，都是你对不起别人。一个人一辈子所行之事都是叫别人不舒服，过不好，乃至误了此生，这在无耻活着的时候或自以为叫顺，没挡儿；此刻，苟喘行木，一边倒显露出丑恶，都叫无颜以谢世。曾经充分的理由现在全不成立。曾经的忿怒如今全叫多余。重头来过，还是这些人，这些事，同一过程，是不是可以不这么办，非置他人于难堪，死地，怎么想怎么觉得没什么不可以。

难过，像胸口捂着的一块冰，渐渐化了，化作一片寒凉，热天盖厚被也暖不过来。油锅不存在的，炸油饼受的启发是吗？有够拙劣。倘有灵魂，销毁需核反应。天堂，按最迷信说法，上去的也没俩人，其他都在阴间候审。大概率事件，心识抽离，转念成空。

那门槛早知不高，只是心底一条线，也飞过去探望那边光景，回看槛内，以为回不去，落地睁眼还是在这边。这次好走，料是回不来了。都说有光，也曾见夺目景象，知那光是颅内毫微湮灭所生，这次大湮灭，所见光应是不小，希望如烟花。闭眼见频闪，这是一直在进行小湮灭。复为涕泣声惊回，说立最小儿子，君行周公事。复合眼，即入彩陶世界，窈冥有光，上楼梯，见格子呢，赭石红，转过一壁即是夜空，天有星河，下有长安万家灯火。宫中似屋顶皆掀，可洞见诸人伏地哭泣，那床上锦被隆起应是自己，初念还知伏地者阿谁，转念尽皆陌生，全然不知名。其实全无动于衷，再追忆难过亦干涸。由是可知情感为世间物，一世情一世了，人格秒删，对象亦空置，恋怨无所寄。就说信息不损失，怨忿皆反转儿，也是无人机，罩着那冤家想什么什么不成，求亲得仇，问吉得不祥，也与你无涉。因你已不是你，你在星河中，无念亦无想，只是一个飞驰的注视，所见非世界，无上无下无左右，无彼此；凡所有象皆扬沸，所有形皆迸溅，那飞驰亦猝止，注视驻于大涡旋。那是光的波涛，因无纹路而显得光滑，无光焰而显得内敛、纯一，虽幽明，亦有慑，属大美，尽在整全中，你已不是人。

图书在版编目（CIP）数据

起初·纪年 / 王朔著. --北京 ：北京十月文艺出版社，2025.4
ISBN 978-7-5302-2301-7

Ⅰ.①起… Ⅱ.①王… Ⅲ.①长篇小说－中国－当代 Ⅳ.①I247.5

中国国家版本馆CIP数据核字（2023）第052220号

起初·纪年
QICHU JINIAN
王朔 著

出　　版	北 京 出 版 集 团	
	北京十月文艺出版社	
地　　址	北京北三环中路6号	
邮　　编	100120	
网　　址	www.bph.com.cn	
发　　行	新经典发行有限公司	
	电话 (010)68423599	
经　　销	新华书店	
印　　刷	河北鹏润印刷有限公司	
版　　次	2025年4月第1版	
印　　次	2025年4月第1次印刷	
开　　本	850毫米×1168毫米 1/32	
印　　张	29.25	
字　　数	535千字	
书　　号	ISBN 978-7-5302-2301-7	
定　　价	105.00元（全三册）	

质量监督电话　010-58572393
如有印装质量问题，由本社负责调换

版权所有，未经书面许可，不得转载、复制、翻印，违者必究。